Halina Poświatowska
Erzählung für einen Freund

SERIE PIPER

Zu diesem Buch

Als Halina Poświatowska 1967 mit Anfang Dreißig stirbt, hinterläßt sie neben Hunderten von Gedichten diesen einzigen Roman, der zugleich ihre Autobiographie ist: Er erzählt von einer hochbegabten jungen Frau, die seit ihrer Kindheit im Zweiten Weltkrieg schwer herzkrank ist – und um so intensiver lebt und liebt, um so sensibler wahrnimmt und schreibt, je näher sie die Bedrohung durch Krankheit und Tod spürt. Freunde, polnische Künstler und Förderer im Ausland ermöglichen ihr eine Reise nach Amerika, denn dort, so hofft sie, kann die aufsehenerregende Operation am offenen Herzen durchgeführt werden. Leidenschaft und Melancholie, Trotz und ein ganz eigener Humor machen diesen Roman zu einem bewegenden literarischen Vermächtnis. »Die Bildhaftigkeit, Gefühlsdichte, Musikalität lassen erkennen, wie Halina Poświatowska zu einer der großen polnischen Lyrikerinnen ihrer Generation heranwuchs.« (Der Spiegel)

Halina Poświatowska, 1935 in Tschenstochau geboren, hatte nach ersten Gedichtveröffentlichungen 1957 ihren schriftstellerischen Durchbruch. 1958 Herzoperation in Philadelphia dank einer großen Spendenaktion. Bis 1961 Studium in Massachussetts und New York, danach in Krakau. Von ihr erschienen vier Gedichtbände und 1967, nur wenige Monate vor ihrem Tod, »Erzählung für einen Freund«.

Halina Poświatowska
Erzählung für einen Freund

Roman

Aus dem Polnischen von
Monika Cagliesi-Zenkteler

Piper München Zürich

Ungekürzte Taschenbuchausgabe
Februar 2002

Titel der polnischen Originalausgabe:
»Opowieść dla przyjaciela«, Wydawnictwo Literackie,
Krakau 1967

Umschlag: Büro Hamburg
Isabel Bünermann, Meike Teubner
Satz: Uwe Steffen, München
Druck und Bindung: Clausen & Bosse, Leck
Printed in Germany ISBN 3-492-23491-7

Für meine Mutter, ohne deren Hilfe und Ermutigung diese Erinnerungen nie geschrieben worden wären

I

Ich werde reden, mein Freund. Am liebsten würde ich schweigen, aber Schweigen ist keine Lösung, Schweigen klärt nichts. Und ich versuche immer wieder aufs neue, mir und dir zu erklären, daß das, was ich getan habe, kein Verrat war. Sogar damals, als ich den Wunsch hatte zu sterben, habe ich keinen Verrat begangen und deinen Glauben an mich nicht verraten. Und deshalb, mein Freund, werde ich mich mit Worten gegen dein Schweigen verteidigen.

Ich will, daß du mich so in Erinnerung behältst, wie ich war – in all den Jahren, die wir gemeinsam verbracht haben, in all den Tagen, an denen unsere Gedanken im Bewußtsein ihrer Nähe parallel zueinander flossen; es genügte, einen Brief zu schreiben oder die Hand auszustrecken, um deinen Worten zu begegnen, deiner freundschaftlichen Geste. Ich will unsere Vergangenheit herbeirufen, unsere gemeinsame Vergangenheit, ich will, daß du auf diesen Blättern, die sich noch weiß vor mir auftürmen, das Klopfen meines lebendigen Herzens wiederfindest.

Ich weiß, daß du mit großer Geduld zuhören wirst. Andernfalls würde ich nicht wagen zu schreiben. Wie schwer fallen mir doch die Worte, wie schwer verbinden sich die widerspenstigen Worte zu Sätzen; ich bin weit entfernt von der Flüssigkeit deines Stils, von dem Mut, mit dem du dich einer halsbrecherischen Metaphorik bedienst. Doch darum geht es hier schließlich nicht. Die Begebenheiten, von denen ich dir erzählen will, kennst du ebenso gut wie ich, meine Worte sollen nur als Wegweiser dienen, der dich in eine bekannte Richtung führt. Gib mir deine Hand, wir werden unsere gemeinsamen Spuren zurückverfolgen, erlaube mir, daß ich dich noch einmal führe.

Sooft wir spazierengingen, regnete es. Als uns das erstemal dichter Regen auf der Straße überraschte, hattest du Angst, daß ich naß würde. Ich sagte: »Ich werde sehr gerne naß«; du spürtest den Druck meiner kraftlosen Hand auf deiner Schulter, und du hast erraten, daß ich mein Gesicht nach oben gewandt hielt und der Regen geradewegs auf meine geschlossenen Augen fiel. Du drücktest meine Hand fester, und einen Augenblick lang spürte ich, daß nicht ich dich, sondern du mich führtest, bis uns eine scharfe Bordsteinkante daran erinnerte, daß die Straßen nicht so eben sind, wie Menschen mit geöffneten Augen meinen. Ich stolperte, und hättest du mich nicht festgehalten, wäre ich gefallen. Ich erinnere mich, daß ich auflachte, während ich mir über mein nasses Gesicht wischte, ich erinnere mich an dein stilles Lächeln.

Nach einigen Minuten bliebst du stehen, drehtest dein regloses Gesicht zu mir und fragtest: »Bist du nicht ein bißchen müde?« Ich widersprach heftig, und du zogst mich nah an dich heran und sagtest: »Lügnerin, du Lügnerin, ich höre doch deinen Atem, du hechelst wie ein Hund, du gehst jetzt sofort nach Hause.« Und du hattest recht damit, daß ich log, und du hattest recht, als du sagtest, es sei Zeit, nach Hause zu gehen, wo der bequeme Sessel stand, an dessen Polster man den schmerzenden

Rücken lehnen konnte und reglos warten, daß der Atem sich beruhigt. Mein Herz war zu schwach, als daß ich hätte herumlaufen können, der unregelmäßige Puls und der unter dem linken Schulterblatt sitzende Schmerz erinnerten mich daran. Jedesmal, wenn ich umherlief, war ich dem Ersticken nahe, und dennoch lief ich gern, dem schmerzenden Rücken zum Trotz, durch Wind und Regen. Ich erinnere mich an dein emporgewandtes Gesicht, deine prophetische Handbewegung. Du sagtest: »Es wird regnen, es wird sicher regnen, es hat sich zugezogen, und ich glaube für länger.«

Wenn wir spazierengingen, sprach ich nicht, oder nur wenig, um das Herz nicht zu ermüden. Ich mußte Luft sparen, ich wollte, daß sie noch lange reicht, für weite Spaziergänge. Erst zu Hause, wohin du mich immer mit Gewalt schleppen mußtest, fand ich – zusammengerollt im tiefen Sessel oder im Bett in die aufgetürmten Kissen gelehnt – meine Stimme wieder. Ich erzählte dir chaotisch von Augenblicken, die in meiner Erinnerung haften geblieben waren, und du reihtest sie aneinander und setztest sie zu meinem Leben, zu meiner Welt zusammen. Es war, als würdest du mit deiner Hand sanft über mein Gesicht fahren, von den Haaren über die Stirn, über die Nase zu den Lippen, mit deinen zärtlichen Fingern den Mund nachzeichnen, das Kinn, die vorstehenden Wangenknochen, die Ohren. Das war nur einmal kurz geschehen, damals, als du auch mein Gesicht hattest kennenlernen wollen. Gewöhnlich saßest du im Sessel gegenüber von meinem Bett und hörtest zu – reglos, mit einem Funken Ironie oder Verachtung, die auf immer in deinen hochgezogenen Mundwinkeln erstarrt war.

Als ich nicht zu dir sprechen konnte, schrieb ich. Erinnerst du dich? Trübes Wasser hatte uns getrennt, und ich schrieb dir jeden Tag aus allen Krankenhäusern, die mein erstes Zuhause im fremden Land waren. Während ich schrieb, wiederholte ich laut die Worte, die Sätze – so wie ich es auch jetzt tue – ich schloß meine Augen, um deutlicher zu sehen, wie du neben mir sitzt. Viele Tage lang warst du mein einziger Gesprächspartner, ich erzählte dir von der Angst, von der noch nicht geborenen Hoffnung. Meine Briefe liegen wohlgeordnet, mit einer Papierschnur zusammengebunden, auf dem Boden deines Koffers. Erlaube mir, sie dort herauszunehmen, erlaube mir, die Kordel aufzuknüpfen, mit der du sie zusammengebunden hast; laß sie uns noch einmal gemeinsam lesen.

Oktober

Es regnet, stell dir vor, es regnet, und zwar fast so wie jenseits des Ozeans. Die vom Regen zerschnittenen Fenster haben das Zimmer in Grau gehüllt. Die Bäume vor den Fenstern haben all ihre Farben verloren, dunkelgrau wiegen sie sich im Wind und schmiegen sich eng aneinander. Ich liege allein in diesem riesigen weißen Zimmer mit zwei hohen Betten und einem Spiegel an der gegenüberliegenden Wand, in dem ich, wenn ich will, mein blasses Gesicht sehen kann. Es gibt hier noch zwei Nachttische, eine Kommode und – eine Tür. Die ist soeben aufgegangen, ein schwarzes Mädchen kam hereingeschwebt und sagte mit lachender Stimme irgend etwas. Ihr Gesicht ist dunkel, ihre Stimme dagegen so hell, daß sie sich dir gewiß in schönstem Rot oder Gold offenbaren würde.

Es hat keinen Sinn zu grübeln, ich muß warten. Wenn sich wenigstens die Abende nicht so endlos hinziehen würden. Ich kann auch nach den Tabletten nicht schlafen. Ich mache das Licht an, setze mich im Bett auf und lese.

Es sind englische Gedichte, ich lese sie emsig, wobei ich jedes einzelne Wort aus dem Wörterbuch heraussuche, ich lerne sie auswendig, wiederhole sie laut und versuche, den kehligen, fremden Klang nachzuahmen.

Das Mädchen zeigt auf das Bad. In den Händen hält sie Schrubber und Seife. Sie will putzen. Ich habe verstanden, na siehst du, endlich habe ich etwas verstanden. Ich lächele sie an und nicke zustimmend. Sie verschwindet hinter der weißen Badezimmertür, und durch den Türspalt dringt lediglich ihre Stimme – sie singt ... Gleich kommt der Arzt. Er wird mich sorgenvoll ansehen, aufhören, Kaugummi zu kauen, wird fragen, wie es mir geht. »Es geht so«, werde ich sagen, diese Antwort habe ich mir schon gestern zurechtgelegt, wenn er jedoch mehr Details über meinen Zustand erfahren will, dann wird er mit mir im Wörterbuch blättern müssen. Schließlich wird er wie immer die Geduld verlieren und nach einigen Minuten brummend weggehen – bis morgen ... Es regnet, es regnet, die Bäume wiegen sich hinter dem Fenster. Na siehst du, ich bin da, ich bin wieder da, wenn auch angeblich weit weg. Ich bin da, doch wie lange noch?

Oktober

Ich klammere mich an diese Briefe, als könnten sie mir helfen. Was hast du davon, wenn du das alles weißt? Wird sich das bißchen Sorge um mich über deine eigene Wahrheit legen? Wirst du, wenn du an mich denkst, nicht mehr über dich, und zwar ausschließlich über dich nachdenken? Ist dir dein eigenes Gefühl nicht wichtiger als all meine vergangenen und jetzigen Tage? Weichst du mir nicht aus, wie auch ich dir ausweiche, sogar dann, ja besonders dann, wenn ich dir schreibe? Und dennoch brauche ich deine

Worte und brauche deine Erinnerung. Denk an mich, ja? Vielleicht werde ich dann weniger Angst haben, vielleicht werde ich dann ruhiger einschlafen ...

Wie ich dir schon sagte, ich soll nur liegen, und dabei laufe ich doch so gern. Wenn ich allein bin, stehe ich auf und laufe im Nachthemd zwischen Fenster und Tür hin und her. Immer öfter denke ich darüber nach, daß es vielleicht besser wäre, wenn ich es nicht schaffen würde. Denn weißt du, wenn ich wieder werde atmen können, dann werde ich leben müssen, und ich habe so große Angst vor dem Leben. Ich habe mich nicht angepaßt, all diese Krankenhäuser haben bewirkt, daß ich Kiemen habe statt Lungen, und vielleicht werde ich genau dann Atemnot bekommen, wenn ich wieder atmen kann.

Heute kann ich nicht lernen. Meine Bücher türmen sich unordentlich auf dem Nachttisch. Daneben steht ein Krug mit Eiswasser, das man mir dreimal täglich auswechselt. Dreimal täglich kommen sie und fragen, wie es mir geht, ermahnen mich, ruhig liegenzubleiben. Und ich laufe vom Fenster zur Tür, von der Tür zum Fenster, bleibe stehen, drücke das Gesicht gegen die Scheibe. Hinter dem Fenster verlieren die Bäume ihre Blätter, hinter dem Fenster weht der Wind, und mir stockt wie üblich der Atem.

Oktober

Von Krankenhaus zu Krankenhaus transportiere ich die Tinte in meiner Hand. Der Weg hierher war ganz goldfarben. Bäume sterben anders als Menschen. Bäume sehen aus, als freuten sie sich über den eigenen Tod. Danach wird zwar der Frühling kommen, und sie werden wieder aufblühen, aber du weißt, daß man nie sicher sein kann. Und woher sollten die Bäume das wissen? Für sie ist gewiß jeder Herbst der letzte.

Ich schäme mich für den anderen Brief. Ich sollte dich nicht mit meiner Traurigkeit anstecken. Ich weiß nicht, ob ich es schaffe, doch ich werde versuchen, es so selten wie möglich zu tun. Ich werde mich bemühen, weniger von mir zu schreiben und dafür mehr von all dem, was um mich herum passiert. Sonderbar, schmutzig und exotisch ist es hier, in diesem Krankenhaus in Philadelphia. Winzige Zimmer, die symmetrisch längs eines schmalen Flurs angeordnet sind. Sie haben mich in eines davon gelegt, im Bett nebenan liegt eine Schwarze. Unter der Bettdecke ragen ein dunkler, nackter Arm hervor und eine lockige Haarsträhne. Sie schläft wohl, denn sie hat ihren Kopf nicht gehoben, als man mich hereinschob. Direkt über dem Bett hängt ein Fernseher von beeindruckender Größe, zum Glück ist er ausgeschaltet, die Tür zum Flur hat man weit offen stehenlassen. Auf der gegenüberliegenden Seite des Flurs ist die Tür zum Isolierzimmer ebenfalls geöffnet, und von meinem Platz aus sehe ich einen Jungen auf dem Bett sitzen. Er liest und hat nicht gemerkt, daß ich ihn beobachte. Er hat dunkles Haar, ein schmales und sehr weißes Gesicht und Ringe unter seinen tiefliegenden Augen. Auf dem linken Bein, oberhalb des Knöchels, ist die Rötung einer kleinen, länglichen Narbe sichtbar. Ich kenne diese Narben, ich habe im Deborah-Sanatorium viele davon gesehen. Sie kommen von den Transfusionen. Ob er wohl eine Herzoperation hinter sich hat?

Oktober

»Ich habe einen Spaziergang von allen Fenstern zu allen Fenstern genommen« – beachte bitte mein makelloses Englisch. Ich stellte mich auf meine Zehenspitzen und blickte übers Fensterbrett gelehnt nach unten. Achter Stock. Ich weiß nicht, wieso, doch es kam mir zu niedrig vor. Über mir liegen noch sechzehn weitere – eine senkrechte Wand aus Lichtern und Wind. Komfort. Es wäre dumm aus dem achten, wenn man drei mal acht nehmen kann. Auch das Einmaleins hat sein übersteigertes Selbstwertgefühl. Hab keine Angst, es steckt etwas in mir, das mich achtet, wenn ich auch nicht weiß, wofür. Ich werde noch nicht sterben, ich werde noch warten, wir werden gemeinsam warten; wir können doch wunderbar warten, auf das Leben, auf den Tod, auf irgend etwas …

Drei mal acht. Gestern war ich oben, ich bin mit dem Fahrstuhl ins letzte Stockwerk gefahren, und durch eine Tür mit der Aufschrift »Durchgang verboten« bin ich auf eine kleine Terrasse gelangt. Dort unten blinkten viele rote Lichter, durch die engen Straßen schoben sich ganz kleine Autos, gingen Menschen. Oben wehte ein Wind, er zog kühl über die Dächer, ein Oktoberwind. Er zerzauste mein Haar, durch den dünnen Bademantel drang er zu meiner Haut durch. Ich stand da, bis ich anfing mit den Zähnen zu klappern, dann habe ich den Fahrstuhl gesucht und bin hinuntergefahren. Nach minutenlangem Umherirren habe ich meinen Flur wiedergefunden. Auf der Türschwelle zum Isolierzimmer hörte ich den schnellen, rasselnden Atem der Schwarzen. Ihre halb geschlossenen Augen waren matt, die kleinen dunklen Hände zu Fäusten geballt. Sie sagte etwas, das ich nicht verstand, doch es hörte sich an wie eine Klage.

Oktober

Die Schwarze liegt unter einem Sauerstoffzelt. Eine riesige, violettblaue Flasche steht hinter ihrem Bett. Gummischläuche wurden mit Pflastern an dem Eisengitter festgemacht. Ich höre das leise Zischen und fühle, wie sich das Zimmer mit Sauerstoff füllt. Ich atme tief ein und wundere mich, daß die Luft so leicht durch meine zugeschnürte Kehle dringt. Das feine Summen, wie das einer Mücke, kreist durch unser kleines Zimmer. Die Schwarze hat keine Erstickungsanfälle mehr, sie liegt ruhig auf dem Rücken, die dunklen Arme über der Brust verschränkt.

Gestern hat sie Besuch von Verwandten bekommen. Zwei wundervolle, fette Schwarze und zwei Frauen in grellbunten Kleidern. Sie haben auch mein Bett belagert, haben viel und laut geredet, gelacht. Bernice – gestern habe ich ihren Namen häufig gehört – lachte mit ihnen. Als sie weg waren, hat sie mir erklärt, es seien ihre Brüder mit ihren Ehefrauen gewesen, und daß sie gekommen waren, um Blut für ihre Transfusion zu spenden. In diesem Krankenhaus fehlt es ständig an frischem Blut, und die Verwandten der Patienten müssen dafür Sorge tragen. Andernfalls – andernfalls gibt es Probleme mit den Operationen. Dank dem Großmut ihrer Brüder wird Bernice schon in wenigen Tagen operiert werden können.

Oktober

Der Junge im Zimmer gegenüber heißt Berni. Wir sind uns heute auf dem Weg zum Bad begegnet. Er hat mir zugelächelt, als er mir auswich. »Hallo«, sagte er. Ich habe nichts erwidert, doch ich bin stehengeblieben und habe auch gelächelt. Nach dem Frühstück ist er herübergekommen, blieb im Türrahmen stehen und fragte, wie es mir ginge. »Gut«, habe ich geantwortet, »gut«, und durch das dünne Nachthemd auf das pulsierende Herz gezeigt. »Ich verstehe«, sagte er, »du hast einen Herzfehler.« Seine Augen wurden einen Augenblick ernst, dann erstrahlten sie wieder in einem warmen Lächeln. »Was hast du heute gefrühstückt?« fragte er.

Als er sich auf mein Bett setzte, rutschte das Hosenbein seines Pyjamas hoch und legte die dünne Narbe über dem linken Knöchel frei. Ich konnte meinen Blick nicht von dieser Narbe losreißen. Er bemerkte meine Neugier, und mit einem schüchternen, beinahe entschuldigenden Lächeln erklärte er mir: »Eine Transfusion, ich hatte eine Bluttransfusion.«

Es war keine Herzoperation gewesen. An jenem Abend, in dem Aufenthaltsraum am Ende des Ganges, gelang es Berni, mir nach fleißigem Durchblättern meines Wörterbuches zu erklären, daß man Lungentuberkulose bei ihm vermutet hatte. Die Ärzte waren sich ihrer Diagnose nicht sicher gewesen und hatten sich daher entschlossen, eine Gewebeprobe aus der Lunge zu entnehmen. Er knöpfte seinen Pyjama ein wenig auf – rechts, zwischen zwei hervorstehenden Rippen, erblickte ich eine drei Zentimeter lange Narbe, ähnlich der am Knöchel. Er war sehr dünn, sein Brustkorb war eingefallen, die Haut weiß, unbehaart. »Jetzt«, sagte er, »haben sie sich davon überzeugt, daß ich gesund bin. Ich fahre nach Hause zurück, nach Argentinien. In fünf Tagen«, und dann nahm er seine ausgestreckten Finger zu Hilfe und wiederholte: »In fünf Tagen, verstehst du?«

Oktober

Meine schwarze Bettnachbarin wird täglich vom Pfarrer besucht, er beugt sich über ihr Bett, und mit sanfter, gedämpfter Stimme redet er von Gott, mahnt sie zur Geduld. Natürlich verstehe ich seine aufbauenden Predigten nicht, doch aus der Häufigkeit der bekannten Ausdrücke »Gott« und »Geduld« – letzterer wird täglich an meinem Bett wiederholt – reime ich mir den Sinn der Aussage zusammen. Dieser Pfarrer hat ein dunkelhäutiges Gesicht, umringt von dichtem weißen Haar, und freundliche, lebendige Augen. Als er das erstemal über mein Bett gebeugt stand, bemühte ich mich, ihn zu ignorieren, und tat, als verstünde ich nicht einmal die einfachsten Sätze. Das entmutigte ihn jedoch nicht, er nahm das braune Wörterbuch aus meinen Händen und begann es geduldig zu durchsuchen. Auf diese Weise erfuhr ich, daß Gott gütig ist und man ihm vertrauen soll, und als ich heftig den Kopf schüttelte, hielt dieser Pfarrer – durch meine Skepsis keineswegs abgeschreckt – mich mit einer Hand am Arm fest, während er mich mit der anderen listig und schnell segnete. Wir sind dabei, uns trotz unserer unterschiedlichen Ansichten über das Wesen Gottes anzufreunden.

Oktober

Heute nacht ist die Italienerin nach Sizilien zurückgekehrt. Ich habe keinen Ort, an den ich zurückkehren könnte. Ich mag mein Zuhause nicht, allzu lange war ich dort krank; ich mag Krakau nicht, allzu schwer ist es, den Marktplatz zu umrunden, die längste aller Straßen, die Ulica Kopernika, ist allgegenwärtig. Diese grauen Gebäude auf beiden Straßenseiten – es sind Krankenhäuser.

Ich habe Angst vor Krankenhäusern, ich habe dir schon einmal gesagt – ich bin ein Feigling.

Und doch gab es einen Augenblick, in dem ich überhaupt keine Angst hatte. Eine spitze Nadel von einem Millimeter Durchmesser drang bis zu meinem Herz vor und durchstieß die Wand. Mir wurde schwarz vor Augen, plötzliche Kälte kroch in meine Kehle, und es verging eine Ewigkeit, bis das Licht wiederkam. Ich sah sie um mich herum stehen, konzentriert, weiß, hörte leise Stimmen. Jemand berührte meine Wange, jemand strich mir übers Haar. Ich war tapfer – das haben sie gesagt.

Es dauerte nur dreißig Sekunden. Sie nennen diesen Eingriff hier Ventrikulographie. Sie füllen die Herzkammern mit einer violetten Flüssigkeit und machen gleichzeitig mehrere Röntgenaufnahmen. Früh morgens kam eine Krankenschwester und sagte mir, ich würde zu einer Untersuchung fahren. Ich bekam kein Frühstück und durfte nicht aufstehen. Ich lag reglos da, bis unters Kinn zugedeckt; Berni stand in der halb geöffneten Tür. Wir haben nicht lange gewartet. Eine Trage quietschte, und hinter Bernies Rücken tauchten zwei schwarze Sanitäter auf. Sie packten mich in eine Decke und legten mich auf die Trage. Berni stand daneben, die Arme gesenkt, mit seinem entschuldigenden Lächeln auf dem weißen, mageren Gesicht.

»Muß ich Angst haben?« fragte ich. Ich hatte den Satz vor ein paar Minuten gelernt, als man mir sagte, ich würde zu der Untersuchung fahren, während ich – wie jeden Tag – gerade auf ihn wartete.

»Aber nein.«

»Ich habe keine Angst.«

Die Trage rollte, von den Sanitätern geschoben, den Gang hinunter.

Oktober

Stella wird morgen operiert. Das Mädchen ist Polin, das heißt, vor langer Zeit haben ihre Eltern sie aus Polen hergebracht. Sie war so klein, daß sie sich nicht an ihr Heimatdorf erinnern kann, und seit ihre Eltern gestorben sind, hat sie nicht mehr Polnisch gesprochen und so auch ihre Muttersprache verlernt. Das Kauderwelsch aus Goralensprache und Englisch, in dem sie sich mit mir unterhält, würde bei Sprachwissenschaftlern Empörung hervorrufen, für mich ist es jedoch eine gute, verständliche Sprache. Ich sitze gern an ihrem Bett und betrachte ihre unkomplizierte Zukunft. Schon bald werden sie und ihr Mann sich eine Farm kaufen, ihre gerade erst dreijährige Tochter wird einmal die Schule beenden und auf die Universität gehen können. Stella zeigt mir Photos. Ein pausbäckiges, von hellen, sonnendurchschienenen Löckchen umringtes Gesicht. »Du mußt sie unbedingt einmal sehen«, sagt Stella. »Du kommst zu mir, nicht wahr, wir fahren gleich nach der Operation …«

Das war vor drei Tagen. Heute sitzt Stella mit dunklen Ringen unter den Augen auf dem Bett, und ihr Mann sitzt neben ihr. Sie halten sich an den Händen. »Komm einen Moment herein«, bittet Stella. »Ich habe neue Photos, du mußt sie dir ansehen.« Ein Mädchen in einem roten Kleid steht vor einer weißen Hauswand. Ihre Augen sind blau, die blonden Haare kringeln sich dicht an der Kopfhaut.

»Es stimmt doch, daß sie gewachsen ist?« sagt Stella.

»Sie ist gewachsen, Stella, und hübsch ist sie geworden.«

Es ist schon Morgen … Stella ist gegangen. Diese Briefe wandern so lustig durch den schmalen Glasschacht nach unten. Sie fallen vom achten Stock herunter und sind auf der Stelle tot.

Oktober

Stella liegt im Sterben, und sie haben mich aus ihrem Zimmer gejagt. Und dabei muß doch jemand ihre Hand halten. Das ist ein schwerer Moment, und es tut gut, wenn man sich dann an eine warme Hand klammern kann. Stella – schmale Schlitze anstelle von Augen. Ich kann mich noch so gut erinnern, was das bedeutet, ich will nicht, daß sich meine Vorhersage noch einmal bewahrheitet. Warum hat man mir nicht erlaubt, an ihrem Bett zu sitzen und ihre Hand zu halten? Vielleicht könnte ich sie aufhalten. Was meinst du? Könnte ich sie aufhalten? Nein, nein, ich weiß selbst, daß ich es nicht könnte – und ich weiß, daß man richtig gehandelt hat, als man mich rausgeschmissen hat. In einigen Tagen soll ich doch operiert werden.

Oktober

Stella ist gestorben, und einen Tag später starb Rosemarie. Sie ist mir zum erstenmal aufgefallen, als sie auf dem Flur einen dunklen, großen jungen Mann fest und lange küßte. Sie war gerade einmal neunzehn Jahre alt, hatte gewelltes Haar und volle Lippen. Sie lachte, sie lachte gern. Mehrmals täglich kam sie in mein Zimmer gelaufen, hüpfte auf das Bett, um dann plötzlich ernst zu werden und von Liebe zu sprechen. Dieser Junge, der nie mehr herkommen wird, war ihr Verlobter. In einem Monat sollte Hochzeit sein …

Sie werden mich doch nicht operieren, noch nicht. Mein Herz hatte sich in der letzten Zeit zu unruhig verhalten, und nach längerem Abwägen hat man mich ins Deborah geschickt. Nach dem Lärm im Hahnemann Hospital kommt mir das Sanatorium seltsam ruhig vor.

Man hört nur den Wind, er hat alle Blätter abgeworfen, und die Apfelbäume vor der Veranda stehen braun und kahl da. Ich wandere durch die Gänge, bis mich der Schwindel umwirft. Zweimal täglich bekomme ich starke Schlafmittel.

Das Sanatorium ist fast leer. Außer mir sind nur noch ein alter Litauer, eine Tschechin und eine Jüdin aus Israel mit ihrem neunjährigen Sohn hier. Meistens verbringe ich meine Zeit in der Gesellschaft der Tschechin. Wir verständigen uns etwas auf polnisch, etwas auf englisch und – auf tschechisch. Vom letzteren verstehe ich kein Wort, und ich habe den Verdacht, daß das Tschechisch meiner neuen Bekannten ähnlich verzerrt ist wie Stellas Polnisch. Die Tschechin ist, ebenso wie Stella, vor vielen Jahren hergekommen und erinnert sich nicht mehr an ihr Heimatland. Ihre Heimat ist Amerika; eine kleine Industriestadt im Staat New Jersey, in der ihr Mann, ihre Töchter und ihre Schwiegersöhne wohnen. Auch sie lächelt, wenn sie die Photos auf der Bettdecke ausbreitet. Sie ist so ausgemergelt, daß ich sie auf den Bildern nur schwer wiedererkenne. In nur wenigen Monaten hat die Krankheit verheerende Schäden angerichtet. Ihre runden Wangen sind eingefallen, die Nase ist spitz geworden, die Lider sind geschwollen, die Haut hat einen bläulichgelben Farbton, und lediglich ihr dichtes und über der Stirn gerade geschnittenes Haar hat sein intensives Rot behalten. Und auch sie blickt voller Zärtlichkeit auf die Photos ihrer Töchter – zweier eher dicker Frauen, die in Badeanzügen vor dem Ozean posieren.

Die Jüdin und der Kleine sprechen nur Hebräisch. Ich verstehe nichts, aber ich lausche gern ihrer Unterhaltung. Es ist eine wunderschöne Sprache, mit einem tiefen, kehligen Klang. Ich zeige auf verschiedene Gegenstände und bitte die beiden, sie für mich zu benennen; auf diese Weise gewinne ich ihre Zuneigung, und sie lächeln mich freundlich an, sooft wir uns auf dem Flur begegnen. Der Kleine trägt immer eine lustige runde Mütze, unter der zwei längere Haarsträhnen hervorschauen, die als Locken über die Ohren fallen. Davon abgesehen ist er wie alle Kinder, er rennt, macht Unsinn und achtet nicht auf sein krankes Herz.

Der Litauer ist ein Einzelgänger, er sitzt hinter der fest verschlossenen Tür und liest wahrscheinlich. Während meines ersten Aufenthaltes brachte ihn die Krankenschwester manchmal im Rollstuhl hinaus und stellte ihn in den Schatten des Apfelbaumes. Auf seinen in eine Decke gewickelten Beinen lag in der Regel ein Buch. Seit die Tage bewölkt sind, zeigt er sich gar nicht mehr.

Und das ist auch schon alles, ansonsten – nur ich und meine Unruhe, und die Nacht.

Oktober

Der weißrussische Arzt spricht Polnisch. Als er erfuhr, daß ich hier bin, kam er mich besuchen und brachte mir dunkle Weintrauben und drei goldgelbe Bananen mit. Welch eine Erleichterung, ihn vor mir zu sehen und zu reden, endlich zu reden. Ich erzähle ihm von meiner Angst, von den schlaflosen Nächten im Hahnemann, von all denen, die hinter der quadratischen Tür des Operationssaales verschwunden sind, um nie mehr wiederzukehren. Ich erzähle von der Italienerin, von Stella, von Rosemarie, von Berni, der einen Tag vor meiner Abreise seinen kleinen gelben Koffer gepackt hat, mir noch einmal vom Gang aus schüchtern zulächelte – ich wollte ihn nicht zum Fahrstuhl begleiten – und ging. Er ist nach Hause gefahren, nach Argentinien, er als einziger gesund … Der weißrussische Arzt hebt langsam den Blick von seinen gefalteten Händen. Er bittet mich, ihm mehr von Berni zu erzählen. Ich beschreibe das weiße, dünne Gesicht, den eingefallenen Brustkorb, die schmale, drei Zentimeter lange Narbe auf der rechten Seite.

»Bertrand hat hier auf der Lungenabteilung gelegen«, sagt der Arzt. »Ich vermutete Lungenkrebs. Wir haben ihn zu weiteren Untersuchungen nach Philadelphia geschickt, dort wurde meine Diagnose bestätigt. Der Krebs hat gestreut, da kann man nichts mehr machen. Er wird höchstens noch ein paar Monate leben.«

Bereute ich etwa, daß ich ihn nicht zum Fahrstuhl gebracht habe, daß ich mein Gesicht abgewandt habe, damals, als er in dem Aufenthaltsraum am Ende des Ganges mein Haar leicht berührte?

Oktober

Ich werde verwöhnt. Der weißrussische Arzt bringt mir täglich dunkle Trauben, verbringt Stunden an meinem Bett. Er hat irgendeiner Lehrerin polnischer Abstammung von mir erzählt, und auch sie hat mich besucht. Der Besuch war wundervoll. Ich habe eine Menge Geschenke bekommen, und wie im Feenmärchen wurde ich gefragt, was ich mir am meisten wünschte. Ich verlangte nach einem Friseur. Es stellte sich heraus, daß der Mann der Lehrerin ein echter Friseur war, und am nächsten Tag brachte sie ihn samt einem ganzen Arsenal an Werkzeug zu mir. Beim Anblick der Haarschneider, Rasiermesser und Scheren, die ihr Mann, ein dicker, energischer Deutscher, aus einem Lederköfferchen hervorholte und auf dem Nachttisch neben dem Bett ausbreitete, erschrak ich ein wenig. Zum Schluß holte er ein riesiges weißes Laken heraus und band es mir um den Hals. »Nur ein wenig kürzen«, bat ich, doch er schenkte weder meiner Pantomime noch den Worten seiner Frau Beachtung. Eifrig machte er sich ans Werk. Ehe ich protestieren konnte, lagen schon drei lange Haarsträhnen auf dem Boden. Jetzt mußte auf der anderen Seite das gleiche gemacht werden. Als ich den Händen des Friseurs entkam, lag mein ganzer Haarschopf auf dem Boden, während ich irgend etwas komisch Kurzes auf dem Kopf hatte. Der Friseur stand hinter mir, so zufrieden mit seiner Arbeit, daß sich die entsetzte Grimasse auf meinem Gesicht langsam in ein Lächeln verwandelte.

Ende Oktober

Die kurzen Haare stehen mir gut, das blasse Gesicht steht mir gut. Die ganzen zarten rosa Spitzen, in die man mich gekleidet hat, stehen mir gut. Ich stehe vor dem Spiegel und betrachte mich. So leise klimpernd klingt Eitelkeit, hörst du sie klimpern? Wie die Armreifen an den schmalen Handgelenken von Inderinnen, wie die goldenen Ringe in den schwarzen Ohren von Glowine. So bin ich ganz wahrhaftig, wenn ich die nächste halbe Stunde lang vor dem Spiegel stehe. Wenn ich nacheinander alle meine Finger betrachte, jeden einzelnen knicke. Sie sind so lebendig, und so warm. Und wahrscheinlich können sie etwas, und denken … Wie ist es danach? Ich betrachte meinen Ellbogen und lege die Wange an meinen Arm. Er duftet … ich habe jetzt viele Duftwässer, und ständig bekomme ich neue. Wie ist es also danach?

Am Montag, das heißt in genau drei Tagen, bringen

sie mich wieder in das Krankenhaus in Philadelphia. Diesmal bestimmt.

Es gibt Nächte, mein Freund, in denen die Welt zu Ende geht. Die Welt geht fort und läßt uns mit geweiteten Pupillen und hilflos herabhängenden Armen zurück. Zunächst ist es das Bewußtsein und die unwiderrufbar mathematische Notwendigkeit, das Bewußtsein, daß es morgen keine Welt mehr geben wird. Und wie sieht sie in jenem so oft und immer aufs neue erahnten Augenblick aus, jenem Augenblick, der in uns heranwächst, reift, ganz am Ende dieses Augenblicks? Dann, wenn die Welt zugleich existiert und nicht existiert, wenn man noch mit einem Atemzug, einer Geste versucht, das aufzuhalten, was unwiederbringlich in uns vergeht?

Und die Nacht, mein Freund, wie dunkel ist dann die Nacht! Und wie plötzlich beginnt sich vor ihrem undurchdringlichen Hintergrund das Leben abzuspielen! Da ist die grelle Sonne, die senkrecht auf die Erde fällt, Morgenstunden im Sonnenlicht und laue Sommerabende. Es tauchen Pfützen auf, die vom warmen Regen übriggeblieben sind, Füße, bis zu den Knöcheln in Wasser getaucht, Fußknöchel. Und es nähern sich den Augen Fragmente einer Erde, die sich verschiebt, schaukelt, ihre lockere Konstruktion freilegt, sich in Teile zerbröseln läßt. Es kommen Nachmittage, an denen die Sonne am höchsten Punkt des Himmels verharrt, an denen die Schatten kurz und scharf umrissen sind und jedes im Raum hängende Staubkorn, das von der Sonne geraubtem Licht durchschienen wird, für sich wichtig ist.

All das birgt die Nacht in sich, und dann kommt das Morgengrauen, und die Vorbereitungen sind getroffen.

Weißt du, wovon ich spreche? Ich spreche von jenem Augenblick, in dem ich so sauber, so aseptisch auf dem Krankenhausbett lag, daß ich nicht mehr ich selbst war, mein keimfreier Körper nicht mehr ich war. Es war ein fremder Geruch nach Chloroform und Verbandmull. Ich führte meine Hände zum Gesicht und versuchte darin jene Hände wiederzuerkennen, die mir so oft nützlich gewesen waren und so oft gehorsam all meine Wünsche erfüllt hatten. Diese Hände rochen ebenfalls nach Chloroform. Ich legte sie auf die Bettdecke, damit sie sich ausruhten. Ich wußte, daß ich sie noch für Abschiedsgesten brauchen würde, und um die aufkommende Angst zu bannen. Ich werde sie fest zusammenballen, und der aus den zusammengedrückten Fasern ausströmende Schmerz wird mich vergessen lassen, daß die Welt stirbt.

So lag ich in dieser von Atemzügen erfüllten Nacht da, mein Freund, gefangen in einem weißen Kokon aus Verbandmull und aseptischem Geruch. In jenem Augenblick dachte ich nicht mehr an dich, ich suchte nicht nach Worten für Farben, ich versuchte mich an nichts mehr zu erinnern. Es war anders als damals, als ich mit dir durch den Regen ging, als du nach dem Spaziergang im Sessel vor meinem Bett saßest. All das, was ich dir je zu sagen versucht hatte, stand jetzt vor mir, scharf umrissen vor dem Hintergrund der im Halbdunkel unebenen Wand. Ich verfolgte gebannt diese Augenblicke, die aus dem Schatten entstiegen und davoneilten, noch bevor ich sie erkennen konnte. Andere kamen ... Im Morgengrauen gingen sie alle fort und ließen mich vollkommen ruhig und gänzlich vorbereitet zurück – auf den Schlaf, auf den Tod? Der Himmel wurde grau, und die Neonlichter verblaßten. Der Türspalt wurde heller. Noch ein Augenblick, einer dieser langen Augenblicke, und der Tag war gekommen.

Ich habe dir niemals davon geschrieben, denn in jener Nacht waren meine Handgelenke bandagiert, und ich konnte nicht schreiben, und einige Tage später riß mich der Alltag fort, und ich dachte nicht mehr an jene Nacht zurück. Schon etwa zwei Wochen später begann ich, sehr mutig zu leben, und alle Tage vor der Operation verliefen zu einer, nicht der wichtigsten, Erinnerung zusammen, die ich für gewöhnlich als »jenen Zeitraum« bezeichnete.

II

Du sitzt in dem tiefen Sessel vor meinem Bett. Wir sehen uns erst zum drittenmal, und mir kommt es vor, als wären ganze Jahre vergangen. Ich kenne dein leicht nach oben gewandtes, hinter der schwarzen Brille starres Gesicht auswendig. Stets die gleiche ironisch verzogene Miene, die gespitzten Lippen; ich muß dich nicht ansehen, um es zu wissen, um auf der Hut zu sein. Deine Stimme, die die Wörter verschleppt ...

»Ich gehe nicht gern ins Kino.«

Kannst du dich noch erinnern? Du hast das gesagt, und zum erstenmal blickte ich schnell zu deinem Gesicht hoch, begriff. Um meine Ungeschicklichkeit wiedergutzumachen, sagte ich: »Ich gehe auch nicht gern ins Kino«, und bat dich, mich nach Hause zu begleiten. Du warst einverstanden. Ich hielt mich an deinem Arm fest, als wir über die glatte Straße voller gefrorener Schneebrocken gingen.

Ich hatte an jenem Abend Angst. Das Gehen fiel mir schwer, und schon die kleinste Aufregung ließ meinen Atem unangenehm stocken. Als ich damals die Einladung erhielt – einen schmalen Papierstreifen mit schlampigem Aufdruck –, zuckte ich mit den Schultern, begann nach einer Weile jedoch zu zögern. Seit einigen Monaten saß ich nun zu Hause, meistens im Bett, und sah außer meiner Familie niemanden. Meine Gedichte waren vielleicht auch nicht die schlechtesten, wer weiß, vielleicht würde sich jemand entschließen, sie zu drucken, wenn ich sie persönlich hinbrachte. Ich beschloß, zu dem Abend der Kreispoesie in der Kreisstadt hinzugehen.

Die Veranstaltung fand in der Redaktion einer Tageszeitung statt. Ich zahlte das Taxi und stand eine Weile auf der Straße. Eine schwarze Tafel hing neben der Tür, von der die Farbe abblätterte und für die sich niemand zu interessieren schien; heimlich, hastig schlüpfte ich hinein. In dem geräumigen Flur war es ebenso schmutzig und grau wie draußen, ich betrachtete ratlos die Reihe geschlossener Türen. Eine davon wurde aufgerissen, und es erschien das bärtige Gesicht eines jungen Mannes, der bei meinem Anblick »Sie ist gekommen!« ausrief, worauf sich der Flur mit ihm ähnelnden jungen Leuten füllte. Es waren acht oder neun. Sie führten mich in ein kleines, verrauchtes Zimmer, setzten mich auf den exponiertesten Platz, baten mich zu lesen. Meine Hände zitterten, als ich die tintenbeschriebenen Blätter aus der Tasche holte, das Atmen fiel mir schwer. Ich spürte ihre prüfenden, abschätzenden Blicke auf mir, sie betrachteten meine Haare, mein Gesicht, meine Beine, sie musterten mich von oben bis unten, ohne dem Inhalt meiner Worte, dem Zittern meiner Stimme größere Beachtung zu schenken. Damals bist du mir noch nicht aufgefallen. Ich war vollauf mit dem Flattern meines Herzens beschäftigt; es schlug ungleichmäßig, laut, beinahe hörbar. Hoffentlich bemerkten sie es nicht, betete ich, hoffentlich kann ich bloß zu Ende lesen, bevor mir der Atem wegbleibt. Kaum war ich fertig, da brachen sie polternd auf, um ins Kino zu gehen, luden auch mich ein, und als ich ablehnte, als wir beide ablehnten, ging ich zu dir und fragte: »Warum wollen Sie nicht ins Kino gehen?«

»Ich gehe nicht gern ins Kino.«

Die schwarze Brille verbarg deine Augen. Plötzlich begriff ich.

Ich bekam schwer Luft, als ich neben dir her ging und über die Schneeklumpen stolperte. Unter dem linken Schulterblatt spürte ich den bekannten brennenden Schmerz, ich konnte nicht auf deine Fragen antworten. Als wir endlich zu Hause ankamen und meine Mutter meinen schnellen, pfeifenden Atem hörte, rief sie aus: »Und du hast dich doch übernommen, ich wußte, daß du dich übernehmen würdest, leg dich sofort ins Bett!«

»Das ist ein Freund von mir«, sagte ich. »Ich lege mich sofort hin, du mußt ihn nicht aus dem Zimmer bringen.«

Du standest reglos da, lauschtest, wie die Unterwäsche, die ich auszog, raschelte, und als ich schon im Bett lag, in die hohen Kissen gelehnt, und mein pfeifender Atem sich langsam beruhigte, hast du dich in den tiefen Sessel gegenüber gesetzt und mit deiner sanften Stimme, die die Worte verschleppt, deine Frage wiederholt.

Im September '39 war meine Mutter mit mir auf der Flucht vor der deutschen Invasion. Wir fuhren zur Familie aufs Land, und als die Front bedrohlich näher kam, machten wir uns auf einem Leiterwagen auf den Weg gen Osten. Der Wagen, von einer Kuh und einem dürren Pferd gezogen, kam nicht so schnell voran wie die motorisierte deutsche Armee, und so steckten wir binnen weniger Stunden mitten im Kriegstreiben. Immer öfter war bedrohliches Brummen über unseren Köpfen zu vernehmen. Wir sprangen aus dem Wagen und versteckten uns im Wald. Meine Mutter hatte eine grüne Wolljacke dabei. Wenn die Flugzeuge über dem Wald auftauchten, legte sie sich neben mich ins Gras und deckte uns mit dem grünen Stoff zu. So gut ich konnte, streckte ich meinen Kopf hervor und sah auf den Wald. Die Geschosse verletzten die Bäume, die Äste fielen raschelnd herunter. Meine Mutter drückte mich fest zu Boden, zog die Wolljacke über meinen Kopf. Sie erlaubte mir erst dann aufzustehen, als das Motorengeräusch gänzlich verstummt war. Dann rannte ich los und hob die abgetrennten Äste auf. Diese Äste, die ich so gierig aufsammelte, die ich an meine Brust drückte und mitschleppte, sie waren meine ersten Toten.

Einige Jahre später sah ich dann leblose Menschen. 1945 kämpften russische Soldaten in den Straßen meiner Stadt. Die Offensive war überraschend gekommen, ertappte mich mitten im Spiel und erfüllte mich sogleich mit Entsetzen. Ich las keine Zeitungen, ich hörte den Unterhaltungen der Erwachsenen nicht zu, und ich wußte nichts davon, daß ich in einigen Tagen, ja vielleicht gar in einigen Stunden einen echten Kampf sehen sollte. Die Kämpfe, die ich bisher gesehen hatte und an denen ich mit Leib und Seele teilnahm, wurden auf dem Hof zwischen zwei Kindermannschaften ausgefochten, die in zwei feindliche Lager geteilt waren. Ich war der Befehlshaber der deutschen Division, so hatte es das Los bestimmt, denn wir losten, wer zu der feindlichen Mannschaft gehören sollte. Keiner wollte sich freiwillig dazu bereit erklären. Ich war ein sehr tapferer Befehlshaber: Ich hatte die zahlenmäßig schwächere und schlechter bewaffnete Armee, ich mußte persönlich über den Angriff wachen, die Soldaten zum Kampf ermuntern und vor allzu früher Kapitulation warnen, was natürlich das Spiel verdorben, unsere Herzen zugleich jedoch mit großer Freude erfüllt hätte. Was haben wir nicht alles getan, nur damit die Polen gewinnen! Ich erinnere mich, wie sich einmal ein Späher der polnischen Mannschaft von hinten an mich heranpirschte und, als ich mich umdrehte, mit einem Stein nach mir warf. Nur eine plötzliche Kopfbewegung bewahrte mich vor dem Verlust eines Auges, dem Schlag konnte ich jedoch nicht ausweichen. Der Stein traf mich direkt unter dem Auge, das Blut unterlief die Haut und verfärbte meine Wange blau. Ich habe damals nicht geweint, obwohl der Schmerz beträchtlich war, und spielte den ganzen Vorfall herunter, indem ich auf die beunruhigten Fragen meiner Mutter leichthin »ich bin hingefallen« antwortete.

Diese täglichen Kämpfe hatten mich jedoch nichts gelehrt, und mit großem Erstaunen beobachtete ich die plötzlich leergefegten Straßen. Die Menschen waren binnen Sekunden auseinandergestoben, mein Vater zog mich hinter sich her, lief in die Wohnung und verbarrikadierte das Fenster. Der Kanonendonner, der mir zunächst nicht bewußt wurde, verstärkte sich, ganz in der Nähe waren einzelne Schüsse zu hören. Nachdem sie kurz beratschlagt hatten, beschlossen meine Eltern, in den Keller hinunterzugehen, und meine Mutter führte mich über die gewundene Treppe hinab. Ich setzte mich neben sie auf einen Holzklotz und lauschte den Geschützfeuern.

Die Kämpfe dauerten drei Tage. In diesen drei Tagen wollte ich mich nicht hinlegen, ich erlaubte nicht, daß man mir den warmen Mantel auszog. Ich saß da und döste, den Kopf in den Schoß meiner Mutter gedrückt. Am vierten Tag kam mein Vater morgens mit der Nachricht hinunter, die Deutschen seien weg, und führte uns auf die Straße. Und dann sah ich sie zum erstenmal. Sie lagen mit ausgebreiteten Armen und angewinkelten Beinen da. Sie sahen sonderbar klein aus. Ich drückte fest die Hand meines Vaters, krallte meine Nägel hinein. In den flachen Gräben am Marktplatz lagen ganze Haufen, ihre Uniformen waren blutbefleckt, zerrissen, die Augen glasig. Ich ließ die Hand meines Vaters los und floh nach Hause.

Am nächsten Tag bekam ich hohes Fieber. Der benachbarte Arzt sagte, es sei eine gefährliche Angina, und befahl mir, das Bett zu hüten.

Tage voller Neuigkeiten, voller aufgeregter Stimmen und fremder Gerüche. Die sowjetischen Soldaten, die in unserem Haus stationiert waren – sie rochen nach Tabak und Schweiß –, unterhielten sich in einer unverständlichen Sprache. All das drang durch die dünne Wand und über Mutters Erzählungen zu mir. Ich lag im Bett. Der Arzt stellte fest, aus der Angina sei eine Gelenkentzündung geworden, und er verbot mir aufzustehen. Täglich schmierte meine Mutter mir die schmerzenden Handgelenke, Ellbogen, Knöchel und Knie mit einer gelben Salbe ein und bandagierte sie. Als die Entzündung schlimmer wurde, wickelte sie auch meine Hände ein. Ich saß auf der Couch in der Zimmerecke und lauschte den Geräuschen, die durch die geschlossene Tür drangen. Dort wohnten die Soldaten. Am liebsten wäre ich hingegangen, um sie aus der Nähe zu betrachten, doch die Gelenkschmerzen machten die kleinste Bewegung unmöglich. Ich lag also reglos da, versuchte den Schmerz auszuspielen und wartete auf meine Mutter.

Sie kam, setzte sich an mein Bett und las mir Bücher vor. Ich hörte ihr zu und baute aus ihren Worten so lebendige Bilder auf, daß sie beinahe echt wirkten. Ich bin überall gewesen: in der Steppe Westamerikas, ich nahm an einer Afrikaexpedition teil, ich überquerte den stürmischen Ozean … Meine Mutter unterbrach die Lektüre, um mir meine Medikamente zu geben. Ich trank schnell die bitteren Tropfen aus, schluckte die Tabletten, nur damit sie nicht zu lesen aufhörte. Auf diese Weise vergingen sechs Monate. Als die Sonne immer häufiger zum Zimmerfenster hereinschien, wurde ich ungeduldig und bat meine Mutter, aufstehen zu dürfen. Sie war jedoch unerbittlich. Auf mein Flehen gab sie mir zur Antwort, ich hätte ein krankes Herz und dürfe nicht herumlaufen. Ende Juni holte sie einige Ärzte. Sie untersuchten mich der Reihe nach, dann setzten sie sich an den Tisch und begannen, unverständliche lateinische Begriffe untereinander auszutauschen. Ich hörte gespannt zu und versuchte, aus dem Tonfall ihre Entscheidung herauszuhören. Ich fürchtete, daß sie mir nicht erlauben würden aufzustehen. Sie verabschiedeten sich, und kurz darauf kam meine Mutter ins Zimmer, ihre Augen leuchteten, als sie sich über mich beugte und sagte, ich dürfe aus dem Bett steigen. Meine Freude war so riesig, daß ich beschloß, sofort von der Erlaubnis Gebrauch zu machen. Ich sprang auf, schrie vor Schmerz auf und fiel zu Boden. Ich konnte nicht laufen. In den Monaten, in denen ich gelegen hatte, hatten die Gelenke ihre Geschmeidigkeit verloren, sie wollten sich nicht beugen und konnten das Gewicht des Körpers nicht halten. Erst mit Hilfe meiner Mutter, beinahe von ihr getragen, gelang es mir, einige Schritte zu tun. Dieser erste Versuch erschöpfte mich so sehr, daß ich ohne Widerworte ins Bett zurückkehrte. Ich weinte nicht, doch beim Anblick meines vom Schmerz angespannten Gesichtes erriet meine Mutter, daß ich verzweifelt war. Sie setzte sich zu mir und begann mir zu erklären, daß die Schwäche sicher bald weichen würde und ich geduldig sein müßte.

Innerhalb weniger Tage lernte ich zu gehen, nach einem Monat konnte ich schon laufen, und im Herbst bin ich zum erstenmal in meinem Leben zur Schule gegangen.

All das erzählte ich dir am ersten Tag, als du mich fragtest, warum ich nicht frei atmen kann. Ich wußte damals nicht, daß deine Frage eine List war. Es ging dir nicht um die Entstehung meiner Krankheit. Du wolltest etwas sehr viel Wichtigeres wissen; du wolltest wissen, woraus meine Entschlossenheit entsprungen war, meine Liebe, mein Schmerz. In dem verrauchten Zimmer voller fremder Männer, die mich aufdringlich ansahen, hast du allein meinen Worten gelauscht. Du hast das Zittern meiner Stimme gehört und erraten, daß sich unter den Worten Verzweiflung und Auflehnung verbargen. Als am späten Abend meine Mutter das Zimmer betrat und du aufgestanden bist, um dich von mir zu verabschieden, habe ich dich gefragt: »Kommst du morgen?« Du hast genickt, und als du schon auf der Türschwelle warst und mit deinen Fingern vorsichtig die geöffnete Tür berührtest, hast du dein regloses Gesicht zu mir gewandt und langsam gesagt: »Morgen sehen wir uns wieder.«

Die Endokarditis, wie man meine Krankheit nannte, kehrte im Herbst mit einer neuen Erkältung zurück. Schon im Oktober lag ich mit Halswickeln im Bett, und als das Fieber stieg, merkte ich, daß mein Herz ein Eigenleben hatte. Es zappelte, als wollte es sich aus der Gefangenschaft der Rippen losreißen, es hob die Decke an und meldete sich bei jedem tieferen Atemzug mit einem stechenden Schmerz. Sein heftiger Rhythmus beruhigte sich nur unter kalten Umschlägen. Ich bat meine Mutter, das Eis in der Wärmflasche oft zu wechseln, die Wärmflasche überhaupt nicht von meiner Brust zu nehmen. Ich lag ruhig auf dem Rücken und spielte mit hölzernen Schachfiguren. Am liebsten hätte ich gelesen, aber meine Mutter sagte, es sei schlecht für die Augen, mit Fieber zu lesen. Ich las also nur, wenn ich wußte, daß sie nicht zu Hause war, und sobald die vertrauten, leichten Schritte im Nebenzimmer erklangen, versteckte ich das Buch tief unter meinem Kissen und nahm wieder die hübsch geschnitzten Schachfiguren in die Hände. Anfangs betrachtete ich sie nur, doch bald schon fesselten ihre Formen meine Phantasie, und ich legte mir Märchen zurecht, in denen sie die Rollen spielten, die ihre Namen ihnen zuordneten. So brachte ich einige Monate im Liegen zu, bis unser Hausarzt, entmutigt durch keinerlei Besserung meines Gesundheitszustandes, beschloß, mich ins Krankenhaus einzuweisen.

Meine Eltern brachten mich nach Krakau. Ich war zu schwach, um mir die Stadt anzusehen, bettelte jedoch darum, daß sie auf dem Weg zum Krankenhaus einen Umweg über den Markt und die schmalen Gassen der Innenstadt machten. Wir fuhren am Wawel vorbei, ich lehnte mich aus dem Auto und erhaschte mit einem Blick einen Ausschnitt der roten Mauern und die Spitzen der grünen Türme; auf dem Rückweg umkreiste unser Taxi die Sukiennice, die Tuchhallen, um dann – schon schneller – zu der Straße zu fahren, mit der ich eine langjährige, intime Bekanntschaft schließen sollte – der Ulica Kopernika. Das Fenster des Krankensaales ging zur Jesuitenkirche hinaus, vom Bett aus konnte ich einen Teil des Turmes mit der steinernen gekreuzigten Christusfigur sehen, die zur Hälfte von wildem Wein zugewuchert war. In den übrigen vier Betten lagen blasse, hagere Frauen, deren Alter ich auf den ersten Blick nicht ausmachen konnte. Neben einer von ihnen saß meine Mutter und sagte etwas mit ihrer klangvollen, warmen Stimme. Die Frau starrte mit ihren tiefliegenden dunklen Augen auf Mutters Gesicht; ihre dünnen gelben Finger klammerten sich in einer Geste voller Qual an die Hände meiner Mutter. Die Stimme meiner Mutter wurde kurz eindringlicher, nahm eine tiefere, dunklere Färbung an, und obwohl die Worte nicht bis zu mir drangen, erriet ich, daß meine Mutter vom Leben und von Gesundheit sprach. Ich blickte auf ihr vorgebeugtes Profil, und beim Klang ihrer Stimme fühlte ich mich beinahe sicher.

Und dabei wußte ich damals schon alles vom Tod. Ich erinnerte mich an die toten Soldaten, und der Gedanke, ich könnte genauso regungslos daliegen, genauso kraftlos wie sie, erfüllte mich mit Angst. Ich drückte meine Hand auf das laut schlagende Herz und sah meiner Mutter forschend ins Gesicht. Sie lächelte, ihre Augen und Lippen lächelten, und ihre Worte bargen die warme Gewißheit, daß mein Leben nicht im geringsten bedroht war. Auf mich traf die Möglichkeit nicht zu, die sich in diesem weißen Zimmer voller gequälter Blicke und unausgesprochener Flüsterlaute auf so grausame Weise aufdrängte, ich allein meinte – dank der Gegenwart meiner Mutter – unsterblich zu sein.

Nach einwöchigen Untersuchungen entschieden die Ärzte, daß mir die geschwollenen, verwachsenen Mandeln entfernt werden sollten. Die Operation an sich gehörte nicht zu den komplizierten Eingriffen, mein Herz jedoch war entzündet, und der Körper, wenn auch noch jung, war von der Krankheit erschöpft. Wir, meine Mutter und ich, gingen – wie immer gemeinsam – zur Zimmertür des Chirurgen. Ich blieb entschlossen auf der Türschwelle stehen, klammerte mich an den Türrahmen und verlangte, man sollte meiner Mutter gestatten, mit mir hineinzugehen. Sie mußte da sein, sie mußte vor mir stehen. Das war wichtig. Ihre Augen bargen einen Geheimcode, jedes einzelne Zeichen davon bestärkte mich in dem Gefühl der Sicherheit. Damals wußte ich noch nicht, ahnte nicht einmal, daß eine Mutter mit den Augen lügen kann. Ich sah sie auch dann an, als der Arzt meinen Kopf nach hinten neigte und das spitze Werkzeug in meinem Hals versenkte. Ich atmete schwer, verschluckte mich am Speichel, wandte meinen Blick jedoch nicht von ihren Augen ab. Ich sah, wie sie konzentriert die flinken Bewegungen des Arztes verfolgte, und ich sah – wenn sie ihre Augen hob und auf meinen forschenden Blick traf –, wie sich ihre Lippen zu einem leichten, verschwörerischen Lächeln formten. Sie lächelte, als der Arzt uns nach dem Eingriff zur Tür seines Behandlungszimmers führte und als ich mit einem vagen Übelkeitsgefühl und Würgen im Hals wieder im Krankenbett lag – sie setzte sich neben mich, und sobald ich meinen Kopf unruhig bewegte, legte sie ihren Finger auf meine Lippen und gebot mir mit dieser Geste, vollkommene Ruhe zu bewahren.

Nach zwei Stunden fing ich an, stark zu bluten. Dunkles Blut quoll aus meiner Kehle, ich wurde ganz schwach. Man nahm mich mit, um mich zu versorgen, und diesmal ließ man meine Mutter nicht mit hinein. Ich wußte jedoch, daß sie direkt vor der Tür wartete und Worte der Aufmunterung flüsterte, die für mich bestimmt waren. Ich unterdrückte das Stöhnen, das aus meiner verletzten Kehle drang, ich bemühte mich, gegen die Ohnmacht anzukämpfen, die mit einer weichen, warmen Welle meine Augen und meinen Mund überflutete. Als ich mich im

Bett wiederfand, war ich so schwach, daß ich nicht einmal meine Arme heben konnte. Ich schabte leicht an der Bettdecke, um meine Mutter zu bitten, zu mir zu kommen. Auf ihre Frage, ob ich etwas bräuchte, antwortete ich mit einem kaum merklichen Kopfschütteln. Ich wollte nichts, ich mußte jedoch ihre Augen sehen, mußte in ihr Gesicht blicken. Sie weinte nicht, sie beugte sich mit ganz trockenen Augen über mich, und die leicht zitternden Mundwinkel hoben sich zu einem leichten Lächeln.

Kannst du dich an ihre zierliche Statur erinnern, mein Freund? An ihre helle Stimme und ihren warmen Händedruck? Du hast sofort erraten, daß sie ein Teil von mir ist. Sie war immer da, seit es mich gab, und sie war immer mit mir. Nur ihr verdankte ich den Mut, gegen die Kraftlosigkeit meines eigenen Körpers zu kämpfen, gegen den Alptraum der weißen, nicht enden wollenden Tage, gegen die Unruhe der Krankenhausnächte, die einen an der Kehle packten. Sie gab ihre ganze wunderbare Hartnäckigkeit an mich weiter, sie gab mir all ihre Liebe und ihre Sehnsüchte. Ich weiß, daß du sie bewunderst, ich fürchte jedoch, daß deine Bewunderung für sie nicht aufrichtig ist. Du bewunderst an ihr mein Spiegelbild, dabei bin ich doch ihre unvollkommene Kopie, und sie ist das Urbild. Doch meine Wangen sind frischer, mein Haar fester, und meine Worte gelten dir, während all ihre Worte mir gelten. Und wozu ist diese Vergöttlichung gut? Gib meiner Unaufrichtigkeit deinen Segen, mein Freund, meiner wilden, zügellosen Billigung deiner Gefühle. Ja, nur ich sollte deine Gedanken vollkommen ausfüllen, ich allein!

Ich kann mich nicht mehr genau erinnern, wie lange ich gelegen oder wie ich die Zeit in den Monaten der hartnäckigen Krankheit verbracht habe. Meine Mutter sagt, ich hätte Bücher gelesen, in Schulbüchern geblättert, Gedichte auswendig gelernt und versucht, selbst welche zu schreiben. Unerreichbare Vorbilder waren Mickiewicz und Słowacki. Ich schrieb gereimte Dreizehn- und Elfsilber, versuchte mich auch an Sonetten, und als ich das Gefühl hatte, ich hätte mir diese Kunst angeeignet, suchte ich nach Dreifachreimen und setzte Oktaven zusammen. Ich hatte den Kopf voller Reime und konnte zu jedem beliebigen Thema ein gereimtes Gedicht schreiben. Diese Beschäftigung war mir jedoch nicht besonders wichtig. Wichtig war nur die Welt hinter dem Fenster, die Straße, die man entlanglaufen kann, ohne außer Atem zu geraten, die Sonne, die jeden Morgen auf das Fensterbrett schaute, der Wind, der händeweise die wieder gelb gefärbten Blätter verstreute. Wann würde ich endlich wieder aufstehen, wann würde ich in den Garten hinausgehen können? Meine Mutter wurde böse, wenn sie mich dabei ertappte, wie ich im Nachthemd am Fenster stand, und wenn Tränen der Ungeduld in meine Augen traten, schmiegte sie mich an sich und versicherte beruhigend: »Nur noch ein paar Wochen, nächsten Monat wirst du sicher kräftig genug sein, um aufstehen zu können.«

Seit ich aus dem Krankenhaus zurückgekehrt war, kam unser Hausarzt jeden Tag, hielt einige Augenblicke lang mein Handgelenk, legte das Stethoskop auf mein Herz, wechselte mit meiner Mutter einige Worte bezüglich der Ernährung oder dessen, was ich las, und ging wieder … Ich verfolgte angespannt sein Gesicht über mir, versuchte, seine Gedanken zu erraten. Wird er mir erlauben aufzustehen? Pocht mein Herz diesmal gleichmäßiger? Es muß sich wohl beruhigt haben, denn nach einem seiner üblichen Besuche lächelte der Arzt, und als er auf meinen fragenden Blick stieß, nickte er. »Ja, du darfst aufstehen, aber behutsam ... Du darfst nicht rennen, und du darfst nicht radfahren, du darfst dich nicht anstrengen ...«

Ich stand auf. Einige Tage lang schlich ich durchs Zimmer und lief immer wieder ungeduldig zum Fenster. Endlich erlaubte meine Mutter mir, in den Garten zu gehen. Die spätherbstliche Sonne schien intensiv, Berge zu Boden gefallener Blätter raschelten unter den Füßen, rochen stark. Ich dachte nicht an die Warnungen des Arztes, ich konnte einfach nicht daran denken. Nach einigen Wochen, in denen nur der beschleunigte Herzrhythmus an die kürzlich durchgemachte Krankheit erinnerte, nach einigen Wochen der Sonne und der Erde, die unter den Füßen floh, fand ich mich im Bett wieder, und dann auch im Krankenhaus.

Die Krankheit wurde zu einer guten Bekannten. Sie konnte mich durch nichts mehr überraschen. Ich kannte all ihre Symptome auswendig, unterschied zwischen den Arten des Schmerzes und der Atemnot, wußte auch, wie man ihnen entgegenwirkte. Die Natur hatte mich mit einem Abwehrmechanismus ausgestattet. Ich erstarrte, wenn die Gefahr nahte, ich lag ganz still da. So erstarren Insekten, die über eine Tarnfarbe verfügen, auf der Hand eines Menschen. Ich lag da und ließ meine Mutter mir Tropfen einflößen und all die Anwendungen machen, die mir die Ärzte in ihrer Fürsorglichkeit verschrieben.

Fünfter Tag. Wie üblich hat dich dein großgewachsener, dunkelhaariger Freund begleitet. Ihr bildet ein seltsames

Paar. Neben ihm wirkst du klein, dein Haar ist trotz deiner zwanzig Jahre weiß, und dein Gesicht – dein Gesicht ist ohne Alter. Es ähnelt in Stein gemeißelten Gesichtern, so erstarrt, so ewig gleich in seinem Ausdruck. Auch dein Lächeln verändert sich nicht, und manchmal – selten – bin ich nicht sicher, ob du dich nicht mit hochgezogenen Mundwinkeln über mich lustig machst.

Dein dunkelhaariger Freund weckt eine andere Art von Unruhe in mir. Ihm gefalle ich einfach, ich will ihm gefallen. Wenn er beim Lächeln zur Begrüßung seine scharfen weißen Zähne zeigt und seine dunklen Augen unter den langen Wimpern aufblitzen, spüre ich, wie sich mein ganzer unter der Bettdecke versteckter Körper anspannt. Meine Wangen brennen auf ungesunde Weise, und meine Hände werden feucht. Ich verstecke die Hände unter der Bettdecke und balle sie zu Fäusten. Dein Freund sieht mich forschend an, mit einem Blick, den wir beide Konsumblick nennen würden. Auf die gleiche Weise blickt er auf den gedeckten Apfelkuchen, den meine Mutter gebacken hat, verschlingt mit Bärenhunger unzählige mit Guß überzogene Quadrate, trinkt den Kaffee aus, grüßt hastig und geht. Ich schweige, wenn er überzeugend von den journalistischen Pflichten erzählt, die ihn rufen, ich sage nichts, doch ich bin enttäuscht und wütend. Ich würde ihn gern aufhalten, ich möchte ihn aufhalten können! Und dennoch blicke ich erleichtert auf die Tür, die bereits hinter ihm zugefallen ist, hole die schweißnassen Hände unter der Bettdecke hervor, setze mich bequem hin, und nach kurzer Zeit hat meine Stimme ihre gewohnte Färbung wiedererlangt. Du rückst den Sessel in die Nähe meines Bettes, schweigst eine Weile, bis die Gereiztheit aus meiner Stimme verschwindet, bis der schnelle Atem sich ganz beruhigt, und dann stellst du wieder deine Fragen, listig, drängend.

Als ich zum zweitenmal in die Schule ging, war ich fünfzehn. Ich habe die Aufnahmeprüfung bestanden, und man hat mich in die zehnte Klasse aufgenommen. Die Schule befand sich in einem imposanten vierstöckigen Gebäude, meine Klasse war im vierten Stock. Tag für Tag erklomm ich schwer keuchend die Treppe, drückte meine Hand gegen das heftig schlagende Herz. In der ersten Schulstunde drangen die Worte des Lehrers nicht zu mir, ich war damit beschäftigt, mein schwankendes Herz zu beruhigen. Ich bemühte mich, der Atemnot beizukommen, indem ich tief einatmete, ich versuchte, die ängstlichen Gedanken zu verscheuchen. Wird die Müdigkeit weggehen? Werde ich zur Schule gehen können? Sollte meine Mutter erraten, wie sehr mich das Treppensteigen ermüdet, wird sie mir sicher verbieten herzukommen! Ich bemühte mich, diesen grausamen Gedanken zu verdrängen, verstohlen führte ich meine Hand an die Schläfe, um mich zu versichern, daß das Herz schon ruhiger schlug.

Meiner Mutter fielen die Blässe meiner Wangen und die dunklen Schatten unter meinen Augen auf. Nachts, wenn mein schwerer Atem sie weckte, beugte sie sich über mich, legte ihre Hand auf meine Stirn, um sich zu vergewissern, daß ich kein Fieber hatte, ging beruhigt wieder, um sogleich zurückzukommen. »Tut dir dein Herz auch nicht weh?« fragte sie. »Nein, nein«, beruhigte ich sie. »Mir fehlt wirklich nichts.« Ich konnte nicht zulassen, daß sie die Wahrheit herausfand, ich wollte nicht auf die Schule verzichten. Ich war in meinem Leben gerade einmal ein paar Monate zur Schule gegangen. Schule war für mich ein Symbol für Gesundheit, ein Symbol für normales Leben, nach dem ich mich so sehr sehnte, wenn ich in der Enge der Krankenhauszimmer oder in den heimischen Wänden gefangen war. Ich meinte, daß ich, wenn ich zur Schule ging, wie die anderen Kinder würde, die, die rennen, radfahren, Basketball spielen können … Langsam stieg ich die Treppe empor, hielt auf jeder Stufe inne. Mein Herz polterte immer stärker, und ich brauchte immer mehr Zeit, um meine Atemnot zu überwinden. Ich setzte mich auf jedem Treppenabsatz hin und beeilte mich auch nicht, wenn die Glocke drängte. All diese Vorsichtsmaßnahmen stellten sich jedoch als sinnlos heraus, die Müdigkeit steigerte sich, und an einem Wintertag fühlte ich mich nach dem Treppensteigen so schlecht, daß der Schularzt gerufen wurde. Er blickte auf meinen pulsierenden Hals, nahm mein Handgelenk zwischen seine Finger, lauschte einen Moment lang, und dann ließ er meine Mutter rufen.

Ich kann mich an den würzigen Geschmack der Medikamente erinnern. Der herbe Geschmack von Koramin, der bittere von Digitalis. Auch damit bin ich seit vielen Jahren gut Freund. Anfangs flößte meine Mutter mir die bitteren Tropfen ein, später dann lernte ich, selbst die Hand nach der dunklen Flasche auszustrecken, sobald mein Herz schneller schlug. Ich hielt die Flasche an die Lippen und trank die bittere Flüssigkeit, ohne die Tropfen abzuzählen. Die Krankheit machte sich zusehends in meinem Körper breit, eroberungssüchtig drang sie in bisher nicht belagerte Gebiete, brandmarkte mich. Bald schon war meine Haut von Blutergüssen übersät, die langsam, unerbittlich zu violetten Flecken zusammenzulaufen begannen. Jedes meiner Blutgefäße war über seine Möglichkeiten hinaus geschwollen. Ich lag im Bett. Meine

Welt wurde so quadratisch wie die Zimmerwände und so begrenzt wie die Fläche, die die Wände ausfüllte. Ihre Muster kannte ich auch auswendig. Ich wußte, an welcher Stelle ein menschliches Gesicht dem Chaos aus Strichen und Kreisen entstieg, an welcher Stelle sich das Muster zur Gestalt eines galoppierenden Pferdes formte, zu einem Vogel mit ausgebreiteten Flügeln ... In gleicher Weise betrachtete ich die Muster im Teppich. Die kleinste fehlende Kette im Gewebe war ein Teich oder ein Fluß, die farbenfrohen Flecken in der Mitte waren orientalische Länder. So habe ich zwei Jahre im Liegen verbracht, bis man mich auf Anraten unseres Hausarztes, der die Palette der ihm zugänglichen Medikamente ohne Erfolg ausgeschöpft hatte, ins Krankenhaus nach Warschau brachte.

Ach, heute bin ich wütend auf dich! Ja, bestimmt sagst du ihm, er solle immer so früh weggehen. Gewiß flüsterst du ihm – aus Sorge um mich oder aus Eifersucht – zu, er dürfe mich nicht mit Gesprächen ermüden, meine Hand nicht berühren. Weißt du denn nicht, daß ich mich nach seinen Händen sehne?! Ich habe es dir nie gesagt, doch seit ich dich kennengelernt habe, seit ich dich und ihn kennengelernt habe, habe ich angefangen, außerordentlich auf mein Aussehen zu achten. Vor eurem Eintreffen – ihr kommt pünktlich um fünf – stütze ich den Spiegel auf meine angewinkelten Beine, zeichne meine Augen mit einem schwarzen Stift nach, überziehe meine blassen Lippen mit Lippenstift, stecke meine Haare am Hinterkopf hoch. Ich lächle mir zu und versuche dabei, mit Hilfe eines zweiten Spiegels auch mein Profil zu sehen, ich wähle die günstigsten Stellungen für Kopf und Hände. Kurz vor fünf stehe ich im Nachthemd auf und gehe zum Fenster. Ich ziehe den Vorhang leicht beiseite, drücke mein Gesicht an die Scheibe, schirme meine Augen vor dem Licht ab und starre in die Dunkelheit. »Sie kommen«, rufe ich, wenn eure Gestalten – die eine großgewachsen und aufrecht, die andere kleiner und gebeugt – hinten im Hof auftauchen. Gleich werden sie hier sein – ich springe ins Bett und fühle, wie schnell, wie laut mein Herz schlägt. Gespielt ruhig, unnatürlich lächelnd, lausche ich auf den Hall eurer Schritte, seiner Schritte, durch die geschlossene Tür fange ich den tiefen Klang deiner Stimme auf, den Inhalt der verschleppten, auf den Lippen aufgehaltenen Worte.

Ins Krankenhaus nach Warschau bin ich gemeinsam mit meinem Vater gefahren. Es waren entschieden zu viele Kranke für die wenigen Gebäude, die das Kriegsgemetzel überstanden hatten. Zunächst wollte man mich nicht aufnehmen. Auf Bitten meines Vaters hin willigte der Arzt schließlich ein, und ich wurde auf ein Zustellbett im Gang gelegt. Ich lag mit dem Gesicht zur Wand. Die aufdringlichen, neugierigen Blicke der Frauen, die vorbeigingen, machten mich wütend. Ich zog die Decke bis unters Kinn und tat so, als schliefe ich. In der Nacht starb jemand hinter der Wand. Ich hörte das Stöhnen, eine Krankenschwester rannte mehrfach an meinem Bett vorbei, die schweren Schritte des Arztes donnerten durch den Flur. Gegen Morgen wurde alles still, Hilfsschwestern mit weißen Kopftüchern öffneten die Tür des Isolierzimmers weit und schoben ein Bett, auf dem ein länglicher, sorgfältig in ein Bettuch gewickelter Gegenstand lag, auf den Flur. Das Bett fuhr langsam um mich herum und verschwand quietschend am Ende des Ganges. Ich zog die Bettdecke über die Augen.

Am Morgen wurde ich von Stimmengewirr wach. Der Flur war voller junger Menschen in weißen Kitteln. Ihre Gesichter waren noch kindlich, die Blicke lebhaft, sie benahmen sich albern, wie in der Schulpause. Einige von ihnen blieben neben meinem Bett stehen, betrachteten mich unverschämt. In bereits erprobter Weise zog ich mir die Decke über den Kopf und drehte mich zur Wand. Aus diesem Versteck lockte mich die Stimme des Arztes hervor: »Sind Sie schon lange ...« – und als ich mein Gesicht aufdeckte, fragte er: »Bist du schon lange hier?« und beugte sich hinunter, um mein Herz abzuhören. Als er mit der Untersuchung fertig war, umringten die Studenten mein Bett; nacheinander beugten sie sich über mich, legten das Stethoskop auf meine zitternde Brust, beäugten mich interessiert. Unter der Bettdecke ballte ich meine Hände zu Fäusten, ich spürte, wie dumpfe Auflehnung in mir wuchs. Als sie weg waren, stiegen die zurückgehaltenen Tränen in meine Augen, und ich begann zu weinen. Erst weinte ich leise, wischte mein nasses Gesicht mit dem Zipfel meiner Bettdecke trocken, dann lauter, bis mein herzzerreißendes Schluchzen schließlich im ganzen Gang zu hören war. Vergeblich bemühten sich die aufgeschreckten Frauen, die Bettdecke zu heben. Die Krankenschwester, die mein Gesicht aufdeckte, stand ratlos über mich gebeugt. Erst mit Hilfe des Arztes, der mit einer Hand meinen Kopf festhielt und mit der anderen meine Zähne auseinanderstemmte, gelang es ihr, mir ein Gläschen bitterer Flüssigkeit in die Kehle zu schütten. Nach einer Weile beruhigte ich mich, lag wieder still da, nur ab und zu durchfuhr mich ein plötzlicher Schauer.

Du lächelst mit hochgezogenen Mundwinkeln. Dein Gesichtsausdruck ist unverändert, du hast nichts gesagt, doch ich habe dennoch verstanden. Du bist der Ansicht, ich hätte damals nicht weinen sollen. Schwäche, denkst du, und ein Wort, das wie eine Schnittwunde schmerzt – Hysterie. Ich verstumme für einen Augenblick, verletzt, und dann bricht es aus mir hervor: »Na und, und wenn schon Hysterie, na und?!« Unter der dunklen Haube des Röntgengerätes fragen sie: »Alter der Patientin?«, und ich antworte: »Siebzehn.« Ja, ich war damals siebzehn Jahre alt! Ich drückte das heruntergezogene Nachthemd an meine Hüften, meine Ohren waren voller kühler, präziser Formulierungen: Drei Fingerbreit rechts vom Brustbein, zwischen der sechsten und der siebten Rippe, zwei Fingerbreit von der Axillarlinie … Das Herz wuchs in mir wie eine seltsame Amphibie, ließ meinen Brustkorb zerbersten und ließ mir dabei immer weniger Raum zum Atmen.

Und dennoch hast du recht, mein Freund, jenes Selbstmitleid war unentschuldbar. Ich war zu beneiden, ja genau, ich war zu beneiden. Zunächst war mir nicht bewußt, welche Gefühle ich weckte, und so beachtete ich das dürre junge Mädchen nicht, das unmittelbar an der Tür lag. Ihre tief eingefallenen Augen glänzten fiebrig, ihre Wangen waren ziegelsteinrot verfärbt. Die Lippen waren violett, die Beine blau und geschwollen. Sie hörte nicht auf, mich anzustarren; egal was ich tat, ich spürte ihren Blick auf mir. Schließlich gewöhnte ich mich daran, daß sie mich mit ihrem ausgehungerten Blick verfolgte, daß sie mich mit ihren Augen zur Tür begleitete und leise wartete, bis ich wiederkam, um mich erneut anzusehen. Damals, mein Freund, wußte ich noch nicht, wie sehr jeder meiner Schritte sie verletzte. Sie sah mir zu, wie ich abends meine Haare auf selbstgebastelte Papierpapilloten wickelte, und sooft ich aufstand, heftete sie ihren neidischen Blick auf meine Beine.

Damals wußte ich noch nicht, und als ich begriff, war es zu spät. An jenem Abend setzte sie sich im Bett auf, stierte mit stark geweiteten Pupillen auf die Wand. Sie sprach laut, eindringlich, als wollte sie die langen Monate des Schweigens wieder wettmachen: »Ich werde nicht sterben, bestimmt werde ich nicht sterben. Ich muß leben, es kann nicht sein, daß ich sterbe. Ich muß noch so viel erledigen, so viel erreichen! Ich bin für höhere Zwecke geschaffen! Ich werde nicht sterben, nein, nein!« Ihre Stimme überschlug sich. Ich lief zu ihr und beugte mich über sie. Einen Moment lang wiegte sie sich schweigend hin und her, dann blickte sie haßerfüllt in mein Gesicht und zischte: »*Du* wirst sterben! Schau, wie blau dein Gesicht ist! Du bist nicht hübsch, du bist überhaupt nicht hübsch, sieh dir dein Gesicht an!« Mit unendlicher Mühe warf sie die Bettdecke zur Seite und versuchte aufzustehen. Die geschwollenen Beine knickten ein, und sie stürzte neben das Bett. In Begleitung einiger entsetzter Patientinnen lief der Arzt mit zwei Schwestern herbei. Sie hoben sie auf, neigten ihren Kopf zurück und kippten ein Gläschen mit brauner Flüssigkeit in ihren Mund. Sie wehrte sich nicht, sie schien völlig erschöpft, sie lag still da, mit halbgeschlossenen, glasigen Augen. Sie starb im Morgengrauen, ohne das Bewußtsein wiedererlangt zu haben.

Ich verbrachte sechs Wochen im Krankenhaus. Als mein Vater mich abholte, schneite es bereits. Noch ganz sanft wirbelte der Schnee über meinem Kopf, fiel leicht auf den Gehsteig, um sofort zu weichem schmutzigen Matsch zu schmelzen. Ich fuhr wieder nach Hause! Kurz bevor die letzten Formalitäten für die Entlassung erledigt werden sollten, rief mich der Stationsarzt in sein Sprechzimmer. Ich stand im Wintermantel und mit einem warmen Schal um den Hals vor ihm, fertig für die Abreise. »Nehmen Sie bitte Platz«, sagte er und setzte sich selbst mir gegenüber. »Sie sind kein Kind mehr, an gewisse Dinge müssen Sie selbst denken, Sie müssen auf Ihr Herz achten. Sie dürfen sich nicht anstrengen, Sie dürfen es nicht einmal zum geringsten Schnaufen kommen lassen. Sie dürfen nicht rennen, Sie dürfen nicht treppensteigen, Sie dürfen nicht ...«

»Ich werde daran denken. Auf Wiedersehen, Herr Doktor.«

Kurz danach lief ich die steile Treppe hinunter.

Du bist ohne ihn gekommen, und natürlich habe ich es nicht ausgehalten. Ich lief dir entgegen und überhäufte dich schon auf der Türschwelle mit Fragen: Warum ist er nicht gekommen? Wo ist er? Nicht ein Muskel in deinem Gesicht zuckte, und doch wußte ich, daß ich dich verletzt hatte. Du schwiegst eine Weile, um dann in deinem gewohnten Tonfall, mit leicht in die Länge gezogenen Silben zu sagen:

»Er ist verreist.«

Ich habe nicht gefragt, wohin, ich habe nicht gefragt, für wie lange, aber all diese Fragen kreisten durch die Stille, die durch meinen schnellen Atem unterbrochen wurde.

»Er ist verreist«, hast du wiederholt und schließlich, weil du Mitleid hattest, gesagt: »Nach Warschau, für lange.«

Bittere Gedanken, die schnell abliefen: Wer war ich, daß er hätte bei mir bleiben sollen, dieser kräftige, gesunde Junge mit unerschöpflichen Energiereserven, voller Ehrgeiz, der seinen jungen Kopf sprengte … Womit wollte ich ihn aufhalten, ich, mit meinem kranken Herzen, mit meinem von Krankheit gequälten Körper, mit meinen Gedanken, von denen ein jeder von Schmerz erfüllt war, sich erinnerte. Wie schwer es mir fällt, leicht zu atmen, wie sehr hat es mich angestrengt, die wenigen Schritte zu laufen …

Wir saßen schweigend da. Ich auf der Bettkante, du – auf dem Stuhl am Tisch. Die dunkle Brille trennte dich vom Licht, du konntest meine Tränen nicht sehen.

»Mir geht es heute schlecht«, sagte ich mit leicht heiserer Stimme. »Ich werde nicht reden können …«

Du hast es herausgehört. Deine Lippen zuckten, du sagtest leise:

»Gut, heute werden wir schweigen.«

Ich warf dir einen schnellen Blick zu. Du saßest steif auf dem Stuhl, das Gesicht reglos, die Mundwinkel unverändert nach oben gezogen. Plötzlich lachte ich auf.

Einige Zeit lang hatte ich keine Gelegenheit, die ärztlichen Verbote zu brechen. Das Wetter war schlecht, und meine Mutter erlaubte mir nicht, aus dem Haus zu gehen. Den größten Teil des Tages verbrachte ich im Bett oder im Sessel, den man an das leicht geöffnete Fenster gerückt hatte. Diese Lebensweise führte dazu, daß es mir gutging, und im Frühjahr beschlossen meine Eltern, mich ins Sanatorium zu schicken. Wie üblich brachte mein Vater mich hin, mein starker Vater, der in der einen Hand den Koffer hielt und mit der anderen so kräftig meinen Arm stützte, daß ich beim Gehen fast abhob. Das Sanatorium bestätigte meine Befürchtungen nicht. Diese kleinen, sauberen Zimmer, bunt gestrichen, mit echten Kretonnegardinen, erinnerten in nichts an die tristen Krankensäle. Vom Balkon, auf den ich hinauslief, sah man die Berge, und die Luft duftete nach Fichten. Ich verkündete meinem Vater, daß ich hier voller Freude bleiben würde.

In jenem Frühling gewann ich alle Spiegel lieb. Die blauen Flecken verschwanden von meinem Körper wie durch die Berührung eines Zauberstabes, die Wangen wurden runder und bekamen Farbe. Meine Mutter schenkte mir meinen ersten korallenfarbenen Lippenstift, und jedesmal, wenn ich das Zimmer verließ, zeichnete ich meine Lippen nach. Auf dem Weg zum Heilwasserausschank kam ich an einem Spielwarenladen vorbei, dessen Schaufenster mit einer Spiegeltafel ausgelegt war. Wenn ich an der Auslage vorbeiging, hielt ich für den Bruchteil einer Sekunde inne, erhaschte mein Spiegelbild und lief weiter, aufgeregt und glücklich.

Schnell vergaß ich die guten Ratschläge der Ärzte. Ich lief viel herum und tanzte. Die Männer sprachen mich überall an, und bald mischte sich unter die Freude, die mir dieser Erfolg bereitete, auch Trotz. Wie gern ich sie doch enttäuschte! Ich verabredete mich und ging dann nicht hin. Meine Spätabende verbrachte ich auf dem Balkon meines kleinen Sanatoriumszimmers mit einer außergewöhnlich sympathischen Nachbarin, deren Charakter die Berechtigung ihres Namens – Aniela, die Engelhafte – bestätigte und den auch ihr unheilverkündender Familienname nicht zu dämpfen vermochte: Szatan, also Satan. Aniela Szatan holte ein Schälchen mit Walderdbeeren und Sahne hervor, die sie beim Mittagessen für mich versteckt hatte, und lächelnd bestand sie darauf, daß ich sie aufaß. Ihre mütterlichen Gefühle brauchten dringend ein Ventil; vom Tag unseres Kennenlernens an war ich Gegenstand ihres Stolzes und ihrer Sorge. Sie kümmerte sich herzlich um mich und war sehr betrübt, als man mich einen Monat später mit einem schweren Lungenödem ins Krankenhaus brachte.

Und jetzt frag nicht, denn ich werde nichts mehr sagen.

III

Willst du wissen, warum ich an jenem Abend verstummt bin? Ich hatte Angst. Dein leicht verzogener Mund warnte vor jedem überflüssigen Wort, mißbilligte jedes Gefühl, das keine Grammatikregeln anerkannte. Ich war mir dieser Kontrolle bewußt und bemühte mich, die Augenblicke zu meiden, von denen ich nicht mit der Leidenschaftslosigkeit eines Zuschauers reden konnte. Die Zeit, der ich mich in meiner Erzählung näherte, lebte noch immer in mir. Jede Nacht vor dem Einschlafen starrte ich lange auf die Schatten an der Decke, reckte mit der gewohnten Geste meine Hände in die Dunkelheit. Niemand kam, es konnte niemand kommen. Mein Körper weigerte sich jedoch zu verstehen, er wollte nicht an die Endgültigkeit dieses Fortgehens glauben.

Du drängtest nicht, und so nahm ich meine Erzählung nicht wieder auf. Die zwei Jahre wurden für dich zu einem unentdeckten Archipel in meinem Leben, du wußtest lediglich, daß sie die Jahre meiner Ehe gewesen waren.

Jene Zeit, die bereits hinter mir liegt, ist inzwischen ebenso weit weg wie die Tage, von denen ich dir erzählt habe, und wie die Tage, von denen ich dir noch erzählen werde. Meine Hände recken sich nicht mehr nach der geschlossenen Tür, und mein Körper erinnert sich nicht mehr an die Wärme jenes anderen Körpers. Und dennoch genügt ein kurzer Blick zurück, ein Kopfumdrehen, um ihn wieder vor mir zu sehen, wie er sich über mich beugt.

»Darf ich mich zu Ihnen setzen?«

Ich saß in Gedanken versunken da und hatte ihn nicht kommen sehen. Auf den Klang seiner Stimme hin hob ich den Kopf und sah direkt über mir seine warmen grauen Augen. Diese tiefliegenden Augen, im Schatten zweier breiter Augenbrauen, sahen mich bittend und bewundernd an. Erst sprach er von meinem Gesicht, von meinen Haaren und Lippen, schnell jedoch wechselte er zu dem Thema, das ihn am meisten auf der Welt interessierte – seinem Leben. Er war verbittert, mit der herzenstiefen Verbitterung der Jugend. Er war wütend auf das Leben. Ich ahnte damals noch nicht, daß diese Einstellung allgemein verbreitet war. Ich sah ihn mit weit aufgerissenen Augen bewundernd an, wenn wir unter den schattenspendenden Fichten über den Parkweg spazierten.

Mein neuer Bekannter hing den Gedanken an den Tod seines Freundes nach, der plötzlich und unnötig gestorben war; nach den Abschlußprüfungen kam er sich von seinen Freunden verabschieden – »tschüs dann«, sagte er –, und am nächsten Tag fand man ihn erhängt an einem Apfelbaum auf dem Unicampus. Durch das Prisma dieses Selbstmordes blickte er auf die tiefen, zur Erde geneigten Fichtenzweige, auf die auffordernden Blicke der Mädchen, die an uns vorbeigingen. Seine Traurigkeit beeindruckte mich, ich konnte jedoch diesen Vorwurf an das Leben – daß es sich jeglicher Logik entziehe und daß seine Macht in der Monotonie der gleichen, sich stur wiederholenden Abläufe bestehe – nicht teilen. Wenn wir an sonnigen Nachmittagen unter den tiefhängenden

Ästen hindurchgingen, begriff ich nur, daß mein Bekannter traurig war und sich nicht an der Wiese freuen konnte, die am stärksten in der Abenddämmerung duftet, daß ihm weder das ungestüme Wirbeln beim Tanz noch Küsse Freude bereiteten. Ich beschloß, ihn Freude zu lehren.

Am zweiten Tag erschien ich in meinem besten Kleid zum Treffen. Mein frisch gewaschenes und aufgedrehtes Haar glänzte in der Sonne, und ich lächelte feierlich mit einem eigens für ihn einstudierten Lächeln. Er wartete auf mich, und als er mich kommen sah, lief er mir entgegen. An seiner Schulter hing ein Photoapparat, und unter dem Vorwand, Photos zu machen, postierte er mich in der Sonne und betrachtete mein Gesicht. Als er mich so aus verschiedenen Entfernungen betrachtete und dabei die Augen zukniff, kam es mir vor, als hätte er seine gestrige Stimmung vollkommen vergessen. Ich freute mich über den Sieg, den ich über seine Traurigkeit davongetragen hatte, und lächelte freudig, sobald er mich um ein Lächeln bat. Abends gingen wir zu einer der zahlreichen Tanzveranstaltungen, die in den Sanatorien stattfanden, und zum erstenmal, seit ich zu tanzen gelernt hatte – ich tanzte schon ganze zwei Wochen –, interessierten mich keine anderen Männer. Ich sah nur ihn, und ich tanzte nur mit ihm. Spätabends brachte er mich zum Sanatorium zurück. Bevor ich hineinging, umarmte und küßte er mich. Es war ein sanfter Kuß, warm wie seine Augen und erfüllt von etwas wie Ungläubigkeit. Ich schmiegte mich an ihn und lief dann schnell, ohne mich zu verabschieden, die Treppe hinauf.

Von da an verbrachten wir ganze Tage miteinander. Wir unternahmen gemeinsam lange Spaziergänge über den Weg, der aus der Stadt führte, wir schwammen mit einem geliehenen Kajak über den Teich und tanzten eng aneinandergeschmiegt bis tief in die Nacht. Nie wieder kehrten seine Gedanken zu dem toten Freund zurück, er erinnerte sich auch nicht mehr, was er am zweiten Tag nach unserem Kennenlernen zu mir gesagt hatte. Nachdem er, mit dem Ziel, so gute Photos wie irgend möglich zu machen, akrobatische Verrenkungen vollführt hatte, setzte er sich keuchend in der Parkallee hin, und ich fragte: »Hast du auch ein krankes Herz?« Damals erfuhr ich, daß er einige Monate zuvor an einer Gelenkentzündung erkrankt war, die einen unheilbaren Herzfehler hinterlassen hatte. An seinem Hals pulsierte eine tiefblaue Ader. »Aortaerweiterung«, erklärte er und knöpfte seinen Hemdkragen auf. Später ist mir aufgefallen, daß die Ader jedesmal, wenn er müde war, anschwoll und stärker pulsierte.

All das, was ich am ersten und zweiten Tag unserer Bekanntschaft erfahren hatte, entschwand aus unseren Gedanken, machte der Gegenwart Platz. Jetzt – das war die Sonne, die in unsere Gesichter schien, wenn wir unter den Fichtenästen hervorkamen, das war das Wasser, das unsere Gestalten widerspiegelte, wenn wir uns über den Teich beugten, das waren meine Lippen und meine Hände. Nur noch einmal wurde er für einen kurzen Augenblick traurig, unmittelbar vor seiner Abfahrt. Er fuhr etwas früher zurück als ich, und als er mit dem Rücken an den roten Bus gelehnt dastand, schauten mich seine Augen mißtrauisch, distanziert an. Ich legte meine Hände auf seine Arme, stellte mich auf die Zehenspitzen und küßte ihn auf die Wange.

»Ich werde dir jeden Tag schreiben, und du wirst mir schreiben, und sobald ich nach Hause komme, kommst du zu mir.«

»Vergiß nicht«, flüsterte er, drückte mich heftig an sich und sprang in den losfahrenden Bus.

Ich war traurig, als ich den Weg zum Sanatorium zurückging. Ich ging langsam, hielt alle paar Schritte an, um tief durchzuatmen. Seit einiger Zeit ging es mir nicht gut. Ich ermüdete beim Treppensteigen, ich konnte nicht laufen, und wenn ich tanzte, spürte ich mein Herz kräftig und dumpf pochen. An jenem Abend tanzte ich viel und schnell. Plötzlich drückte es mir die Kehle zu – die wohlbekannte Atemnot kroch in meine Kehle. Ich schlüpfte aus dem überfüllten Saal und setzte mich auf den Rasen. Ich atmete tief durch, doch die erhoffte Erleichterung stellte sich nicht ein. Ich ging in Richtung Sanatorium, erst langsam, und als ich spürte, daß die Atemnot schlimmer wurde, schneller. Ich atmete schwer, schnappte mit weit geöffnetem Mund nach Luft, aus meiner Kehle drang ein heiseres Pfeifen. Ich erreichte den Eingang zum Sanatorium und setzte mich völlig erschöpft auf die Treppe. Von einem Spaziergang zurückkehrende Gäste schleppten mich die Treppe hinauf und trugen mich in das Schwesternzimmer. Jemand rannte, um den Arzt zu holen. Ich lag würgend da. Ich bekam keine Luft. Der herbeigeeilte Arzt stach mir nach kurzem Überlegen eine dicke Nadel in den ausgestreckten Arm. In einem dünnen, dunklen Strahl lief das Blut in ein bereitgestelltes Glas. Ich erstickte. Zwischen den pfeifenden Atemzügen rief ich: »Mama« und: »Ich will nicht sterben!« Als sich das Glas mit Blut gefüllt hatte, verspürte ich Erleichterung. Der Atem kehrte zurück. Der Arzt, der bislang neben mir gestanden hatte, setzte sich auf einen Stuhl und faßte mich am Handgelenk.

»So etwas darfst du nicht machen, Mädchen«, seine sanfte Stimme drang wie aus der Ferne zu mir, übertönt von dem Rauschen des Blutes in meinen Ohren, meinem immer noch unruhigen Atem.

»Du darfst nicht ...« Aus der Ferne blickten mich blaßblaue Augen an; weit weg, in weißen Nebel gehüllt, beugte sich sein runzliges braunes Gesicht über mich.

»Wenn du nur einen Moment später gekommen wärst, hätte ich dich nicht retten können. Du willst doch leben, nicht wahr?«

Die blassen Augen kamen plötzlich näher. Der letzte Satz klang spitz in meinen Ohren.

Ich will leben. Ja, ich will so sehr leben! Ich will die saubere Luft einatmen, ich will meinen Freund küssen, ich will in seinen Armen tanzen!

»Du wirst noch eine Weile liegenbleiben müssen. Versprichst du, geduldig liegenzubleiben?«

»Ja, ich verspreche es.«

»Du bleibst über Nacht hier im Sprechzimmer, dieser Anfall dürfte sich nicht wiederholen, aber ...«

Am nächsten Tag kam mein Vater, den die Sanatoriumsleitung telegraphisch benachrichtigt hatte. Sein Gesicht war von Schlaflosigkeit und Sorge angespannt, und als er sich zur Begrüßung über mich beugte, sah ich in seinen Augenwinkeln Tränen. »Mir fehlt wirklich nichts mehr«, versicherte ich ihm und widersprach nicht, als er mir leise, vorsichtig sagte, daß wir zusammen in die Klinik nach Krakau fahren würden. Ich saß auf dem Bett, während mein Vater meine Sachen packte. Von unten drangen Orchesterklänge herauf – der Abschlußabend. Unter der Decke bewegte ich meine geschwächten Beine im Takt eines Foxtrotts.

Die Liebe wurde zu meiner Verbündeten. Sie verlieh mir Mut und Geduld. Ich wußte, daß ich gesund werden mußte, und ich wußte, daß mich – egal, wo ich mich befand – die rechteckigen Blätter erreichen würden und ich beim Lesen abwechselnd weinen und lachen würde.

Die wohlbekannte Miene auf deinem Gesicht. Du hebst die Mundwinkel, spitzt leicht die Lippen. Ich weiß, was du über Liebe denkst. Du mußt es nicht sagen, damit ich es weiß. Ich weiß es sogar besser als du selbst. Deine Ironie ist nicht ehrlich, auch du fürchtest dich vor der Liebe. Ist sie durch die Dunkelheit und die Verachtung nicht zu dir gedrungen, hat sie dir nicht weh getan? Du kannst nicht leugnen, daß du mich all die Jahre hindurch geliebt hast und daß du mich immer noch liebst. Ich weiß, daß du mich liebst, und ich bin grausam genug, um dir zu sagen, daß ich diese Liebe nicht teile. Ich liebe dich nicht. Ich habe dich nie geliebt, und ich war nie gut zu dir. Ich habe nie versucht, dir Freude zu bereiten. Und dennoch bist du mir ebenso nahe wie mein eigenes Herz. Ich habe mich an deine Worte gewöhnt, an den Klang deiner Stimme, an deine Gedanken, die immer die meinen waren. Ich habe mich an dich gewöhnt. Einzig die Macht, die das Gefühl verleiht, die hast du nicht über mich. Ich war deinetwegen niemals verzweifelt und niemals verzückt, und doch habe ich eine Mühe auf mich genommen, zu der mich kein geliebter Mann zwingen könnte. Den zweiten Monat sitze ich nun schon in einem engen Zimmer und schreibe. Ich habe hier nur einen schmalen Tisch, einen Stuhl und ein Bett, auf das ich mich lege, wenn mein Rücken vom Sitzen steif wird. Ich habe eine kleine Lampe, die ich anmache, wenn es dunkel wird. Vor dem Fenster tanzen zottelige Kiefern, durch ihre schaukelnden Äste hindurch schimmert Wasser. Das Meer ist um diese Jahreszeit noch grau, und wenn einer dieser heftigen Winde weht, dann höre ich das eintönige Rauschen der Wellen, die auf dem Sand am Ufer aufschlagen. Es ist schon Oktober …

Mein Freund, denk noch einmal an mich, bevor du fortgehst, bevor wir beide fortgehen.

Die gedrungenen Kiefern tanzen auf dem sandigen Boden, über die Küste zieht ein ungestümer Wind ...

Ich habe mich schnell an das neue Krankenhaus gewöhnt. Der riesige Saal mit seinen dreißig Betten wurde für lange Monate mein Zuhause. Zu Beginn durfte ich nicht aufstehen, und notgedrungen zog die nächste Umgebung meine Aufmerksamkeit auf sich. Zur Rechten lag eine fette, rosige, zuckerkranke Alte, die mit monotoner Stimme Dorfballaden sang; zur Linken – in hoch aufgetürmte Kissen gelehnt – saß Tante Stefania im schneeweißen Bett. Sie hatte ein sorgfältig geschminktes Gesicht, in den Ohren runde rosa Clips, ihr kurzes Haar war rot gefärbt. Im ersten Augenblick vermochte ich ihr Alter nicht zu erraten, doch als ich sie näher betrachtete, schätzte ich sie auf etwa fünfzig. Vom ersten Moment an hing sie mit mütterlichem Blick an mir, und als ich mich eingewöhnt hatte, stand sie auf, zog einen imposanten roten Bademantel aus Samt an und setzte sich auf meine Bettkante. Mit starkem russischen Akzent fragte sie mich:

»Und du, Kleines, wie kommst du hierher? Hast wohl krankes Herz, tut weh, du hast so schwer geatmet. Wie hast du das bekommen, bist damit geboren ... Nein, die Gelenke tun dir weh, Rheuma ...«

Tante Stefania verband medizinisches Wissen mit Intuition. Am liebsten sprach sie jedoch von der Liebe. Sie selbst war ihr ganzes Leben lang ununterbrochen und hoffnungslos verliebt wie ein junges Mädchen, was sich nur sehr schlecht mit ihrem Alter vertrug. Ich hörte mir ihre Geständnisse geduldig an und war dankbar dafür, daß sie redete, denn ihre melodische Stimme mit dem komischen russischen Akzent zerstreute meine Vorahnungen und erlaubte mir nicht, über die traurigen Alltagsgeschehnisse zu grübeln.

Sie bekam von vielen Leuten Besuch, doch als der treueste Gast entpuppte sich ein älterer Herr mit ungewöhnlich ausdrucksstarkem Blick und einer über die Schultern herabwallenden ergrauenden Mähne. Wenn er kam, trug er einen breiten, überwurfähnlichen schwarzen Mantel, und als es kälter wurde, wurde der Mantel durch einen ebenso weiten Pelz ersetzt. Er stand an Tante Stefanias Bett und warf prüfende Blicke in meine Richtung, und manchmal – wenn er meinem Blick begegnete – lächelte er mir zu. Ich antwortete ihm mit einem leichten herausfordernden Lächeln. Bei einem seiner Besuche, als Tante Stefania von einer Menge Gäste umringt ihre Geschichten erzählte, kam er an mein Bett und fragte:

»Wie heißt du?« und: »Mußt du noch lange so liegen?« und schließlich überraschend: »Möchtest du schnell gesund werden?«

Meine Augen leuchteten auf! Der ältere Herr beugte sich über mich, und noch am selben Nachmittag hielt er mir in konspirativem Flüsterton einen Vortrag über seine eigene Auffassung davon, wie man seine kranken Nächsten wieder gesund machen kann. Sein Vortrag war, was ich damals noch nicht wußte, voller versteckter psychologischer Leitsätze; man solle nicht den Körper, sondern den Geist heilen, und wenn der vollkommen gesund sei, werde es keine Probleme mehr geben, sein Krankenbett huckepack zu nehmen und es strammen Schrittes nach Hause zu tragen. Das war der mythologisch-psychologische Sinn von Herrn Janeks Theorie, an die ich zu glauben begann wie ein Neubekehrter an die Bibel und die ich sofort auf meinen eigenen Fall anzuwenden beschloß.

Herr Janek – ich pflegte ihn später so zu nennen – beschäftigte sich nur nebenbei mit Medizin, von Beruf und aus Berufung war er Schauspieler. Er spielte zwar an keinem Theater – sein Individualismus vertrug sich nicht mit den Anforderungen der Regisseure –, doch er hatte eine ganze Schar treu ergebener Schüler, die er auf die Schauspielschule vorbereitete. In seine Arbeit legte er so viel Energie, daß seine Schüler unter Hunderten von Anwärtern stets als am besten vorbereitet galten. Seit unserem Kennenlernen brachte er sie einzeln oder in ganzen Gruppen zu mir, trug ihnen auf, vor meinem Bett Gedichte vorzutragen. Er brachte mir Bücher mit und markierte darin Absätze, die ich auswendig lernen sollte. Am folgenden Tag prüfte er mich ernsthaft.

»Etwas Fieber«, pflegte er zu sagen, »bestens, nichts tut so gut wie etwas Fieber. Welch eine Interpretation! Bitte, lies das noch einmal. Seht ihr«, sagte er zu seinen Schülern gewandt, die um mein Bett standen, »so liest man mit Herz. Hervorragend. Noch einmal, bitte, vielleicht gelingt es ihnen, etwas davon zu behalten.«

Diese Abende, auf die ich jetzt Tag für Tag wartete, machten mich zwar nicht gesund, doch sie hatten zur Folge, daß ich mich leichter mit meinem Krankenhausaufenthalt abfand, weniger über die nächtliche Unruhe sinnierte und daß ich trotz des Schmerzes, der sich um mich herum breitmachte, vor dem Einschlafen lächeln konnte.

Fast täglich starb jemand. Es war immer das gleiche Ritual. Weiße Arztgestalten, die sich über das Bett beugten, die Flügelhaube einer Ordensschwester und direkt dahinter der in den Saal laufende Pfarrer. Letzte Ölung, einige Zuckungen des bereits kraftlosen Körpers. Das weiße Laken wandert bis über die Lehne, bedeckt sorgfältig das Gesicht, einen Moment lang Stille, dann das Quietschen des Bettes, das auf den Gang geschoben wird.

In den Monaten, in denen ich in diesem mit Leid angefüllten riesigen Saal lag, habe ich gelernt, gefühllos und verbissen zu sein. Sobald ich die Gefahr nahen spürte – die Konturen hastiger Ärzte, die weiße Haube von Schwester Ludwika –, drückte ich mein Gesicht ins Kissen und zog mir die Decke über den Kopf. »Ich werde nicht hinsehen, ich werde es nicht tun«, wiederholte ich mir. »Das betrifft mich nicht, es geht nicht um mich. Ich werde leben, ich muß leben, ich will leben …!« Ich ertappte mich dabei, daß ich ähnliche Worte schon einmal gehört hatte, und für einen kurzen Augenblick kehrte das Bild des sterbenden Mädchens in dem Warschauer Krankenhaus zurück. Ebenso wie die Wirklichkeit verwarf ich auch diese Erinnerung, zog ein Buch unter die angehobene Bettdecke und lernte die Gedichte auswendig, die Herrn Janeks Hand angestrichen hatte.

Sooft ich dich besuchen kam, noch bevor ich an die Tür klopfte, stand ich eine Weile im Flur, mit dem Rücken an die Wand gelehnt. Ich wollte nicht, daß du errätst, daß ich die Meter von der Bushaltestelle zu deinem Haus gelaufen war. Ich klopfte leise. Du öffnetest die Tür und sagtest: »Komm herein.« Und ich fragte erstaunt: »Woher weißt du, daß ich es bin?«

»Ich habe nur dich erwartet«, antwortetest du. »Du bist die Treppe hochgelaufen. Habe ich dir das nicht schon einmal verboten? Du legst dich jetzt hin und ruhst dich aus. Da, irgendwo direkt neben dir müßte das Sofa stehen. Gefunden – ausgezeichnet.«

Ich lag da und sah auf die ausgebleichten Wände, die

Spinnweben, die von der Decke hingen, die schmutzigen Gardinen.

»Hör auf, dich umzusehen, es ist nicht schön. Wenn du willst, dann spiele ich dir etwas vor oder lese dir das vor, was ich heute nacht geschrieben habe.«

»Lies vor.«

Rascheln aus dem Nebenzimmer.

»Verflucht noch mal, die haben schon wieder in meinen Papieren gestöbert. Die haben die unangenehme Angewohnheit, sich meine Hieroglyphen anzusehen. Menschen mit diesem Niveau versetzt jede Kleinigkeit in Erstaunen. Zum Glück habe ich mich vor ihrer Neugier geschützt; ich nehme nicht an, daß irgend jemand außer mir das entziffern kann.«

Du brachtest mir ein paar in kindlicher Schrift beschriebene Hefte.

»Ich habe sie meinem Neffen abgenommen, er wollte sie wegwerfen, dabei ist das doch richtig gutes Papier, genauso gut wie jedes andere«, hast du gemurmelt.

Du führtest deine Finger über die bekleckstem Seiten, die zusätzlich mit kleinen Unebenheiten übersät waren. Eintönig trugst du die Worte vor.

»Das war's. Wie hat es dir gefallen?«

»Sehr gut.«

Du senktest den Kopf und lachtest leise.

»Natürlich wolltest du sagen, daß das sehr gefällig ist. Leider hast du da ganz recht. Und jetzt spiele ich dir etwas vor, was ich eigens für dich komponiert habe. Das wird dir auch sehr gefallen.«

Wenn es dann spät wurde und ich nach Hause zurück mußte, hast du darauf bestanden, mich zum Bus zu begleiten. Auf meine Bitten, doch dazubleiben, pflegtest du zu antworten: »Ich will lieber sichergehen, daß du nicht rennst, und sicher bin ich nur, wenn ich dich an der Hand halte.« Du hieltest mich an der Hand und sagtest: »Langsamer, langsam, du mußt dich nicht beeilen, nur Dummköpfe beeilen sich, die glauben, daß sie zur rechten Zeit irgendwohin und zu irgend etwas gelangen müssen.« Du stiegst zusammen mit mir in den Bus, und wenn ich protestierte, erwidertest du stets: »Du wirst mir ein Taxi holen, und irgendwie werde ich schon zu meinem Krempel zurückfinden, noch ist es Tag, und ich bin gern mit dir zusammen.« So kamen wir zusammen zu Hause an, und natürlich konnten wir dich nicht wegschicken, ohne dir einen Tee anzubieten. Und dann, wenn mir die Augen schon vor Müdigkeit zufielen, fragte mein Vater nach einem kurzen Blickwechsel mit meiner Mutter höflich: »Vielleicht sind Sie schläfrig, ich bringe Sie gern nach Hause.«

»Sie schmeißen mich raus«, sagtest du, »höflich, aber dennoch. Auf Wiedersehen.«

Es ist Spätherbst, doch die Sonne wärmt immer noch kräftig. Ich spüre ihre Berührung am Rücken, wenn ich gebeugt über den Eisenbahndamm laufe. Auf beiden Seiten der Gleise wird das spitze Gras immer röter und nimmt die Farbe des Sandes an. Die schwarz verfärbten Blätter des Vogelbeerbaumes liegen am Boden, und nur die Kiefern haben nichts von ihrer lebendigen grünen Farbe verloren. Aus meinem engen Zimmer hat mich die Sonne hervorgelockt. Ich lege mich in das vergilbte Gras und schließe die Augen.

Vor dem Krankenhausfenster schüttelte der Wind die Blätter von den Bäumen. Ich blickte hinaus, das Gesicht gegen die Scheibe gepreßt. Eigentlich durfte ich noch gar nicht aufstehen, denn hartnäckige Fieberschübe hatten meinen Körper geschwächt, doch ich hielt es einfach nicht im Bett aus. Ich stand trotz ärztlicher Verbote auf, trotz heftigen Protestes von Tante Stefania, die mich umsorgte. Ich ging zum Fenster, stützte die Ellbogen auf die Fensterbank und schaute. Das Fenster ging zum Garten hinaus. Eine Reihe Pappeln neigte sich zur Seite und legte immer weiter den Blick auf das nebenstehende Krankenhausgebäude frei. Große gelbe Blätter, braun umrandet, fielen von den Ästen. Ein stärkerer Windstoß riß ganze Handvoll von ihnen ab, wirbelte sie durch die Luft und bettete sie auf dem Boden. Täglich kamen Briefe. Täglich brachten hilfsbereite Schwestern meine Briefe zum Postkasten. Es waren sehr einfache Briefe, die anfingen mit: Liebster, Geliebter, Du mein Einziger. Wir schrieben von Liebe, vom Warten, von Erinnerung. Manchmal brachte ein Brief Nachrichten über eine nahende Prüfung, über einen interessanten Film, den man sich unbedingt zusammen ansehen müßte, über einen ungewöhnlichen Besuch, über einen Todesfall …

An jenem Tag kam wie gewohnt ein Brief, und ich ahnte nichts. Ich saß im Bett über einem Teller kalt gewordener Suppe, als plötzlich Tante Stefania aufgeregt in den Krankensaal stürzte. »Er ist gekommen!« konnte sie gerade noch in meine Richtung rufen, bevor hinter ihrem Rücken der Junge aus dem Sanatorium auftauchte. Er stellte sich vor mein Bett und sah mich mit seinen warmen grauen Augen an.

Ob ich ihm wohl noch gefallen werde? Mein Gesicht ist blaß und von der Krankheit ausgemergelt, ob er wohl nicht aufhören wird, mich zu lieben, wenn er sieht, wie häßlich ich bin? Ich hob meine ernsten Augen zu ihm empor. Er setzte sich auf die Bettkante, und seine Hand zitterte, als er meine Finger berührte.

»Du wirst bestimmt gesund, du wirst bestimmt bald schon gesund sein, du mußt für mich gesund werden.«

Tante Stefania umfaßte uns mit mütterlichem Blick und sagte, während sie auf meinen Suppenteller zeigte, den ich nicht angerührt hatte: »Sie wird nicht gesund, wenn sie nicht ißt.«

Ich habe also aufgegessen, um so schnell wie möglich gesund zu werden.

Als ich wieder zu Hause war, gewann ich meine alte Selbstsicherheit wieder, und mit ihr kam auch der Trotz zurück. Ich wußte, daß mein Liebster mich bald bitten würde, seine Frau zu werden. Ich beschloß, nein zu sagen, als er jedoch schließlich da war und ich ihn nach vielen Monaten zum erstenmal wieder küssen konnte, da, zwischen dem einen und dem nächsten Kuß, da sagte ich: »Aber ja, aber natürlich«, und war sehr erstaunt, als er eilig hinzufügte, daß wir erst in einem Jahr würden heiraten können. Ein Jahr kam mir wie eine Ewigkeit vor, ich wollte, ich konnte nicht so lange warten. Ich schmiegte mich ganz eng an ihn, drückte mein Gesicht an seinen Hals, verbarg meine Hände in den warmen Falten seines Hemdes. Ich küßte ihn, wenn er von unserem zukünftigen gemeinsamen Leben sprach: »In einem Jahr bin ich mit dem Studium fertig, dann bekomme ich eine Arbeit, werde Geld verdienen«, was kümmerte mich all das! Ein Jahr kam mir ebenso lang vor wie ein Jahrtausend, mich interessierte keine Zeitangabe, die sich in der Zukunft verbarg. Wichtig waren nur der heutige Tag und seine Lippen. Sie ließen mich die langen Krankenhausmonate vergessen, die weiße Haube von Schwester Ludwika, die sich jeden Morgen über mich beugte, die Nächte voller Schmerz und Tod. Ich überschüttete ihn mit leidenschaftlichen Küssen, und bald schon begann mein Liebster zu zögern: »Vielleicht könnten wir doch schon früher heiraten«, zog er in Erwägung, und als ich nichts entgegnete, entschied er: »Am besten wäre, wir könnten es sofort tun.«

Mit dieser Enthüllung gingen wir zu meiner Mutter. Sie war sonderbar abwesend und schweigsam, blickte uns an und sagte nichts. Erst abends, als ich neben ihr im Bett lag, gestand sie mir ihre Befürchtungen. Mein Freund hatte ihr ganz aufrichtig gesagt, daß die Ärzte immer noch um seinen Gesundheitszustand fürchteten, daß er eigentlich nicht heiraten sollte. Ich lachte sie herausfordernd an. Ich nahm ihre Hand und legte sie auf mein Herz. Es schlug unregelmäßig, wie immer.

»Ich bin kränker als er, und er hat keine Angst, mich zu heiraten. Ich will ihn heiraten, und wenn du nicht zustimmst, werde ich trotzdem mit ihm leben.« Meine Stimme hatte einen harten, fremden Klang.

»Du wirst tun, was du für richtig hältst«, sagte meine Mutter und verstummte.

Wir wollten gleich am folgenden Tag heiraten, doch es stellte sich heraus, daß es noch mehr Heiratswillige gab, und wir mußten etwa zwei Wochen warten. In dieser Zeit sollte mein Mann eine Reihe von Dokumenten besorgen, die, wie man uns mitteilte, für die Erledigung der Formalitäten unerläßlich waren. Er war in einer kleinen Stadt in der Woiwodschaft Posen geboren. Während des Krieges war eine Panzerkolonne durch das Städtchen gerollt und hatte die Kirche und die wichtigeren Gebäude dem Erdboden gleichgemacht, darunter auch die der Stadtverwaltung samt wertvollem Inhalt. Von dort aber mußte die Geburtsurkunde beschafft werden. Wir verabschiedeten uns, und mein Mann – wie ich ihn von nun an nennen will – fuhr zu seiner Schule nach Lodz und dann weiter, auf die Suche nach den nötigen Dokumenten. Während seiner zweiwöchigen Abwesenheit war ich damit beschäftigt, ein neues Kleid zu nähen, neue Schuhe auszusuchen, meine Haare immer wieder anders hochzustecken. Ich tat all das in freudiger Erregung, in meiner Freude lag jedoch unverkennbar eine Verbissenheit, die anderen achtzehnjährigen Mädchen, deren sehnlichster Wunsch demnächst in Erfüllung gehen soll, gewiß fremd ist.

In den ersten beiden Tagen gestaltete meine Ehe sich nicht besonders glücklich. Nach der Hochzeitsnacht bekam ich hohes Fieber, und als ich glühend heiß im Bett lag, wurde mir der Mann, dessen warme Lippen mir noch wenige Stunden zuvor unentbehrlich erschienen waren, gleichgültig und fern. Ich wollte ihn nicht sehen, ich beantwortete seine Fragen nicht. Die Tatsache, daß er im Nebenzimmer weinte, wie mir meine Mutter berichtete, rührte mich nicht. Jetzt, da ich mit meinem aufgescheuchten Herzen kämpfen mußte, da jeder Atemzug meine Brust mit einem stechenden Schmerz erfüllte, konnte ich, wollte ich mich nicht um sein Schicksal kümmern. Ich lag reglos da, sagte nichts und aß nichts. Abends holten meine erschrockenen Eltern den Arzt, der konnte den plötzlichen Fieberschub jedoch nicht einordnen. Er saß eine Weile bei mir, hielt mein Handgelenk fest und ging wieder.

Nach vierundzwanzig Stunden verschwand das Fieber spurlos, ebenso schnell, wie es gekommen war, und als meine ausgetrockneten Lippen ihre alte Geschmeidigkeit wiedergewonnen hatten, sehnte ich mich wieder nach

Küssen. Mein Körper, bisher nur Objekt ärztlichen Interesses gewesen, war plötzlich wichtig und wurde gebraucht. Je besser ich die Wärme seiner Vertiefungen kennenlernte, die Empfindlichkeit seiner Haut, um so mehr bewunderte und mochte ich ihn. Auf die gleiche Weise betrachtete ich auch seinen Körper, der etwas anders war als meiner und doch gleich in all seinen Reaktionen und Regungen. Bald schon gewöhnte ich mir an, beim Einschlafen meinen Kopf in seinen Arm zu kuscheln, den Rücken ganz dicht an seine Brust gedrückt. Wenn ich mich nachts auf die Seite rollte, fühlte ich, wie seine Arme mich im Schlaf an sich zogen. Wenn wir durch den Park gingen, hing ich an seinem Arm, zu Hause setzte ich mich am liebsten auf seinen Schoß, und wenn er malte, kreiste ich ungeduldig um ihn, und unter dem Vorwand, ich wolle sehen, wie er die Farben mischt, beugte ich mich über ihn und atmete seinen Duft ein.

Zunächst wollte ich von Trennungen nichts wissen, am liebsten hätte ich alle Tage mit ihm verbracht, nach einigen Monaten jedoch, in denen er mehrfach wegfuhr und wiederkam, gewöhnte ich mich daran, daß er wegging. Ich brachte ihn selbst zum Bahnhof, küßte ihn zum Abschied und lief winkend am abfahrenden Zug entlang. Ich wußte, daß ich mich in einigen Tagen nur an die Fensterbank würde lehnen müssen, um ihn wiederzusehen, wie er schnell über den Weg durch den Garten geht. Ich wußte, daß er bei meinem Anblick seinen Gang beschleunigen, über das Gartentürchen springen und mich mit beiden Armen hochheben würde.

»Du darfst dich nicht anstrengen«, flüsterte ich. »Laß mich sofort herunter«, und ich glitt so zu Boden, daß ich ihn mit meinem ganzen Körper spüren konnte.

Es war wenige Tage nach unserer Hochzeit. Ich wachte nachts auf, und er war nicht im Bett. Aus dem Nebenzimmer drang Flüstern, durch den Türspalt sickerte Licht. Ich sprang aus dem Bett, verhedderte mich im langen Nachthemd, öffnete die Tür und sah hinein. Er saß in einem Sessel vor dem geöffneten Fenster, sein Kopf war nach hinten geneigt, die Augen hatte er geschlossen. Neben ihm standen meine Eltern.

»Was fehlt ihm?« rief ich.

»Nichts Bedrohliches, er hat nur etwas Atemnot«, sagte meine Mutter beruhigend.

Ich lief zu ihm, schob sie beiseite und blickte in sein schmerzverzerrtes Gesicht. Er sah mich und flüsterte durch seine erblaßten Lippen: »Es ist nichts«, und ein Schmerzanfall ließ ihn den Mund zukneifen.

»Was fehlt ihm?«

»Nichts Bedrohliches, es geht gleich vorbei, wir machen ihm einen Umschlag mit kaltem Wasser. Bitte, hol ein Handtuch«, sagte meine Mutter.

Ich ging mit meinem Vater ins Bad, und wir kamen mit einem Handtuch und einer Schüssel mit eisigem Wasser zurück. Meine Mutter tauchte das Handtuch in die Schüssel, wrang es aus und legte den kalten Umschlag auf seine Brust.

Noch zweimal sah ich, wie er im Schmerz die Zähne aufeinanderbiß, wie das Blut aus seinen Wangen wich, die durchsichtig weiß wurden, wie er schwer nach Luft schnappte, durch den offenen Mund zu atmen versuchte. Nach einigen frischen Umschlägen verschwand der gequälte Ausdruck aus seinem Gesicht, er atmete ruhiger. Meine Mutter zog mich von dem offenen Fenster weg. »Es ist nicht das erstemal«, flüsterte sie. »Diese Anfälle wiederholen sich jede Nacht.«

Ich stand im Türrahmen unseres Zimmers, und als mein Mann den Kopf wandte und seine Augen nach mir suchten, erwiderte ich sein schwaches, mühevolles Lächeln ebenfalls mit einem Lächeln.

Von jener Nacht an lernte ich, wachsam zu schlafen. Jeder lautere Atemzug weckte mich sofort. Wenn der Schmerz kam, lief ich ins Bad, füllte die Schüssel mit Wasser, holte Handtücher. Ich flößte ihm schmerzlindernde Tropfen ein, öffnete das Fenster und wechselte die nassen Umschläge. Mit angezogenen Beinen saß ich neben ihm auf dem Bett. Ich saß stundenlang so da und lauschte, wie er atmete, starrte auf sein blasses, von Pein gezeichnetes Gesicht. Morgens wachte ich geschwächt und steif auf, konnte nicht laufen und verbrachte die Tage notgedrungen im Bett.

Trotz meiner Bitten wollte er sich nicht behandeln lassen, ich mußte also zu einer List greifen. Ich begann, über Herzschmerzen zu klagen, und als er mich beunruhigt darum bat, mich untersuchen zu lassen, willigte ich ein, zum Arzt zu gehen, vorausgesetzt, er würde mich begleiten. Er stimmte eifrig zu, und noch am selben Nachmittag gingen wir zur Kreisambulanz, warteten eine gute Stunde und betraten schließlich gemeinsam das Sprechzimmer. Der Arzt erhob sich hinter seinem Schreibtisch. Er stützte seine Hände schwer auf die Platte, und auf seinem wunderschönen länglichen Gesicht zeichnete sich Anstrengung ab. Ich blickte schnell hinunter; ja, ich hatte mich nicht geirrt, seine Beine waren gelähmt. Ich zog die Bluse aus, dann, auf Wunsch des Arztes, auch das Unterhemd. Er klopfte mein Herz ab, horchte mich genau ab und warf von Zeit zu Zeit einen durchdringenden Blick auf mein Gesicht. Ich spürte, wie seine Augen über meine Schultern nach unten wanderten, mir war kalt. Er maß meinen Blutdruck, hielt noch eine Weile mein Handgelenk und untersuchte anschließend auch meinen Mann. Die ganze Zeit über sagte er nichts, und seine Konzentration übertrug sich auf uns, wir standen wortlos vor ihm. Er saß mit seinen nutzlosen Beinen hinter dem Schreibtisch und sah uns mit seinen durchsichtigen Augen an. Schließlich sprach er:

»Wieso habt ihr bloß geheiratet?«

»Weil wir uns lieben«, antwortete mein Mann.

»Das sehe ich«, in der Stimme des Arztes schwang Verärgerung mit. »Aber diese beiden Herzen zusammen, das ist Selbstmord, jeder für sich hättet ihr vielleicht noch eine Chance, zusammen nicht.«

»Man kann nichts vorhersehen, Herr Doktor«, begann mein Mann, »manchmal fällt ein Ziegel ...«

»Ja, das weiß ich«, schnitt der Arzt ihm das Wort ab, »aber wenn nicht, dann seid ihr fällig.«

»Komm, wir gehen.« Ich zog meinen Mann zur Tür. Dumpfer Haß wallte in mir. Voller Freude sah ich, wie die Anstrengung das schöne Gesicht des Arztes entstellte, wie schwer er sich auf seine Hände stützte, als er sich zum Abschied erhob.

Im Oktober des selben Jahres meldete ich mich auf der Schule an. Es war ein Lyzeum für Berufstätige, die Vorlesungen fanden nur einmal wöchentlich statt, und ansonsten waren die Schüler auf sich gestellt. Ich freute mich über die neuen Skripten und Lehrbücher, das Durchblättern nahm mich vollkommen in Anspruch, so daß die Tage, die ich gezwungenermaßen im Bett verbrachte, dank dessen unbemerkt vergingen. Zu Anfang nahm mein Mann sich vor, mir zu helfen, die Bücher waren jedoch unseren Händen, die einander suchten, im Wege, sie rutschten von unseren Knien, um stundenlang vergessen auf dem Boden liegenzubleiben. Ich konnte nicht lernen, wenn wir zusammen waren. Also lernte ich, wenn er verreiste, und durch das Lernen kam mir seine Abwesenheit kurz vor; noch bevor ich Sehnsucht verspürte, war er wieder bei mir. Ich zeigte ihm die gelösten Aufgaben, die gelesenen Seiten. Er lächelte mit nachsichtiger Überlegenheit, beugte sich mit mir zusammen über das Buch, um es mir kurz danach aus den Händen zu nehmen. Auch er lernte nie in meiner Gegenwart. Kein Buch vermochte seine Augen von mir abzulenken, Farben jedoch taten es. In einer Zimmerecke stand die aus dünnen Brettern gezimmerte Staffelei, davor ein niedriger Schemel. Ich sah gern zu, wie er nach hinten zurückgelehnt davor saß, wie er mit der Pinselspitze über das weiße gespannte Leinen fuhr. In der anderen Hand hielt er eine quadratische Palette, auf der Ölfarben miteinander verschmolzen. Ein grellgelber Fleck ging in das Tiefblau von Ultramarin über und bildete auf seinem Weg grüne Mäander, das Rot wurde unter dem Einfluß von Blau violett, Äcker leuchteten golden. Er legte den Pinsel für einen Moment beiseite, aus einer großen Tube drückte er weiße Farbe heraus, löschte die intensiven Farben, indem er das Gemisch mit einigen Tropfen Öl vermengte. Während dieser Arbeit kniff er die Lippen leicht zusammen, die Oberlippe legte sich über die Unterlippe, und das verlieh seinem Gesicht den Ausdruck kindlicher Vertiefung. Ich prustete los, lief zu ihm und küßte ihn auf den Mund. Vorsichtig, ohne den Pinsel aus der Hand zu legen, befreite er sich aus meiner Umarmung, legte den Kopf in den Nacken und trug einen neuen farbenfrohen Fleck auf das Leinen auf.

Es waren seltene Augenblicke vollkommener Entspannung, doch für gewöhnlich konnten wir nicht vergessen.

Der gelähmte Arzt hatte, bevor wir sein Sprechzimmer verließen, noch geschafft, uns zu sagen, daß mein Mann das Studium abbrechen sollte. Die Anfälle würden nicht vorübergehen, wenn er seinen Lebenswandel nicht änderte, er müsse liegen. Es ist nicht schwer zu erraten, daß wir dieses Verdikt nicht akzeptiert haben – weder er noch ich. Ich hatte keine Hoffnung, und dennoch vermochte ich nicht, mich seinem Enthusiasmus offen entgegenzustellen. Nie unterbrach ich ihn, wenn er von unserer gemeinsamen Zukunft sprach, von dem Heim, das wir haben, von den Reisen, die wir unternehmen würden. Wenn er auf einem weißen Blatt die Formen unserer Möbel und die Muster unserer Wände zeichnete, lächelte ich und sagte nichts. Noch bevor der Arzt mit den gelähmten Beinen sich uns angesehen hat, hatte ich alles gewußt. Mitten in der Nacht, wenn sein schneller Atem mich weckte, drückte ich meine Hände an seine blassen Wangen. »Hab keine Angst«, sagte ich, »ich werde nicht zulassen, daß du alleine stirbst, wir werden gemeinsam sterben.«

Er gab sein Studium nicht auf, und die Schwächung, auch bedingt durch seine schlechte Ernährung, ließ seine Schmerzen stärker werden. Er wachte jetzt jede Nacht auf, manchmal sogar mehrmals pro Nacht. Auf meine Bitten, er solle ins Krankenhaus gehen, er solle sich behandeln lassen, antwortete er sanft, jedoch bestimmt: »Ich habe keine Zeit, ich habe wirklich keine Zeit. Es ist mein letztes Jahr, ich muß mein Studium fertigmachen, davon hängt unsere ganze Zukunft ab.« – Beim Klang dieses Wortes verstummte ich und wiederholte meine Bitten nicht mehr. Ich erlaubte ihm, in die Zukunft zu blicken, wie auf eine riesige helle Filmleinwand, deren Schatten uns beide gleichermaßen faszinierten und die wir so oft für das Leben selbst hielten.

Dennoch fürchtete ich mich, mein Freund, und immer öfter dachte ich daran, auf welche Art wir beide sterben sollten, mein Mann und ich. Ich konnte keine angemessene Art finden. Er war vom Leben begeistert. Vom Tod sprach er nur, wenn ihn der plötzliche Schmerz seine Zähne zusammenpressen ließ und ihm den Atem raubte. Tagsüber, wenn er auf dem niedrigen Schemel vor der geliebten Staffelei saß, dachte er nicht an die nächtlichen Ängste, er dachte nur ans Leben. Er versuchte, mich und sich selbst davon zu überzeugen, daß seine Schmerzen nur leichte Beschwerden seien, so wie Migräne, die doch vorübergeht und uns leben läßt. Von den schlaflosen Nächten wurde ich immer müder, und ich wartete beinahe darauf, daß er wegfuhr. Während seiner Abwesenheit jedoch fürchtete ich, er könnte ohne mich sterben.

Das trat früher ein, als ich angenommen hatte. In jenem Frühling schickte meine Mutter mich in ein kleines Dorf in der Tatra. Ich wohnte in einem Kinderpensionat, das um diese Jahreszeit beinahe leer stand. Die nette ältere Wirtin behandelte mich genauso wie die jüngsten Pensionsgäste, stand während der Mahlzeiten hinter meinem Stuhl, achtete darauf, daß ich nach dem Essen Ruhe hielt. Dank ihrer Fürsorge rundeten sich meine Wangen wieder, und das Herz, daß ansonsten unruhig schlug, arbeitete ruhiger. Mein Mann hielt sich in dieser Zeit in Krakau auf und sammelte in den Bibliotheken und Museen Material für seine Diplomarbeit, einen Film über Wyspiański. Er schickte mir Briefe samt bunten Photographien von Gemälden und Mosaikfenstern, Kopien von handschriftlichen Manuskripten und Erstausgaben von Büchern, die er aufgetan hatte. Wir verabredeten, daß er mich am Palmsonntag abholen käme und wir für die Osterfeiertage zusammen nach Hause fahren würden. Am Samstag, einen Tag vor unserer verabredeten Abreise, kam meine Mutter.

»Warum bist du gekommen?« rief ich aus und schlang meine Arme um ihren Hals. »Du weißt doch, daß wir morgen zu Hause wären.«

Sie antwortete nicht, und als ich einen Schritt zurückwich, sah ich, wie verändert ihr Gesicht war. Es war bleich und wirkte kleiner.

»Bist du krank? Was ist mit dir passiert!« – Tränen traten in meine Augen – »warum bist du gekommen?«

»Ich bin gekommen«, sagte meine Mutter langsam, »weil er nicht kommen kann, er ist sehr krank.«

Ich ging in die gegenüberliegende Ecke des Zimmers. Kälte stieg meine Kehle hoch. Ich wußte bereits.

Meine Mutter erzählte es mir in der Nacht. Man hatte ihn leblos im Hotelzimmer aufgefunden. Die Obduktion ergab, daß er einen Herztod gestorben war.

Dieser Tod, mein Freund, traf mich mehr als alle, die ich bis dahin miterlebt hatte. Dieser Tod betraf mich mehr. Diesen Körper, der mir so vertraut war, daß er beinahe Teil meines Körpers zu sein schien, sollte jetzt Erde bedekken. Seine tiefliegenden Augen, sein Glaube an das Leben, seine Liebe. Er ging fort und ließ mich einsamer zurück, als ich gewesen war, als es ihn noch nicht gegeben hatte. Ich konnte mich nicht damit abfinden. Ich weinte nicht mehr, doch als ich mit trockenen Augen die Vorbereitungen zur Beerdigung beobachtete – er lag im hintersten Zimmer, man hatte ihn im verschlossenen Sarg aus Krakau gebracht –, spürte ich, wie meine Auflehnung wuchs. Meine Mutter brachte einen schwarzen Hut und einen Schleier aus der Stadt mit. Lange stand ich vor dem Spiegel und blickte auf mein schwarz eingerahmtes Gesicht.

Erinnerst du dich, ich sagte dir bereits, daß die Liebe meine Verbündete war. Während all der Tage, in denen ich mit ihm zusammen war, vergaß ich, daß ich nicht laufen, keine Berge erklimmen, nicht schwimmen und tanzen durfte. Wenn er wegfuhr, lag ich im Bett, las Schulbücher und wartete geduldig auf seine Rückkehr. Mein Herz, das ich nicht über seine Kräfte hinaus strapazierte, ließ mich leben und atmen. Jetzt fehlte mir diese Stütze. Ich hörte auf zu lernen und las nichts. Die Tage verbrachte ich im Bett und starrte an die Zimmerwand. Diesmal interessierten mich keine Muster, ich sah nichts. Ich dachte daran, wie gründlich die Erde all das zerstört, was einen Menschen ausmacht: Ehrgeiz, Sehnsüchte, Gefühle; alles, was wichtig ist, worin das Leben pocht, ganz gleich, ob erreicht oder unerreicht. Ich wunderte mich über die Menschen, die bei der Verrichtung ihrer täglichen Pflichten nicht auf das unwiderrufliche Ende ihrer Geschäftigkeit achten. Der Tod füllte meine Gedanken aus, und diesmal war sein Anschlag treffend.

Jeden Abend bekam ich Fieber, und die Stunden, in denen der beschleunigte Blutkreislauf meine Sinne trübte, brachten Erleichterung. Im fiebrigen Halbschlaf dachte ich nicht an den Tod, war immer noch ein Kind, das laufen, fangen und mit anderen Kindern spielen konnte. Oft träumte ich, daß ich eine hohe Treppe hinauflief, verfolgt von meinen Spielkameraden. Plötzliches Herzklopfen weckte mich, ich saß im Bett und kehrte unwillig und nur mühsam in die Wirklichkeit zurück.

Siehst du, mein Freund, wie schwer es mir fällt zu sprechen. Meine Erinnerung ist grell wie das Licht der Laterne, die durch mein Fenster hereinschaut, und dennoch finde ich so schwer Worte. Wie soll ich dir all das bloß sagen! Schau nicht auf meine zerrissenen Sätze, auf die abgerissenen Worte – schau auf meine Gedanken. Du kennst sie doch alle, auch du hast doch am Grab deiner Mutter gestanden, die ebenso Teil deines Lebens wie er Teil des meinen gewesen war, auch du bist doch in ein leeres Haus zurückgekehrt und konntest nichts denken. Sei nicht ungeduldig, mein Freund, geh mit mir bis zum Ende.

IV

Es regnet beinahe täglich, die Erde ist vollgesogen. Wenn die Sonne für einen Moment hinter den Wolken hervorkommt, hebt sich dichter Nebel vom Boden, umhüllt die Kronen der Kiefern. Seit wie vielen Tagen, mein Freund, sitzen wir nun gemeinsam in dem kleinen Zimmer, jagen mit den Augen die schläfrigen Fliegen, die die Eintönigkeit des grünen Musters an der Wand durchbrechen? Seit wie vielen Tagen schaue ich nun schon auf meine Worte und sehe über ihnen deine zuckenden Mundwinkel? Habe ich es also doch nicht geschafft, Pathos zu vermeiden?

Doch kann man es überhaupt vermeiden? Ist es nicht untrennbar mit allen Worten verbunden? Manchmal denke ich, Worte seien dazu geschaffen, daß es noch reichere Blüten treibt. Und was ist mit den Satzzeichen, diese Gedankenstriche, Ausrufungszeichen, Auslassungspunkte … Und das Weiß des Papiers, das sich nach der letzten Zeile eines Kapitels auftut? Nein, mein Freund, man kann Pathos nicht vermeiden, und dein Schweigen ist ebenso voll davon wie meine Worte. Auf diese Weise hast du mich verurteilt, ohne Platz für den geringsten Zweifel zu lassen.

Und dabei hätte ein Wort genügt, eine ausgestreckte Hand. Ich hätte dir, so wie ich es jetzt tue, von jedem jener Augenblicke erzählt. Diese Augenblicke voll großen Schmerzes und großer Liebe bürgen für mich. Diese Geste, meine Hände, die nach dem Fläschchen mit der Medizin greifen, einem leeren Fläschchen, das zu Boden gerollt war und dort liegengeblieben ist, das Warten auf Erleichterung, die nicht kam … Alles ist noch Teil des Lebens, auch der Tod. Auch der Tod steht auf dieser Seite des Lebens. Es gibt gar keine andere Seite. Der Schmerz, der an meinen Eingeweiden zerrt, die Kraftlosigkeit der gelähmten Gliedmaßen, die Angst, die zusammen mit dem Schmerz gekommen ist und meine Gedanken ausgefüllt hat – all das war das Leben, das ich liebte und das ich auch dann noch wollte, als ich beschloß zu sterben.

Zieh deine Mundwinkel nicht zu einer ironischen Miene hoch, ich weiß doch, daß du das Leben ebensosehr liebst wie ich. Du liebst es deiner Verachtung zum Trotz, der Gewißheit zum Trotz, daß es vorübergehen wird und daß man sich an diesen Gedanken gewöhnen muß. Du liebst es der Gewöhnung zum Trotz. Ich kann mich gut erinnern, wie aufmerksam, wie sorgsam du in deiner alchimistischen Phantasie seine kleinsten Erscheinungen rekonstruiertest. Formen und Farben drangen als eine lange Reihe von Bedeutungen zu dir, aus Worten setztest du vielfarbige Gleichungen auf, um sie mit einem Lächeln aufzulösen. Lächelnd hattest du Nachsicht mit meinen Bemühungen, dir wenigstens einen Teil dessen zu vermitteln, was meine Augen wußten. Weißt du noch, aus diesen Bemühungen sind meine schönsten Gedichte entstanden. Ich schrieb sie für dich und schickte sie dir in all meinen Briefen. Du verlangtest, daß deine Freunde sie dir laut vorlasen, und wenn sie mich verspotteten, nahmst du ihnen die Blätter aus der Hand und verstecktest sie auf dem Boden deines einzigen Koffers.

Obwohl es mir allgemein besser ging, wollten die Fieberschübe nicht nachlassen. Jeden Tag gegen Abend spürte ich das verräterische Brennen auf den Wangen, und der beschleunigte Kreislauf erfüllte meine Brust mit Unruhe. Diese roten Wangen, die glänzenden Augen und die schweißnassen Hände, sie waren jedoch nicht allein die Folge der aufmerksamen Blicke deines Freundes. Es stimmt, daß sein Anblick mein Herz zu schnelleren Schlägen anregte, die trockenen Lippen jedoch, der flache Atem und das Schwindelgefühl, wenn ich mich plötzlich im Bett aufsetzte, gaben mir die Gewißheit, daß für die meisten dieser beunruhigenden Symptome meine Krankheit verantwortlich war. Der gleichen Ansicht war meine Mutter, und so wollte sie mich alsbald dazu bewegen, doch in die Klinik nach Krakau zu fahren. Ihre Überredungsversuche stießen bei mir auf überraschenden Widerstand. Ich wollte nicht ins Krankenhaus fahren. Ich konnte mich nur allzugut an die grausamen Momente erinnern, die gänzlich die Gedanken lähmen, an die Apathie, die einem den kommenden Tag nahm, an die Zeit, die reglos verharrte, in Erwartung dieses einen Moments, der langsam wie ein Tropfen anschwoll. Ich fürchtete den Tod. Jetzt – da ich dein Vertrauen gewonnen hatte, da dein Lächeln mich in dem Wunsch bestärkte, in unserem gemeinsamen Wunsch bestärkte, den Tod zu hintergehen, um trotz Krankheit und Gebrechen zu leben – wollte ich nicht ins Krankenhaus fahren. Als sie merkte, daß ich nicht zu überzeugen war, griff sie zu einer List. Sie sagte, ich würde nur zur Untersuchung zum Professor fahren, und danach käme ich sofort wieder nach Hause. Ich habe ihr geglaubt, und mit dem Frühzug fuhr ich wie immer mit meinem Vater los. Zum erstenmal seit Monaten war ich wieder draußen. Mit neu erwachter Neugier blickte ich gierig auf die sich drängenden und laut redenden Menschen. Ihre Lebendigkeit und Rührigkeit erstaunte mich nicht mehr, ich betrachtete sie neidisch, im Grunde meines Herzens wollte ich ebenso aktiv sein wie sie.

Wir kamen früh genug in Krakau an, so daß ich meinen Vater überreden konnte, einen Spaziergang um den Markt zu machen. Er stützte kräftig meinen Arm und führte mich langsam um die Tuchhallen, bevor er dann ein vorbeifahrendes Taxi anhielt und wir zum Professor fuhren.

Du kennst ihn aus meinen Erzählungen. Sooft ich vom Krankenhaus nach Hause kam, lief ich zu dir und erzählte dir von all dem, was er tat, um mich zu retten. Er war so anders als die anderen Ärzte. Was ihn von ihnen unterschied, waren die Liebe, die er für die von Furcht und Schmerz gepeinigten menschlichen Existenzen empfand, und der zügellose, fieberhafte Wunsch, das Leid zu lindern. Er war anders – und als ich noch unsicher auf der Schwelle zu seinem Sprechzimmer stand und sein Lächeln sah, spürte ich, wie die nervöse Anspannung langsam aus meinem Körper wich. Ich ließ mich von ihm untersuchen, und als er sich mir gegenüber hinsetzte und fragte: »Was fehlt dir, mein Kind?«, da verbarg ich mein Gesicht an seiner Brust und weinte aus tiefster Seele. Undeutlich, unter Tränen, erzählte ich ihm alles, was ich über Krankheit und Tod wußte. Er wartete ab, bis mein Schluchzen ganz abgeklungen war, trocknete meine Augen mit einem Taschentuch und ging hinaus, um meinen Vater zu rufen. Sie kamen beide zurück, und während der Professor mir übers Haar strich, eröffnete mein Vater mir ernst, ich müßte für einige Zeit im Krankenhaus bleiben. Ich nickte zum Zeichen meines Einverständnisses, und mein Blick suchte eilig nach den warmen, gütigen, von kleinen Fältchen umgebenen Augen des Professors.

Das Krankenhaus – ich habe dir bereits von diesem Krankenhaus erzählt. Für viele, viele lange Monate sollte es wieder zu meinem Zuhause werden – und der Professor, du weißt selbst am besten, zu wem er für mich geworden ist. Ich gewöhnte mir an, ihm vorbehaltlos zu glauben, und das bedeutete, daß ich ihm auch dann glaubte, wenn er mir befahl zu leben. Dank seiner kraftspendenden Gegenwart gelang es mir, die Apathie, die sich in meine Gedanken einschlich, zu überwinden, ich konnte ohne lähmende Angst ans Morgen denken. Ich machte mich wieder an die vergessenen Schulbücher, und auf meinem Nachttisch türmten sich, ähnlich wie früher, ganze Bücherstapel. Ich las, lernte Gedichte auswendig und betrachtete ohne Verbitterung die Menschen um mich herum. Man trug oder führte sie herein, schwer auf hilfreiche Arme gestützt, legte sie neben mich. Die zu Anfang gleichgültigen, durch Schmerz oder Sorge verdunkelten Blicke blieben nach einigen Stunden hoffnungsvoll, neugierig an meinem Gesicht haften. Hände mit einem kleinen Geschenk, einem Apfel oder einem Stückchen Schokolade reckten sich nach mir, Worte sprudelten hervor. Ich hörte mir diese Beichten aufmerksam und dankbar an, ordnete die Tatsachen, setzte aus den Tatsachen die faszinierendste aller Geschichten zusammen – das menschliche Leben. Und wenn man mir, bevor das Licht gelöscht wurde, die Kissen unter meinem schmerzenden Rücken aufschüttelte, dachte ich gar nicht ungern daran, daß morgen ein neuer Tag kommen würde.

Das Leben ließ sich nicht ausradieren. Es nährte die starrsten menschlichen Gestalten mit Hoffnung. Dort, wo sich Hände erhoben, Augen öffneten und Lippen Bitten oder Klagen flüsterten – da war das Leben. Frauen mit gelblichem Teint setzten sich morgens im Bett auf, nahmen die Papilloten ab, kämmten ihr Haar, trugen Lippenstift auf die spröden Lippen auf – Frauen wollten schön sein.

Meine dunkelhaarige Bettnachbarin, die man erst vor wenigen Stunden gebracht hatte, wollte auch schön sein. Kurz bevor das Licht ausgeschaltet wurde, setzte sie sich im Bett auf, lehnte einen Spiegel gegen die angezogenen Beine und begann, ihr kurzgeschnittenes Haar auf Papierstreifen aufzudrehen. Der gerade Pony fiel bis auf ihre Augen, ihre Wangen waren rund, doch durchsichtig blaß, in ihren gewölbten, schön geschwungenen Lippen war kein Tropfen Blut. Sie schwieg, den ganzen Nachmittag sprach sie kein Wort, und ihre ernsten dunklen Augen wandten sich scheu ab, sooft sie meinen Blick trafen.

In der Nacht hat sie nicht geschlafen. In der Dunkelheit, gleich neben meinem Bett, hörte ich ihren kurzen, stockenden Atem, das Rascheln der Bettdecke, die zurückgeschlagen wurde, und des Kissens, das sie zurechtdrückte. Im Schein des violetten Lämpchens, das hoch über der Tür hing, sah ich, wie sie sich im Bett hin und her warf, wie sie sich plötzlich aufsetzte, die Arme um ihre Knie schlang, wie sie irgend etwas vor sich hin flüsterte und in die Dunkelheit starrte. Sie hat sich erst am Morgen beruhigt. Als das graue Licht die Schatten verwischte und die soliden Konturen der Betten aus der Finsternis hervorholte, fiel sie in einen kurzen, schweren Schlaf.

Am Morgen habe ich sie gefragt: »Hattest du nachts Schmerzen, was fehlt dir?«

Ihre Hand, in der sie einen Kamm hielt, verharrte. Sie blickte mich mit ihren dunklen, geränderten Augen ängstlich an.

»In meiner Heimatstadt hat man mich wegen der Nieren behandelt«, sagte sie.

Es waren die kranken Nieren, doch es war auch die Angst, die bei Einbruch der Dämmerung herbeikroch und sie nicht eher losließ, als daß es im Saal vollkommen hell wurde. Jeden Tag, kurz nachdem das Licht gelöscht wurde, wenn die schaukelnden Schatten der Bäume hinter dem Fenster auf der Scheibe erschienen, setzte sie sich im Bett auf, starrte mit geweiteten Pupillen auf die Wand und sagte:

»Sie haben mich nicht schlafen lassen, zwei Jahre lang habe ich keine einzige Nacht geschlafen. Sie kamen jede Nacht, leuchteten mir ins Gesicht. Sie stellten immerfort Fragen, sie redeten, redeten …« – Ihre Stimme schlug in Schluchzen um, die feuchten Finger krallten sich um meine Hände, und ich wußte, daß ihr schmächtiger Körper unter den drei Decken, die ich über sie geworfen hatte, zitterte. Ich saß mit angewinkelten Knien auf ihrem Bett, flüsterte beruhigende Beschwörungen, bis ihr Schluchzen verstummte, bis sie sich gänzlich beruhigte. Ich ging in mein Bett zurück, zumeist schaffte ich nicht einmal einzuschlafen, da warf sie wie auf einen inneren Befehl hin die Decken zurück, setzte sich auf und fing wieder zu sprechen an.

Ich hörte zu und sah die Ratten in der dunklen Gefängniszelle, und ich sah ihr noch kindliches, von schwarzen Zöpfen umrahmtes Gesicht, dieses Gesicht, das für immer den ängstlichen und erstaunten Ausdruck behalten sollte. Warum? Beharrlich kehrt diese Frage immer wieder, und ich kann sie jetzt ebensowenig beantworten wie damals. Warum? Und du, welcher Gott hat deine Augen mit einer schwarzen Binde verdeckt und hat die schwankende Schale der guten Taten in deine Hände gelegt? Warum?! Siehst du, genauso könnte ich dich fragen, und auch du würdest keine Antwort darauf finden.

Ich habe nie erfahren, warum. Das eine fehlte in ihren Erinnerungen, das eine, Wichtigste, Heißersehnte war gänzlich aus ihrem Gedächtnis ausradiert worden. Sie wußte nur, daß man sie festgenommen hatte, daß sie nach zwei Jahren freigelassen worden war, und zu dieser fragmentarischen Biographie fügten die Ärzte hinzu, man hätte sie mit Nierentuberkulose entlassen. Es mußte ihr offenbar schlechter gehen, denn sie aß immer weniger und schlief fast gar nicht. Die Gelenke schimmerten allmählich durch die gelbe Haut, die blassen Wangen waren eingefallen; sie drehte ihre Haare nicht mehr auf Papierpapilloten auf. Jeden Tag bekam sie eine Transfusion. Die Krankenschwester stach mit der dicken Nadel in das knochige Handgelenk, dunkles Blut floß Tropfen um Tropfen in die blaßblauen, durch die Haut schimmernden Venen. Ihr Zustand verbesserte sich nicht. Als ihre Augen den mir wohlbekannten Ausdruck annahmen – schmale Schlitze, durch die das Augenweiß schimmerte –, lief ich zum Professor, legte mein Gesicht an seine Brust und bat, er möge sie retten. »Kind, du weißt doch, daß ich alles tue, um sie zu retten«, sagte er. Und doch hat er sie nicht gerettet. Sie starb an einem Frühlingsnachmittag, und ihr Bruder, den ich bei den seltenen Sonntagsbesuchen kennengelernt hatte, kam, um ihren Körper in ihre Heimatstadt mitzunehmen.

An jenem Nachmittag verließ ich das Krankenhaus. Ich streifte das Kleid über, das für gewöhnlich am Fußende lag, und lief die leere Treppe hinunter. Die Straße war weiß vom Sonnenlicht, die Bäume warfen kurze, scharfe Schatten auf den Gehsteig, eine Gruppe lachender Studentinnen drängte aus dem Krankenhaustor und lief an mir vorbei. Auf der gegenüberliegenden Straßenseite sah ich eine Reihe Taxis stehen. Ich ging hin und bat einen der Fahrer, in den Wald zu fahren. Er wandte den Kopf, als er eine so ungewöhnliche Adresse hörte, und erst als ich mit Nachdruck »in den Wald« wiederholte, fuhr er langsam los. Er setzte mich vor der Stadt in der Nähe einer Bushaltestelle ab: »Damit Sie wieder zurückkommen«, sagte er.

Es war ein Laubwald, er stieg an, um dann unverhofft wieder abzufallen. Mit Mühe stieg ich auf einen der steilen Hügel, und da ich im ganzen Körper grenzenlose Müdigkeit verspürte, legte ich mich ins warme Gras. So lag ich still da und beobachtete die länger werdenden Schatten der Bäume. Ich dachte nicht nach, ich wollte nicht nachdenken. Sorgsam wich mein Blick dem leeren Platz im Krankensaal aus, wo noch vor wenigen Stunden das vertraute Bett gestanden hatte. Man hatte es hinausgeschoben, ich wußte, daß man es hinausgeschoben hatte, um es abzuziehen und sauber, bereit, einen anderen von Krankheit gepeinigten Körper aufzunehmen, wieder hineinzuschieben.

Kühler Wind wehte von den nahen Feldern herüber, die Schatten der Bäume wuchsen, wurden matt, um dann ganz in der ersten bläulichen Abenddämmerung zu verschwinden. Unwillig stand ich von dem Gras auf und schleppte mich zur Bushaltestelle. Der Taxifahrer hatte recht gehabt. Nach einigen Minuten kam der Bus, bremste mit einem Quietschen, und inmitten einer Menge glücklicher Kinder, die wahrscheinlich von einem Ausflug zurückkamen, kehrte ich in die Stadt zurück. Als ich auf Zehenspitzen in den schon stillen Krankensaal schlich, bemerkte ich, daß auf dem Bett nebenan eine blonde Frau mit ungewöhnlich ausgemergeltem Gesicht lag.

In diesem Krankenhaus war überall der Tod. Der Professor war in Hämatologie spezialisiert, und aus den entlegensten Winkeln des Landes schickte man ihm Patienten mit den verschiedensten Blutkrankheiten. Blutarmut wurde mit Eisen- und Lebergaben behandelt, einige jedoch, Leukämien, wie er sie in seinem Lehrbuch nannte, das zusammen mit den anderen Büchern auf meinem Nachttisch lag, bergen in ihrem Namen ein unwiderrufliches Urteil.

»Ungewöhnliche Blässe, Kopfschmerzen, geschwollene Lymphknoten, Blutergüsse ...« – bald schon lernte ich, die in den Medizinbüchern aufgezählten Symptome zu erkennen, und beobachtete gespannt, wie die Krankheit in den kraftlosen menschlichen Körpern fortschritt. In dem Maße, in dem die Menschen verschwanden, wuchsen in mir Verzweiflung und Auflehnung.

Ich ging zum Professor und flehte: »Retten Sie sie« – ich konnte seine Machtlosigkeit nicht begreifen. Mein eigenes Leben rettete er so ausdauernd, so wirkungsvoll schützte er mich vor der Krankheit. Wie oft stellte er fest, daß man mein Herz bald schon würde operieren können, daß ich nach dem Eingriff gesund werden würde, und dabei schwang in seiner Stimme Gewißheit mit. »Du wirst leben«, sagte er, und wie ein Lebenselixier stärkten seine Worte meine schwindende Hoffnung. Ich lauschte seinen Worten, ließ mir Spritzen geben, und ohne ein Wort der Klage schluckte ich alle bitteren Medikamente. Unterdessen ermüdete mich jedoch jeder Schritt, nachts ließ mich das Hämmern meines Herzens nicht einschlafen, und um mich herum starben Menschen.

Nach kurzen Verhandlungen mit der Kardiochirurgischen Klinik in Posen beschloß der Professor, mich dort hinzuschicken. In dieser Klinik operierte – wie man allgemein glaubte – einer der begabtesten Chirurgen Polens. Ich staunte, als ich ihn zum erstenmal sah, er wirkte so jung. In Wirklichkeit war er vierzig Jahre alt, und nach dem, was man sich in der Klinik erzählte, soll er in seiner Jugend eine schwere Lungentuberkulose durchgemacht haben. Er habe niemals vergessen, wieviel er der Medizin verdanke, und als er wieder gesund war, habe er sich der Herz- und Lungenchirurgie verschrieben. Diese Geschichten, sicher nicht in allem wahr, erfüllten unsere Herzen mit großer Zuversicht. Es tat gut zu glauben, daß der Arzt, in dessen Händen unser Schicksal ruhte, einst selbst ebenso hilflos und dem guten Willen der Ärzte ausgeliefert gewesen war. Voller Vertrauen hefteten wir unsere fiebrigen Blicke auf seine grauen Augen, seine sauberen Hände.

Jeder Operation ging ein angespanntes Warten voran. Wird man operieren können? Nicht alle Herzfehler wurden als operabel eingestuft. Die Klinik verfügte noch nicht über die komplizierten Apparaturen, mit deren Hilfe man das kranke Herz aus dem Kreislauf nehmen konnte. Oft endeten die Eingangsuntersuchungen mit einem negativen Ergebnis. Wir nahmen regen Anteil an den Sorgen und Zweifeln der Ärzte. Diese Zeit war auch für uns am schwersten. Werden sie das Risiko eingehen wollen? Wird die Gesundheit zurückkehren? Und wenn nicht, wie lange wird man dann mit zugeschnürter Kehle, in der das Blut flattert, leben können, mit der Müdigkeit, die sich bei der geringsten Anstrengung des Körpers bemächtigt? Wie lange wird man noch am Leben bleiben, und wie wird man sterben müssen? Die bläulich gefärbten Wangen, die vom Wasser aufgedunsenen Beine, die trockenen Lippen, die mit Mühe nach Luft schnappen ... Atemnot. Alles schien besser als das, was die von der Krankenhauswirklichkeit genährte Vorstellung eingab.

Ich wollte diese Operation. Ähnlich wie ich warteten drei andere Frauen aus meinem Saal voller Hoffnung auf das Urteil der Ärzte. Unsere fünfte Bettnachbarin lag stöhnend im Bett. Sie war vor drei Tagen operiert worden. Um sie herum standen noch Flaschen mit Wasser, in die durch Gummischläuche Luft aus der Lunge abfloß. Das Wasser blubberte, die Frau wälzte sich auf dem Bett und stöhnte. Abwechselnd saßen wir bei ihr, rückten die Kissen zurecht, feuchteten ihre gesprungenen Lippen mit nassem Mull an. Mit verhohlener Freude beobachteten wir genau jedes Anzeichen einer Besserung, begrüßten begeistert auch nur das kleinste Zeichen zurückkehrender Kräfte.

Wer würde die nächste sein? Jeden Tag kam der Chirurg, blieb auf der Türschwelle stehen und ließ seinen Blick schnell durch den Saal schweifen.

»Muß ich noch lange warten?« fragte ich.

»Sie müssen geduldig sein, wir haben noch nicht alle Untersuchungen durchgeführt«, antwortete er.

Er operierte täglich, und immer gab es die gleichen Vorbereitungen. Ein frühes Abendessen, Waschen und Rasieren der Haut um den geplanten Schnitt, Schlafmittel … Morgengrauen, die Gewißheit um das Morgengrauen, das durch die noch dunklen Fenster hereinsickerte. Bandagierte Hände, von denen man die Uhr, den Ehering und die anderen Ringe abgestreift hatte. Persönliche Kleinigkeiten, die von einer geballten Hand in die nächste wanderten, an Freundinnen zur Aufbewahrung weitergegeben.

»Kann sein, daß wir uns nicht mehr wiedersehen, gebt das … wenn wir uns nicht wiedersehen, schickt das … lebt wohl …«

Nach einigen Stunden wurde ein in Bandagen gehüllter länglicher Gegenstand gebracht und schwer auf das Bett gelegt. Der Sauerstoff zischte leise, das Wasser, das von der Luft aus den Lungen verdrängt wurde, blubberte, die eingefallenen Augen blickten schmerzerfüllt, Stöhnen drang zwischen den spröden Lippen hervor. Und manchmal war auch nichts zu hören. Wir kannten diese unheimliche Stille, die nur von den eiligen Schritten der Ärzte unterbrochen wurde. Weiße Kittel drängten sich dicht um das Bett, große Spritzen wanderten von Hand zu Hand. Die Nadel durchstach die Haut, das erweckte Herz zuckte noch einige Male, hob die Bandagen an … Stille. Die Ärzte gingen weg, das Laken wurde über das reglose Gesicht gezogen.

Sie starben oft, allzuoft für dieses kleine Krankenhaus, für diesen einen Krankenhausflügel, in dem wir lagen – menschliche Schatten, die auf das ärztliche Verdikt warten. Sie starben Tag für Tag und nahmen unsere Hoffnung mit, töteten sie. Das kleine Mädchen, das über den Flur lief und mit kindlicher Neugier in jeden Saal lugte. Am Vortag ihrer Operation haben wir zusammen bunte Bücher gelesen und uns Bilder von spielenden Kindern angesehen. Die Frau, die zunächst nicht in die Operation einwilligen wollte, weil sie sagte, ihr Glaube verbiete ihr, das Blut eines anderen Menschen anzunehmen. Wie lange hatte sie gehadert, nächtelang schlaflos über der untrennbar mit ihr verbundenen Bibel gesessen. Der junge Mann – ich habe gesehen, wie man ihn mehrfach im Rollstuhl über den Gang schob, wahrscheinlich zu Untersuchungen, die Frau …

Als in den folgenden Tagen drei weitere Personen starben, hörte der Chirurg auf zu operieren. Er nahm Urlaub und fuhr zur Erholung in die Berge. Kurz vor seiner Abreise kam er in unseren Saal. Diesmal blieb er nicht in der Tür stehen, wie er es sonst tat, sondern kam an mein Bett. Er setzte sich zu mir; seine Augen waren müde, die sauberen Hände ruhten auf seinen Knien.

»Vielleicht in einigen Jahren, im Moment kann ich Sie nicht operieren, aber in einigen Jahren …«

Ich weinte, und dennoch verspürte ich große Erleichterung, jetzt, da ich wußte, daß man mich nicht operieren würde. Mein Vater kam mich abholen, und wie immer fuhren wir zusammen nach Hause, und dann weiter – in die Klinik nach Krakau.

Trotz des unabänderlichen Urteils der Chirurgen verlor der Professor den Glauben an meine Rettung nicht. Er glaubte, daß ich leben würde, den Tatsachen zum Trotz, seinem eigenen medizinischen Wissen zum Trotz, naiv und ausdauernd, so wie Kinder oder Heilige glauben. »Die Natur hat ihre Möglichkeiten«, sagte er, »sie sind noch nicht erforscht, sie entziehen sich dem Erkenntnistrieb der Medizin oder irgendwelcher anderen Wissenschaften. Man kann niemals mit Gewißheit vorhersagen, ob jemand leben wird oder nicht, und außerdem« – auch das war ein Satz, den ich oft aus seinem Mund gehört habe – »gibt es keine unheilbaren Krankheiten. Du wirst bestimmt gesund«, wiederholte er – und wenn sich der Schatten eines Zweifels in meine Augen schlich, in meine zitternden Mundwinkel, fügte er eilig hinzu: »Man wird dein Herz im Ausland operieren, wir werden uns darum bemühen.«

Er begann mit seinen Bemühungen. Ein Kongreß für Herzchirurgie, der gerade in Polen stattfand, kam uns dabei zu Hilfe. Die Krakauer Delegierten kehrten mit der Nachricht zurück, daß Doktor Baily in Philadelphia die kompliziertesten Herzoperationen durchführe. Seine Klinik verfüge schon seit mehreren Jahren über ein Gerät, das die Arbeit der Lungen und des Herzens übernimmt und so Operationen ermöglicht, bei denen der Herzmuskel geöffnet werden muß. Nachdem er sich mit den Tagungsberichten vertraut gemacht hatte, beschloß der Professor, mich nach Philadelphia zu schicken. In meiner gesundheitlichen und finanziellen Lage konnte sein Entschluß gewisse Zweifel aufwerfen. Im allgemeinen wurde er skeptisch aufgefaßt, und ich selbst meinte nach den kürzlich gemachten Erfahrungen in der Klinik in Posen, daß eine Reise ins Ausland für immer eine Vision bleiben würde.

Der Professor ließ sich nicht entmutigen. Niemals schlichen sich Zweifel in seine Gedanken, und wenn doch, so vermochte er sie, jenseits aller Sorge, zu verdrängen, so daß sie ihn in seinen Aktivitäten nicht störten. Meine körperliche Erschöpfung und die Apathie, die sich langsam meiner Gedanken bemächtigte, spornten ihn lediglich noch an. Er führte einflußreiche Personen in den Krankensaal. Ältere Damen mit riesigen Hüten, die sich über mein Bett beugten und warmherzig fragten: »Wie fühlst du dich, mein Kind?« und ernst sagten: »Man darf die Hoffnung niemals aufgeben.« Herren, die sich bemühten, heiter und witzig zu sein, machten mir Komplimente und pflichteten den Aufrufen des Professors bei: »Ja, gewiß, aber natürlich, Sie haben recht!« – dann gingen sie ... Der Professor begleitete sie hinaus, um sogleich zurückzukommen und mir das Ergebnis des geführten Gesprächs mitzuteilen. Briefe, es ging um Briefe, die auf den Weg gebracht werden, in die richtigen Hände geraten, die richtigen Gefühle wecken mußten ... damit die Menschen bereit wären, mir zu helfen.

Die erste Antwort, die wir erhielten, war alles andere als aufbauend: »Leider kennen wir keinen Millionär, der sich des Schicksals dieses jungen Mädchens annehmen könnte. Sie tut uns sehr leid, wir können jedoch nichts für sie tun …« Der Professor gab nicht auf. Er trieb Adressen auf und schrieb selbst Briefe, legte meine Photos und meine Gedichte bei. Gleichzeitig nahm er Kontakt mit Bailys Klinik auf. In einen grauen Umschlag gepackt reisten die Röntgenaufnahmen von meinem Herzen über den Ozean. Nach einem Monat kam die Antwort. Die Operation könne man durchführen, aber die damit verbundenen Kosten müßte ich selbst tragen. Das versetzte meiner Hoffnung, die den unlängst gemachten Erfahrungen zum Trotz erwacht war, einen neuen Schlag. Ich hatte keine reichen Verwandten in den Staaten, und meine Eltern konnten nicht einmal davon träumen, die nötige Summe zusammenzubekommen.

»Mach dir keine Sorgen«, sagte der Professor, »das wichtigste ist, daß sie dich operieren wollen, das Geld versuchen wir schon aufzutreiben.« Auch diesmal blieben seine Bemühungen nicht erfolglos, wenngleich nicht wir das nötige Geld auftrieben. Meine neuen Freunde, die ich noch nicht kannte und die mich nur von Photos und aus Briefen kannten, boten sich an, die für die Überfahrt nötige Summe zu sammeln. Sie waren es auch, die sich an amerikanische wohltätige Organisationen mit der Bitte wandten, die Operation zu finanzieren. Das jüdische Deborah-Sanatorium im Staat New Jersey kam ihrer Bitte nach und schickte eine mit großen Amtsstempeln versehene offizielle Einladung.

Meine wahnsinnige Begeisterung erlosch nach einem weiteren Anfall von Atemnot. Ich begann zu befürchten, daß ich es womöglich nicht mehr schaffen würde loszufahren.

Mein Freund, du erinnerst dich doch an all jene Tage, an die Hoffnung, die so groß war, daß sie beinahe schmerzte, und den Zweifel, der die geringste Ermüdung nutzte, um sich wieder zu melden und die Hoffnung zu vernichten. Ich beantwortete Briefe, adressierte Umschläge, stellte Anträge, und in Gedanken schob ich den Zeitpunkt der Abreise weit fort. Nur sehr schwer konnte ich glauben, daß irgendeine Chirurgenhand es schaffen würde, den dumpfen, ungleichmäßigen Rhythmus meines Herzens zu beruhigen. Und dennoch wollte ich fahren. Sogar der Tod kam mir besser vor, als am eigenen Atem zu ersticken. Erschöpft von dem Kampf, den Hoffnung und Zweifel in mir ausfochten, beschloß ich auszureisen, nur um schneller sterben zu können. Unterdessen behandelte der Professor mich intensiv, und als es Mai wurde, schickte er mich ins Sanatorium nach Żegestów.

V

MEIN FREUND, du hast mich nicht gefragt, warum ich traurig aus dem Sanatorium zurückgekommen bin. Du nahmst an, daß die Ermüdung durch die nicht enden wollenden Verhandlungen mit Amerika mir Tränen in die Augen steigen und mich vor den Menschen fliehen ließ. Die Tage waren warm, und am liebsten verbrachte ich die Zeit in einer Hängematte zwischen zwei Kirschbäumen. Du kamst, setztest dich in meine Nähe und stießest die Hängematte an, damit sie leicht schaukelte. »Ich denke an das Schiff«, sagtest du, »das dich fortbringen wird, ich denke an die schönste aller Farben, an Blau.«

»Rot ist am allerschönsten«, erwiderte ich.

»Das stimmt nicht, rot ist zu aggressiv, zu selbstbewußt. Blau birgt eine tiefe Ruhe in sich, eine große Reinheit, und unsere Gedanken brauchen Reinheit und Ruhe. Wenn du dann wiederkommst ...«

»Ich weiß nicht, ob ich wiederkomme.«

»Wenn du also nicht wiederkommst und dort bleibst und meine Briefe über den gewaltigen Ozean irren werden, bis ein glücklicher Wind sie zu dir trägt und auf deinen Tisch legt, damit du das geschnitzte Messer zur Hand nehmen, sie öffnen und lesen kannst ...«

»Tote lesen keine Briefe.«

»Aber Auswanderer lesen welche, ich würde sogar

sagen, leidenschaftlich gern. Jedes Wort, das aus der Heimat geschickt wird, ist ihnen unsagbar wichtig, jedes Stückchen Heimat ist des Interesses wert. Hat man sich nicht etwa aus immerwährender Nostalgie deines Schicksals angenommen?«

»Verräter, ich bin für niemanden ein Stückchen Heimat.«

»Nein, du hast recht, für mich bist du meine ganze Heimat, aber nur für mich.«

Du hast nicht gefragt, und ich habe dir nichts von meiner Liebe erzählt. Vielleicht hätte ich dir auch nichts erzählt, wenn du mich gefragt hättest. Du warst voller Verachtung gegenüber »anderen Männern«, die mit sehenden Augen so wenig sahen. Du warst auch voller Verachtung für die Frauen, die jene Männer liebten, während sie für dich lediglich verschämtes Mitleid übrig hatten. In deinen Händen schmolzen sie nie dahin und übersäten sie auch nie mit Küssen. Ein Kuß von ihnen war eine milde Gabe, die sie dir aus der Höhe ihrer eigenen, nicht vom Brandopfer der Gefühle bedrohten Welten zuwarfen; sie gingen weg und vergaßen sie sofort. Mein Freund, auch wenn dich meine Aufrichtigkeit schmerzt, verwirf die Lektüre nicht. Wodurch, wenn nicht durch Aufrichtigkeit, soll ich mich gegen dein anklagendes Schweigen wehren? Steh nicht von der Bank unter dem Kirschbaum auf, zieh die Hand nicht von dem Geflecht der Hängematte zurück. Die Beruhigung, die die leichte, schaukelnde Bewegung und das Bewußtsein deiner Gegenwart mit sich bringen, brauche ich heute genauso wie damals. Zieh deine Hand nicht zurück, mein Freund, geh nicht fort, wie sollte ich sonst den großen Mut wiederfinden, der so unerläßlich für mein Weiterleben ist.

Ich habe ihn ähnlich wie meinen Mann kennengelernt – im Sanatorium, oder genauer vor dem Sanatorium, auf einer dieser bequemen Bänke, die man für die weniger kräftigen Kurgäste im Schatten der Fichten aufgestellt hatte. Es ging mir schlecht, und meistens lag ich im Bett. Als jedoch die hartnäckige Frühjahrssonne die Fensterbank mit Licht übergoß, stand ich auf, stieg die breite Treppe hinunter und setzte mich vor dem Sanatoriumsgebäude auf die nächstliegende Bank. Mit halbgeschlossenen Augen beobachtete ich, wie die Schatten über die geschnittenen Rasenflächen krochen, hob meinen Blick, um auf die dunklen, gewölbten Berge zu sehen, die den Horizont verschlossen, auf die von zarten hellgrünen Blättern umhüllten Sträucher, die am Fluß wuchsen. Ich mied die Menschen. Ihre nonchalante Neugier störte mich, ihr Mitleid schmerzte. Ich tat, als würde ich die neugierigen Blicke, die auf mir ruhten, nicht bemerken, und wenn jemand zu meiner Bank kam, stand ich wortlos auf und wechselte auf die nächste. Ich war entschlossen, meine Einsamkeit vor der Invasion von Worten zu schützen und vor der Invasion von mir verhaßten Gefühlen, die unweigerlich durch Worte übertragen wurden.

Als jedoch an einem sonnigen Nachmittag dieser junge Mann zu mir kam und noch zögernd neben der Bank stehenblieb, stand ich nicht auf, wie ich es sonst tat, ich ging nicht weg. Mit großem Erstaunen blickte ich auf sein längliches Gesicht, die schmalen Schultern, die sich in einer bittenden Geste verneigten.

»Darf ich …«

»Ja, sicher.«

Ich hatte ihn schon mehrfach gesehen: auf der Treppe, die zum Haupteingang führte, im Speisesaal, in dem weißen Schwesternzimmer. Sein Gesicht mit den nicht besonders schönen Zügen und den vorgewölbten, in einer schmerzvollen oder zweifelnden Grimasse zusammengekniffenen Lippen hatte meine Aufmerksamkeit erregt. Die dunklen Augen unter den dichten Augenbrauen blickten finster drein, und dieser mißtrauische, abstoßende Blick schüchterte meine Augen ein. Ich ging an ihm vorbei, ohne auch nur durch die kleinste Regung meines Gesichtes zu verraten, daß ich ihn bemerkt hatte; ich lächelte nicht. Aber ich wollte ihn anlächeln. Ich hielt im Gang nach seiner schlanken Gestalt Ausschau, und wenn er kam, beobachtete ich ihn heimlich hinter einer viereckigen Säule hervor; ich sah ihm nach, wie er langsam die Stufen hinunterstieg. Ich lief zum Fenster, um zu sehen, wie er aus dem Sanatoriumsgebäude trat, wie er mit gemessenem Schritt, wohl von der Krankheit gebremst, den grünen Garten durchquerte. Ich hatte ihn inmitten einer Menge mir gleichgültiger Gesichter erkannt, lange bevor er neben mir stehenblieb.

Ich kann dir nicht sagen, wo er herkam oder was er tat. Mein Gedächtnis hat keine biographischen Details behalten, wahrscheinlich hatten sie damals keine Bedeutung. Vielleicht war auch kein Raum dafür in den Momenten, deren Intensität ich noch heute spüre. Noch heute erfüllt mich die Erinnerung an jenes Gefühl mit Erstaunen und Furcht. Wie übermächtig, wie allumfassend es gewesen war. Die schmale, leicht gebeugte Gestalt – ich erinnere mich an das Braun seines Anzugs –, das wie in sich verschlossene Gesicht mit den strengen Augen, den verbissenen vorgestülpten Lippen. Und ich weiß (heute noch), wie diese Lippen für einen winzig kleinen Augenblick weich werden konnten, wie ein Lächeln seine Augen mit hellem Licht erfüllte. Er beugte sich über mich und lächelte, und als ich nach einer Weile unendlichen Erstaunens meine Stimme wiederfand, sagte ich eilig: »Ja, sicher.«

Dieser Junge, mein Freund, ist aus dem Nichts aufgetaucht und hat all meine Gedanken ausgefüllt. Zitternd lauschte ich seinen Worten. Diese Worte, mit fremdem Akzent ausgesprochen – er war Deutscher –, diese Sätze voller unklarer Begriffe – er sprach von Philosophie – erfüllten mein Herz mit riesiger, unbegreiflicher Hoffnung. Ich glaubte ihm, wenn er sagte, daß ich würde laufen, mit ihm zusammen spazierengehen, daß ich – wenn ich nur wollte – würde tanzen können. Wir haben uns in dem gleichen heiß ersehnten Wunsch wiedergefunden, den abgesteckten Lauf der Dinge umzukehren, der Welt, die uns zu Krankheit und vorzeitigem Tod verurteilt hatte, zu trotzen. Wir waren nicht mehr allein mit der Auflehnung, dem Leid, das durch schmerzliche Nachdenklichkeit noch gesteigert wurde. In der Liebe sollten wir die Kraft finden, die uns zwar nicht unsere Gesundheit wiederbringen, aber unseren kranken Glauben heilen konnte. Wir glaubten, daß wir, wenn wir es nur wollten, gesund sein könnten.

Ich lauschte seinen Worten, blickte auf die Metamorphose seines häßlichen Gesichtes, das im Lächeln schön wurde. Seine Hand lag auf der Banklehne und berührte meinen Arm, und diese kaum merkliche Annäherung versetzte mein Herz in Aufruhr.

»Ich komme«, sagte ich, »ich komme gleich nach dem Abendessen, warte an der Tür auf mich.«

Tage in noch zarter Sonne, die sich in hellem Nebel auf den eben erst erblühten Bäumen niederließ, Tage, an denen ich zu unseren Treffen lief. Gleich neben dem Eingang des Sanatoriums stand er da und wartete. Er sah mich kommen – im letzten Augenblick verlangsamte ich meinen Schritt –, meine rosigen Wangen und der schnelle Atem verrieten jedoch meine vorhergehende Eile. Er kam mir entgegen; ich sah, wie er seinen schmalen Rükken aufrichtete und seine Augen plötzlich heller wurden. Wir sahen einander an, als sei es ein Wunder, daß wir zusammen waren, als hätten wir uns nach langer Trennung wiedergefunden. Nach Trennung und Gefahr. Ich atmete tief und versuchte, das wilde Herzrasen zu beruhigen, ich nahm seine ausgestreckte Hand und sagte: »Laß uns gehen.« Wir gingen an Grüppchen träge durch den Park streifender Kurgäste vorbei, durchquerten den grünen Garten und bogen über einen schmalen Pfad zum Fluß ab. Wenn das Sanatoriumsgebäude unseren Blicken entschwunden war, zog er mich an sich und küßte mich. Und der Gedanke, ich könnte ihn verlieren, schnürte mir das Herz zusammen. Die Gewißheit, daß ich ihn verlieren würde. Er staunte über meine Finger, die zart seine Lippen berührten, meine Hand, die sich an seine Wange schmiegte und versuchte, ihre Wärme und Form zu behalten. »Warum« – fragte er, wenn ich mich aus seiner Umarmung löste, wenn ich das Gesicht vor Küssen abwandte, wenn ich mich auf Blickweite zurücklehnte und ihn anblickte. Und er sah, daß ich ihn liebevoll betrachtete, und er sah die Tränen in meinen Augen, und er beugte sich vor, um sie zu trinken, und küßte mich wieder. Wir gingen langsam, aneinander geschmiegt, so ineinander verwoben, daß es uns schwerfiel zu gehen, unsere Umarmung lockerte sich erst, wenn wir die Landstraße betraten, die zum Sanatorium führte. Ich hielt krampfhaft seine Hand fest, ich drückte verzweifelt seine Finger, als hielte ich mich an einem Ast fest, der über einer Schlucht hängt. Ich dachte nicht daran, daß Leute an uns vorbeigingen, daß ihre Blicke unsere Gesichter erforschen; sein Gesicht nahe an meinem, meine flüsternden Lippen, die seinen Atem einfingen, seine Augen, in denen eine hellbraune Flamme brannte.

Ich fürchtete, ihn zu verlieren. Mein plötzliches Glück war vom ersten Augenblick an mit einer großen Angst verbunden. Ich fürchtete, daß die paar Frühlingstage verstreichen würden und er fortgehen würde. Wenn er meine Hände nahm, dachte ich daran, daß ich ihn vielleicht im nächsten Moment schon nicht mehr bei mir fühlen würde, und diese Vorstellung war so schmerzvoll, daß ich ihr zuvorkam und meine Hände aus seinen gleiten ließ. Ich ging von ihm weg, um sogleich wieder zu ihm zu laufen, mich an seinen Hals zu schmiegen, ihn fest zu umarmen und anzuflehen: »Du läßt mich doch nicht allein, nicht wahr, du gehst nicht fort?«

»Du weißt, daß ich nicht fortgehen werde«, sagte er und schob meinen Kopf weg, der in seinen Arm vergraben war, hob mein Gesicht an und küßte meine Augen. Er drückte mich vorsichtig an sich, als hätte er Angst, mich zu zerdrücken, dann plötzlich fester, von meiner Furcht angesteckt.

»Nein, ich werde dich niemals verlassen!«

Doch was bedeuteten schon diese Beteuerungen! Wir wußten beide, daß er mich verlassen, daß er abreisen mußte. Sein Herz war ebenso krank wie meines, über seinem Leben schwebte ähnlich wie über meinem ein unwiderrufliches Urteil. Er quälte sich. Wenn er auf die kleinste Anhöhe stieg, atmete er schwer, er schnappte mit offenem Mund nach Luft, und wenn ich meinen Kopf gegen seine Brust lehnte, konnte ich ein böses, dumpfes Rauschen hören – das Schlagen seines Herzens. Einige Male habe ich gesehen, wie Schmerz sein Gesicht verzerrte, wie seine Lippen blaß wurden und die Lider sich schlossen.

»Es ist nichts«, sagte er, »das geht gleich vorbei, geh nicht weg, ich will dich in meiner Nähe spüren, ich will wissen, daß du da bist ...«

»Laß uns gemeinsam sterben«, bat ich ihn, »ich fürchte mich nicht, ich fürchte mich gar nicht.«

Dann verdunkelten sich seine Augen, er neigte den Kopf und sagte: »Mein Leben gehört mir nicht, du weißt, daß ich nicht auf diese Weise weglaufen darf.«

Das war die schmerzlichste aller Wahrheiten. An jenem Tag, als er sich auf die Lehne der Parkbank setzte, sagte er schnell, wie nebenbei, daß er Familie hätte – eine Frau und ein Kind –, er schob mir kurz, nur für einen Blick, ihr Photo unter die Augen. Wir kehrten in unseren Gesprächen nie wieder zu seiner Ehe zurück, keiner von uns konnte es jedoch auch nur für einen Augenblick vergessen. Er gehörte nicht zu mir. Nicht einmal dann, wenn wir zusammen den Pfad am Fluß, unter den schrägen Sonnenstrahlen, entlanggingen, ich wußte, daß eine andere Frau auf ihn wartete, daß sie voller Vertrauen und Liebe an ihn und seine Genesung dachte. Er log, er betrog sie, wenn er Briefe voller Wärme und Ruhe schrieb – mir allein gehörte die Wahrheit. Ich las sie aus den ungleichmäßigen Schlägen seines Herzens heraus, aus den Zetteln, die auf seinem Tisch herumlagen und die verschiedensten Untersuchungsergebnisse beinhalteten. Meine Einweihung brachte keinerlei Befriedigung mit sich, im Gegenteil, sie steigerte meine Unruhe noch, daß er – so wie es mit meinem Mann geschehen war – vor mir sterben könnte. Ich mochte die andere Frau nicht, ihre stille Liebe, und zu meiner großen Verwunderung begann ich, auch Kinder nicht zu mögen.

Er beachtete sie überall. Er bückte sich, um den kleinen Dorfgören, die am Fluß im Sand spielten, über den

Kopf zu streichen, geduldig beantwortete er die Fragen eines kleinen Mädchens, das auf der Suche nach Blumen bis zu uns gekommen war, als wir im Gras saßen. Ich sah unwillig zu, wie er ihre kleinen Hände berührte, wie er sie auf seinen Schoß setzte und sie anlächelte. Mit gespielter Gleichgültigkeit fragte ich:

»Magst du Kinder sehr?«

»O ja«, antwortete er, »sie sind Tieren ähnlich.« Sein Vergleich tröstete mich für kurze Zeit, bald jedoch erinnerte ich mich, daß er Tiere ebensosehr mochte und daß er gewiß die Hilflosigkeit und die Anhänglichkeit der Kinder gemeint und mit der von Tieren verglichen hatte.

Ich verstummte, entzog ihm meine Hände und schloß meine Augen, um mich in schmerzlicher Nachdenklichkeit einzuschließen. Er erriet meine Einsamkeit und kam sofort zu mir, glättete mit seinen warmen Lippen die steilen Falten auf meiner Stirn, beruhigte mit Küssen das schmerzliche Zittern meiner Lippen.

Er fuhr fort von mir, er fuhr am folgenden Tag fort. Ich stand auf der Schwelle zu seinem Zimmer und beobachtete, wie er seine Anziehsachen in einen kleinen Lederkoffer warf. Achtlos faltete er die Hemden, die auf den Stühlen verteilt lagen, raffte die Bücher zusammen. Als alles gepackt war, schloß er den Koffer und setzte sich auf die Bettkante.

»Komm zu mir«, sagte er.

Ich kam artig näher, wie ein Automat, ich wußte, daß er am nächsten Tag im Morgengrauen fahren würde, und dieser Augenblick kam mir bedrohlich nah vor.

»Ich wünschte so sehr, du würdest nicht gehen, doch ich weiß, daß du gehen mußt«, flüsterte ich.

»Ich werde jeden Augenblick an dich denken.«

Mein Blick glitt über seinen Kopf hinweg zu den dunklen Ästen der Fichte, die vor dem Fenster wuchs, ihre diesjährigen Triebe zeichneten sich scharf gegen den dunkelgrünen Hintergrund ab.

»Ich liebe dich so sehr«, sagte ich.

Und da drückte er mich an sich, und ich fühlte, wie warm sein Körper war und wie sehr ich ihn begehrte.

»Nein, nein«, sagte ich schnell und wandte das Gesicht zur Wand ab. Ich wußte, daß er zitternd neben mir lag, und so wie damals, als er plötzlich auf dem leeren Waldweg stehengeblieben war, wartete ich voller Vertrauen, daß er mich nicht nehmen würde, daß er mich so liegen lassen würde, den Kopf in das Kissen gedrückt und die Hände fest geballt. Und zugleich wollte ich ihn mit jeder Faser meines Körpers, und über meinem Begehren und meiner Hoffnung lag, dunkel wie eine Notwendigkeit, der Gedanke, daß er fortgehen würde.

»Hab keine Angst«, sagte er, »hab keine Angst, ich liebe dich viel zu sehr, um es gegen deinen Willen zu tun.«

»Ich werde dich sehr vermissen.«

Er strich mir übers Haar, und ich erriet, daß er lächelte, seine Stimme war sehr zärtlich.

»Ich weiß. Wenn ich dich zu Schmerz verdamme, dann nicht, weil ich es nicht wüßte.«

Sanft fragte er, warum ich nicht wollte, daß er sich von seiner Frau scheiden ließ, und ich konnte ihm nicht anders antworten als mit Tränen.

»Gut«, sagte er, »ich werde es nicht mehr erwähnen, auch das kann ich nicht gegen deinen Willen tun.«

Ich weinte. Die Tränen befreiten mich von dieser Ohnmacht, die sich von dem Augenblick an meiner bemächtigt hatte, da er mir sagte, daß er abreisen würde, daß er abreisen müßte. Was soll ich tun – dachte ich –, wenn er nicht mehr da ist – und ich fand keine Antwort. Jetzt wußte ich zumindest, daß ich weinen würde, und ich fühlte mich schon erleichtert.

Wieder trocknete er meine Augen mit seinen Lippen, und ich drückte mich schluchzend an ihn, drückte mich so an ihn, als sollte die Welt gleich untergehen.

Seit meiner Rückkehr aus dem Sanatorium waren einige Wochen vergangen. Die geschwollenen Lider schmerzten nicht mehr, und die blassen Wangen hatten wieder etwas Farbe bekommen. Ich schluchzte nicht mehr in den Schoß meiner Mutter, und ich wich auch Gesprächen mit Bekannten nicht mehr aus. Wenn sich die Sonne in hellen Flecken auf die grünen Beete legte, ging ich hinaus in den Garten. Über den Weg, den die biegsamen Zweige der in der Abenddämmerung duftenden Levkojen einrahmten, ging ich zu dem reifenden Kirschbaum. Ich legte mich in die Hängematte, und dann kamst du, mein Freund, schaukeltest mich sanft und dachtest an das Schiff.

VI

Was bedeuten Abschiede, mein Freund? Noch einmal umfasse ich mit meinem Blick die Wände, die bunten Leinenstücke, die gewölbten Einbände im Regal. Ich denke durch das stärker werdende Rauschen in meinen Ohren hindurch. Wird alles so bleiben, wenn ich nicht mehr da bin? Werden die Bücher sich von der Berührung meiner Hände entwöhnen, werden die Kleider den Duft meines Körpers vergessen? Und die Menschen? Sie werden eine Weile von mir reden, sie werden sich über meinen Tod wundern – sie werden vergessen. Machen wir uns nichts vor, mein Freund, die Menschen werden uns in ihrer Erinnerung ebenso schnell begraben, wie sie unsere Körper in der Erde begraben. Unser Schmerz, unsere Liebe, all unsere Wünsche werden mit uns zusammen fortgehen und werden nicht einmal einen leeren Platz hinterlassen. Auf der Erde gibt es keine leeren Plätze.

Wir dachten über Abschiede nach, mein Freund, als wir im Juni durch den Garten gingen. Wir logen einander an. Du sagtest: »Du kommst bestimmt gesund zurück, ich fürchte nur, du wirst nicht zurückkommen wollen.« Ich sagte: »Das ist wirklich egal, ob ich zurückkomme oder nicht, ich will im Moment nicht an die Abreise denken.«

Ich log, ich konnte an nichts anderes mehr denken, und voller Pein wartete ich täglich auf den Briefträger. Wird die lang erwartete Benachrichtigung von der Botschaft kommen? Meine Mutter und ich erledigten die Formalitäten – diese Visa und Pässe, die uns plötzlich vor Augen führten, daß die Menschen von einem der erkalteten Sterne Besitz ergriffen, ihn in kleine Teile zerschnitten und auf diese Teile ihre eigenen Herrschaftsansprüche übertragen haben. Er war nicht mehr einheitlich, auf politischen Landkarten leuchtete er in allen Regenbogenfarben. Auf die gleiche Weise haben Menschen sich anderer Menschen bemächtigt, ihre Freiheit eingeschränkt.

Es ist schwer, von einem Staat in einen anderen zu gelangen. Die Staaten behandeln Reisepläne mit größtem Mißtrauen, hätten gern die Gewißheit, daß du ihnen keine Schwierigkeiten bereitest. Für kranke und nicht finanziell abgesicherte Personen ist das Betreten des Territoriums fremder Länder verboten. Man verlangte von mir immer neue Atteste und Versicherungen, daß ich nach der Operation sofort wieder in die Heimat ausreisen würde. Als die mit Amtsstempeln versehenen Papiere vom Deborah-Sanatorium gekommen waren und als ich in Gegenwart des Botschafters geschworen hatte zurückzukommen – man hebt die rechte Hand und wiederholt langsam und mit Nachdruck englische Worte –, erlaubte man mir auszureisen.

Das Schiff sollte im August ablegen. Ich sollte damit nach Montreal gelangen und von dort mit dem Flugzeug nach New York. Ende Juli fuhr ich mit meiner Familie ans Meer, und auf der Halbinsel Hel warteten wir auf den Tag der Abreise.

Wir verabschiedeten uns im Juni, und ich nahm an, daß ich dich nicht mehr wiedersehen würde. Du bist jedoch gekommen. Im Hafen, in einem überfüllten Wartesaal, vernahm ich plötzlich deine Stimme. Ich drehte mich schnell um und sah dich direkt vor mir stehen. Ein schlanker, nicht sehr großgewachsener Junge mit dunklem Haarschopf stützte dich. Ihr müßt gelaufen sein, denn euer Haar war zerzaust, die Krawatten waren verdreht. In der Hand hieltest du ein graues Päckchen, aus dem zerdrückte Blumen herausfielen.

»Wir haben es geschafft«, hast du gerufen, »das nennt man Pünktlichkeit! Ich dachte schon, daß dieser Zug nie ankommen würde! Wann legt dieser Kasten ab? In zwei Stunden? Wunderbar! Wir haben jede Menge Zeit! Vielleicht setzt du dich einen Moment mit uns hin? In dem Papier da ist Grünzeug für dich, damit du nicht an Heimweh leidest. Schon etwas welk, aber du wirst sie ja bald ins Wasser stellen können ...«

Menschen liefen an uns vorbei und zogen riesige Koffer hinter sich her. Die *Batory* stand, mit dicken Tauen festgebunden, bereits am Ufer.

Wir saßen auf den warmen Stufen vor dem Bahnhof und hielten einander an den Händen. Wir sprachen nicht. Dein Freund, durch unser Schweigen befangen, entfernte sich ein Stück, und wir blieben unter uns, mit noch einem Abschied. Wir hielten einander an den Händen, lauschten dem Aufruhr unserer Gedanken, dem Stimmengewirr um uns herum.

Aus dieser Starre holte uns die sanfte Stimme meiner Mutter zurück: »Du mußt gehen.« Wieso? Schon? Ihr zierliches Gesicht über uns gebeugt, ein Lächeln mit zitternden Mundwinkeln. Meine Geschwister an ihren Händen. Mein Vater, der meinen neuen gelben Koffer hält. Die Bekannten, die gekommen sind, um sich von mir zu verabschieden. Ich stand auf. Sie umringten mich dicht.

»Komm bald zurück, wir werden warten, schreib oft, hab keine Angst, denk daran, man darf niemals Angst haben!«

Geführt von meinem Vater, ging ich zur angelehnten Tür des Zollamtes. Ich blickte noch einmal zurück. Ihr standet im Halbkreis da und lächeltet mir zu, Mutters blasse Lippen zitterten leicht. Ich stieß die Tür auf und betrat den überfüllten Saal.

Du bist verschwunden, und ich habe dich unten am Schiff nicht gesehen, als ich mich über die Reling lehnte und in die farbenfrohe Menge hinunterblickte. Du warst nicht dort, und deshalb konnte ich dich nicht sehen. Aus deinem Brief habe ich erfahren, daß ihr gegangen wart, du und deine Eskorte, um in der nächstgelegenen Bar euren Durst zu löschen. Nach einer Stunde hast du dich an etwas ungeheuer Wichtiges erinnert, das ich wissen sollte, und in aller Eile seid ihr zum Schiff zurückgekehrt. Es legte gerade ab. Als er deine Verzweiflung sah, beschloß dein dunkelhaariger Freund, mich noch zu erwischen, und ohne nachzudenken, sprang er ins Wasser. Die Miliz hat ihn herausgefischt, und da er laut protestierte, hat man euch beide mitgenommen, und an diesem Abend mußtet ihr euch keine Gedanken um die Übernachtung machen. »Alles wäre in Ordnung gewesen, wenn Krzysiek im Wasser nicht seinen Schuh verloren hätte.« Lächle mich an, mein Freund, heb dein Gesicht in gewohnter Weise zu mir. Du weißt doch, daß ich mich in der Wartehalle des Hafens nicht von dir getrennt habe. Ich dachte an dich, als ich an Bord ging, und als das Land sich in einen grauen Streifen verwandelt hatte und die Augen der Menschen getrocknet waren, habe ich mich aufs Bett gesetzt, um dir einen Brief zu schreiben. Viele der täglich vollgeschriebenen Blätter haben niemals deine Hände erreicht. Ich habe sie nicht losgeschickt. Sie haben in den Taschen meines Koffers überdauert, zwischen den Seiten meiner Bücher. Heute raffe ich sie zum erstenmal zusammen, ordne sie nach Daten und schreibe hier dieses – schon immer für dich bestimmte – Schiffstagebuch ab.

AUGUST

Sie waren sehr bunt, und du bist wie üblich irgendwo verlorengegangen. Ich konnte dich in der Menge hinter der Barriere nicht entdecken. Ich stand auf dem höchsten Deck, weit über die Bordwand gelehnt, versuchte, noch einmal das Gesicht meiner Mutter zu sehen. Ich habe sie gefunden. Sie sah so zierlich inmitten der anderen Gesichter aus, ich konnte ihre Augen nicht erkennen.

Die Sirene heulte direkt über meinem Kopf auf. Die Menschen um mich herum schluchzten laut, einige Taschentücher flatterten aus ihren ausgestreckten Händen fort. Ich legte ab. Sie verschwammen sehr schnell. Der bunte Ameisenhaufen wurde zu grauem Nebel, zu nichts …

Man geht so schön fort, man schwimmt so ruhig davon. Brücken wandern am Ufer entlang, der Raum wird immer größer, und auf einmal ist das Meer überall. Und auf einmal kannst du mit deinen steifen Fingerspitzen fühlen, daß die Erde rund ist, klein und voller Tränen. Mit einem nützlichen Taschentuch wischst du die aufdringlichen Tränen weg.

AUGUST

Ich habe mich gefreut, als man mich hierhin verlegt hat, ich bin lieber allein mit meinen Gedanken, mit dir.

Auf dem Schiff gibt es auch eine Krankenstation – eine weiße Kajüte, die mit drei Reihen Stockbetten ausgestattet ist. Ich habe mir ein oberes Bett ausgesucht, direkt unter einer runden Fensterluke. Ich brauche mich nur aufzusetzen, um das Wasser sehen zu können, und wenn ich mich aus dem Fenster lehne, bespritzen salzige Tropfen mein Gesicht.

In meiner Kajüte blieben besorgte Frauen mit Koffern voller handgearbeiteter Wunderwerke von Cepelia zurück. Sie haben überall Sägespäne verstreut, als sie nachsahen, ob beim Verladen auch nichts beschädigt worden war. Ich hatte mich gerade zwischen ihnen hindurch zu dem mir zugewiesenen Bett durchgezwängt, als der Steward hereinkam und mich in das Sprechzimmer des Arztes bat. Ein älterer Herr in Marineuniform sah von den Papieren hoch, die auf dem Tisch ausgebreitet waren, und maß mich mit einem durchdringenden Blick.

»Warum hat man Sie nicht mit dem Flugzeug geschickt?«

»Mit dem Schiff reist man billiger.«

»Ja, aber in Ihrer Situation ist das Flugzeug viel sicherer. Nun ja, wir werden das jetzt nicht ausdiskutieren, wo Sie schon einmal an Bord sind. Mir liegt jedoch daran, daß Sie gesund ankommen, deshalb bleiben Sie in meiner Obhut. Schwester, bitte verlegen Sie die Frau auf die Krankenstation.«

Meine Betrübnis verschwand, als ich diese große, leere Kabine mit den vielen Fenstern sah. Ich kletterte auf das Etagenbett und schob den Kopf durch das offene Fenster.

Am selben Tag abends: Es beginnt leicht zu schaukeln. Ich lege mich aufs Bett und schließe meine Augen. Wieder beugen sich die Kirschzweige über mich, und die

Levkojen duften in unserem kleinen Garten. Wir denken das gleiche. Das Wasser wiegt sich, phosphoreszierende Fische winden sich langsam unter dem Boden des Schiffes hindurch. Am Himmel leuchten so viele Sterne. Durch die geschlossenen Lider sehe ich, wie einer von ihnen herunterfällt, und spreche diesen Wunsch aus.

AUGUST

Nachts knarrte die Decke der Kabine, und mein Bett schwankte stark. Ich wachte auf, meine Arme waren eingeschlafen, ich setzte mich im Bett auf und sah durch das Fenster. Das Meer war tiefblau, dunkle Wellen schlugen gegen den Schiffsrumpf, ich fühlte ihre feuchte Berührung auf meiner Wange. Im Morgengrauen färbte sich das kleine Fenster rot, wurde tieforange. Ich stützte mich auf. Am Horizont war ein bläulicher Landstreifen zu sehen. Ich fühlte mich wie Kolumbus, doch es war nur Kopenhagen. Wir kamen schnell näher. Die graue Wand aus Wald wurde grün, weiße Häuser mit roten Dächern schimmerten durch die Zweige. Wir fuhren am weißen, sonnenüberfluteten Ufer entlang.

Die Krankenschwester erlaubte mir, an Deck zu gehen. Ich sitze in eine Decke gehüllt in einem Liegestuhl. Von meinem Aussichtspunkt aus sehe ich die Hafengebäude und im ufernahen Becken vor Anker liegende schwere Schiffe. Leider werden sie mich nicht auf den Landausflug mitnehmen, angeblich könnte ich mich übernehmen. Gerade gehen zurechtgemachte Auswanderer an mir vorbei. Jetzt, da der Augenblick des Abschieds weit hinter ihnen liegt, machen sie in gebrochenem Polnisch ihre Heimat schlecht. Ihre Nylonunterröcke rascheln, aus den Taschen ihrer knitterfreien Sakkos holen sie elegant verpackte Zigaretten. Nein, es hat ihnen nicht gefallen.

Ich stelle meinen Liegestuhl an eine einsamere Stelle und lege mich zum Schlafen zurecht. Ich brauche keine Menschen. Ich will nicht, daß ihre klebrigen Blicke an mir haften bleiben. Ich will faul sein, ich will schrecklich faul sein, und ich will schlafen.

AUGUST

Ich habe eine Bettnachbarin, man hat sie während meiner Abwesenheit an Bord genommen. Sie liegt in einem Bett in der mittleren Reihe und kann sich ganz offensichtlich nicht rühren. Als ich hereinkam, versuchte sie mir etwas auf englisch zu erklären, aber natürlich habe ich sie nicht verstanden. Ich habe sie angelächelt und die Hände in einer hilflosen Geste ausgebreitet. Sie verstummte. Ich habe mich auf mein Bett gelegt und den Kopf zum Fenster gedreht.

Zwei Stunden später: Wir unterhalten uns. Ich habe das dicke Wörterbuch auf meinen Schoß gestellt und suche eifrig nach Wörtern. Ich versuche ihr, so primitiv es eben geht, zu erklären, daß ich zu einer Herzoperation fahre. Das Wort »krank« füge ich an das Wort »Herz«, helfe mir mit einer Geste und sage »Operation«. Offensichtlich hat sie verstanden, denn sie ruft mich zu sich, und als ich mich über sie beuge, streicht sie mir über den Arm. Sie sagt etwas, durch die Bettdecke berührt sie ihre Hüfte. »Ich verstehe nicht«, sage ich, »ich verstehe nicht«, und jetzt nimmt sie mir wiederum das Wörterbuch aus den Händen und sucht nach polnischen Entsprechungen.

Sie hat das Wort für »brechen« gefunden und »Hüfte« –

ich habe verstanden –, sie hat eine gebrochene Hüfte. Sie verzieht das Gesicht – ich verstehe –, es muß bei der geringsten Bewegung furchtbar weh tun.

AUGUST

In der Nacht haben wir Pas de Calais passiert, am Ufer blinkten Laternen in unregelmäßigem Rhythmus. Das Meer war ebenso dunkel wie in der Nacht zuvor, aber viel ruhiger. Das Schiff schwankte nicht, es glitt dahin und hinterließ einen langen weißen Streifen. Als ich den Kopf hob, sah ich am weiten Himmel ein paar kleine Sterne.

Ich frage die Krankenschwester nicht mehr um Erlaubnis. Gleich nach dem Frühstück mache ich mich zum Deck auf. Ich rücke den Liegestuhl so weit wie möglich an die Bordwand, lege mich hin und beobachte, wie die Möwen über dem Wasser kreisen. Ihre Flügel sind im Gegenlicht beinahe schwarz. Sie setzen sich kurz auf das Wasser, tauchen ihre kräftigen Schnäbel in den weißen Schaum. Sie schnappen nach Nahrung, um sich dann energisch in die Lüfte zu erheben. Ich habe große Lust, eine von ihnen zu fangen, ihre Flügel zusammenzudrücken und zu hören, wie ihr kleines, erschrockenes Herz schlägt.

AUGUST

Die kranke Amerikanerin besteht darauf, sich mit mir zu unterhalten, und ich beginne schüchtern zu antworten. Das ist nicht so einfach. Eine halbe Stunde ist über dem Blättern im Wörterbuch und verzweifelten Fragen vergangen, bevor ich begriffen habe, daß sie mich um einen kleinen Gefallen bittet. In ihrem Koffer, in einer flachen Flasche, führt sie Wunderwasser aus Lourdes mit sich. Mit diesem Wasser soll ich ihre gebrochene Hüfte bestreichen. Ich tue es so vorsichtig wie möglich und beobachte dabei ihre angespannten Gesichtsmuskeln. Nach Beendigung der Behandlung decke ich sie zu und verstaue die blaue Flasche im Koffer. Sie dankt mir überschwenglich, lächelt sichtlich erleichtert; ob es etwa geholfen hat?

Sie ist sehr fromm. Jeden Morgen weckt mich das gleiche Ritual. Durch leises Glockengeläut angekündigt, betritt der Pfarrer in Begleitung zweier blumig gekleideter älterer Damen die Kajüte. Sie umringen das Bett der Amerikanerin. Der Pfarrer beugt sich über sie, gibt ihr die Hostie und geht wieder. Die Frauen bleiben knien und beten in englischem Singsang eine Litanei. Ich beobachte sie unter der Decke hervor, die ich mir über den Kopf gezogen habe. Ich tue so, als schliefe ich, ich will ihre herzliche Aufmerksamkeit nicht auf mich ziehen, Erläuterungen in englischer Sprache fallen mir allzu schwer. Ich warte reglos ab, bis sie gehen, schlage die Bettdecke zurück und sage zu meiner Bettnachbarin: »Guten Morgen.«

AUGUST

Wieder ist das Festland nicht zu sehen, und auch die Sonne ist weg. Längliche dunkelviolette Wellen schlagen gegen die Schiffsseiten. Wir schwimmen … »Wohin?« habe ich gefragt. »Nach Montreal«, erklärte ein junger Mann, der neben mir stand. Wundere dich nicht über seine Naivität. Woher soll er denn wissen, wohin wir fahren, du und ich. In seinem kräftigen, braungebrannten Körper steckt nichts als pure Freude, pures Leben. Er lächelt mich an und berührt leicht mein Haar. Ich lasse zu, daß er mich küßt, und esse die Tafel Schokolade auf, die er aus seiner Tasche zieht. Als ich mich hinlege, rückt er seinen Liegestuhl nahe an meinen heran und deckt uns mit einer Decke zu. Jetzt blicken wir zusammen auf den entschwindenden Horizont. Wohin also?

AUGUST

Es gibt auf diesem Schiff doch einen Ort, wo man sich küssen kann. Hier gibt es große Plüschbären und kleine Stühlchen, in die ich kaum hineinpasse. In der Ecke steht eine Holzrutsche, auf die ich ein paarmal geklettert bin. Das Licht ist aus, denn es ist schon nach neun, und die, die das Zimmer tagsüber bevölkern, schlafen seit einer Stunde in ihren schaukelnden Betten. Ich kann ruhig hier sitzen, kann den Plüschbären übers müde Fell streichen und dabei die Muster an der Wand betrachten. Man hat das Zimmer mit Märchenmotiven geschmückt. Da sind Winnie Puuh und seine Freunde, der Gestiefelte Kater und die zarte Kolombine in ihren Atlaspantoffeln. Neben ihr, auf Zehenspitzen, steht ein Harlekin …

Das Quietschen der Tür reißt mich aus meiner Träumerei – der Junge vom Deck. Er hat das ganze Schiff auf den Kopf gestellt, und nach dem Ausschlußverfahren ist er zu dem Ergebnis gekommen, daß ich hier sein muß. Er nimmt den Bären von meinem Schoß, legt ihn auf den Boden und hebt mich dann hoch.

AUGUST

Es regnet, der Himmel hängt tief, dicht von Wolken verhüllt, außer mir ist niemand an Deck. Die Holzliegestühle werden naß, die zu Vierecken zusammengelegten Decken liegen auf einem Stapel im Schutz des Oberdecks. Ich ziehe einen Liegestuhl in ihre Nähe, falte einige Decken auseinander und hülle mich bis zum Hals darin ein. Ich liege da und blicke auf den weißgrauen Streifen Schaum, den das Schiff hinter sich läßt. Der Regen kräuselt das Wasser und klopft eintönig auf die Planken. Mein Gesicht wird feucht, und als ich mit der Zungenspitze meine Lippen berühre – schmecke ich Salz.

Ich schlüpfe auch deshalb aus der Kajüte, um für die Amerikanerinnen nicht zum Gegenstand des Interesses zu werden. Die Geschichte von meiner Ausreise zu einer Operation kursiert auf dem Schiff, und die sichtlich aufgeregten alten Klatschbasen lassen mich nicht in Ruhe. Wenn ich in der Kajüte bin, bleiben sie neben meinem Bett stehen, lächeln mich an und bemühen sich, mir mit Gesten zu zeigen, wie zugeneigt sie mir sind. Ich muß zurücklächeln und »danke« sagen, wobei ich mir die Zunge bei der ersten Silbe, die ich wohl nie lernen werde, verrenke, ich muß höflich sein. Gestern, als ich für einen Moment hinausgehen wollte, schnappten sie mich und zogen mich zum Bett. Was ich dort sah, war eine regelrechte Ausstellung. Auf dem Kissen lagen Heiligenbildchen ausgebreitet, Medaillons, kleine Gipsfigürchen und ein phosphoreszierender gelber Rosenkranz. Die Klatschbasen mit ihren blumigen Hüten erklärten mir, es handele sich dabei um Trophäen, die sie bei zahlreichen Pilgerfahrten zu heiligen Stätten erbeutet hätten. Sie hatten beschlossen, sie mir zu schenken, denn sie befanden, ich hätte sie momentan nötiger als sie.

Ich stand hilflos über dem Kissen und bemühte mich, irgendeine englische Redewendung aus meinem Gedächtnis zu kramen.

»Danke, danke, danke ...«, ich habe das verdammte Wort mehr als zwanzigmal ausgesprochen, ohne besonderen Nutzen für meine englische Aussprache. Ich konnte den gerührten Amerikanerinnen nicht erklären, daß ich all diese Gegenstände nicht brauchte. Ich flüsterte »danke« und lächelte, wenn sie mir über den Arm strichen. Nachdem sie gegangen waren, wickelte ich die Devotionalien in ein Taschentuch und warf sie in den Koffer. Ich sagte meiner Bettnachbarin »gute Nacht«, löschte das Licht und huschte in das Zimmer mit den Märchenbildern.

August

Seit gestern benimmt sich der junge Mann, als hätte er Angst vor mir. Er ist überaus höflich und vorsichtig. Er deckt mich zu, wenn ich an Deck liege, bringt mir Schokolade und Tomatensaft – »du mußt das unbedingt austrinken, Säfte enthalten viele Vitamine«, sagt er. Er überläßt mir sein Briefpapier und seine Briefmarken, als sich herausstellt, daß diese Gegenstände im Bordkiosk ausgegangen sind. Doch seine Hände suchen nicht mehr nach meinen Händen, und er rückt seinen Liegestuhl nicht mehr neben meinen.

»Solltest du etwa erfahren haben, daß ich die schwarzen Blattern habe?« frage ich und lächle schwach.

»Nein, das ist es nicht«, antwortet er.

»Was dann?«

Stotternd erklärt er mir, gestern abend hätte ihn der Schiffsarzt an der Bar angesprochen. Bei einem Glas Cognac hätte er ihn höflich gebeten, mich in Ruhe zu lassen. Er hat ihm meinen Gesundheitszustand genauestens geschildert und die Konsequenzen dargelegt, die aus der geringsten Unachtsamkeit erwachsen könnten. Mein

Blut dürfe nicht schneller kreisen, mein Herz dürfe nicht zittern, meine Lippen dürften nicht küssen, und meine Hände dürften keine anderen Hände berühren.

Der Junge beugt sich über mich, und mit einem zerknüllten Taschentuch trocknet er meine Augen.

AUGUST

Immer noch der Ozean, wie lange kann man bloß so schwimmen. Ich habe Angst, mein lieber Freund, ich habe so große Angst. Ich wünschte, dieses Schiff möge sinken und keine Spur von ihm übrigbleiben. Jeden Tag denke ich mir eine andere Katastrophe aus, und ich weiß, ich fühle, daß ich doch ankommen, an Land gehen werde; daß man mich in ein weißes Krankenhaus bringen wird, in dem ich auf den einen Tag werde warten müssen, die Angst bei der Kehle packen, fortgehen. Ich kann mich nicht gegen die Traurigkeit wehren, alles ist so weit weg und so unwichtig auf dem riesigen Ozean. Hier gibt es nur Wind und Regen und die gackernde Amerikanerin und den Boden, der unter den Füßen weggleitet, und die ewigen Kopfschmerzen. Wenn wir doch schnell sterben könnten, über die weiße Brüstung in die braunen Wellen gleiten, dem Schiff nicht gestatten, irgendein Festland zu erreichen. Das arme, glattgestrichene Wasser ist zu schwach, um es zu verschlingen.

AUGUST

Der Sankt-Lorenz-Strom. Das Festland ist jenseits des Ozeans. Wir fahren durch die Nacht. Es ist warm, und wieder kann man die Sterne sehen. Bunte Neonlampen leuchten auf beiden Seiten des Flusses. Die aufgeregten

Auswanderer stecken ihre Köpfe aus den Kajüten, bald werden sie in ihrem Amerika landen. Über dem Schiffsmast leuchtet ein greller orangefarbener Mond. Ich blicke zum Himmel und fühle, wie sein gebogenes Ende mein Herz erreicht. Schmerz. Die Stewards bringen das Gepäck an Bord ... Morgen früh werden wir in Montreal sein ...

VII

Von oben gesehen ist die Erde glatt und gewölbt, ihre Unebenheiten verwischen. Die Schrammen der Schluchten verschwinden, die Anhöhen heben sich lediglich durch ihre hellere Färbung vom dunkelgrünen Hintergrund der Täler ab, der halbkreisförmige Horizont fließt unter der Tragfläche hervor. Ich knie am Fenster und vermute, daß die weißen Fäden Landstraßen sind, die tiefblauen Flecken Seen. Das ist schon Amerika. Mit dieser Erde verbinden mich nur Briefe, einige vollgeschriebene Blätter, einige Vornamen und Bezeichnungen. Dieses Land ist mir fremd, und ich kenne die Menschen nicht, von denen meine Zukunft abhängt.

Unter der Tragfläche das hellgraue, vom Sonnenuntergang durchleuchtete New York. Ich dachte nicht, daß ich es so plötzlich sehen würde. Ich erhasche die aschgrauen Konturen der Insel, die ins Blau abfällt – der Ozean, Sonnenglitzern auf den Spitzen der Wolkenkratzer. Die dichte Masse aus Gebäuden wird dunkel, rückt auseinander, zwischen den Häusern sehe ich vereinzelte Bäume. Das Flugzeug sinkt schnell.

Wir landen. Die Stewardeß fordert uns mit einer Geste auf, uns anzuschnallen, ich kämpfe kurz mit der Klammer, ziehe den Gurt fester. Mein Magen steigt mir in die Kehle, das Rauschen in den Ohren nimmt zu, die Platten des Flughafenbodens entschwinden nach hinten. Da sind wir…

Ich löse den Sicherheitsgurt, und über eine schmale Treppe mit Geländer steige ich hinunter.

Warum willst du, daß ich noch einmal in den weißen Saal mit seinen blinkenden Nickelteilen zurückkehre? Warum willst du, daß ich noch einmal meine Augen in dem Licht der Scheinwerfer zukneife, die auf den schmalen Tisch gerichtet sind? Schau, ich liege da, dicht in Mulltücher gewickelt, mit einem dünnen Laken zugedeckt. Sie beugen sich über mich, sie haben mich von allen Seiten umringt. Weiße Masken verdecken ihre Gesichter, ich sehe nur ihre Augen.

»Gleich wirst du einschlafen«, wie gut es tut, im OP-Saal die polnische Sprache zu hören, »hab keine Angst…«

»Ich habe keine Angst, ich habe die ganze Nacht nicht geschlafen und bin schläfrig.«

Ich kam zu Bewußtsein, als man mich aufs Bett umlagerte. Ich preßte meine Zähne aufeinander, und mir war schrecklich kalt. Damals wußte ich noch nicht, daß man mich in Eispackungen gelegt hatte, ich nahm an, daß die Kälte durchs geöffnete Fenster hereindrang. Mit einem heiseren Flüstern bat ich die Krankenschwester, sie möchte das Fenster schließen, meine nackten Füße mit einem Laken zudecken. Ich konnte mich nicht bewegen, mein ganzer Körper fühlte sich unendlich erschöpft und kalt an.

Dann kam der Schmerz und, bedrohlicher als der Schmerz, die Angst. Ich lauschte auf mein Herz, kontrollierte jede Regung. Wird es weiterschlagen wollen, wird es nicht plötzlich nach einem kurzen, schmerzlichen Ruck stehenbleiben? Ich versuchte, vorsichtig zu atmen, um das starke Stechen in der Brust zu vermeiden. Ich versuchte, dem Schmerz auszuweichen. Sie befahlen mir zu husten. Derselbe Befehl in zwei Sprachen wiederholt: »Versuche zu husten, du mußt husten, huste!« Über Gummischläuche fließt die Luft aus den verletzten Lungen in riesige Glasbehälter. Ich höre das Blubbern des Wassers. Schmerz. Morphiumspritzen alle zwei Stunden, alle sechs Stunden, stärker werdender Schmerz.

»Du mußt dich hinsetzen und husten, setz dich hin!«

Blut aus Glasflaschen fließt in meinen linken Arm und in beide Beine.

Morphiumspritzen nur noch einmal täglich. Der Schmerz wächst.

Als ich am sechsten Tag nach der Operation aufwachte, war der Schmerz weg. Erstaunt fühlte ich, daß ich frei atmen konnte und das Stechen in den Lungen gewichen war. Ich blickte auf meine bandagierte Brust. Der Verband lag ruhig da, nur leicht durch mein Atmen angehoben. Dort, wo mein Herz für gewöhnlich heftig pulsierte, war jetzt Stille. Stille. Noch einmal atmete ich tief ein – der Schmerz war weg.

Am nächsten Tag befahl mir die Krankenschwester, die mein Bett machte, aufzustehen. Zunächst tat ich so, als verstünde ich sie nicht, und als ihre Gesten keinerlei Zweifel bezüglich der Bedeutung ihrer Worte ließen, widersprach ich mit einem Kopfschütteln. Da sie sah, daß sie meinen Starrsinn nicht würde brechen können, ging sie weg und kam mit einem Arzt wieder. Der wiederholte ihre Worte und Gesten, und da ich weiterhin den Gehorsam verweigerte, gingen beide weg, um nach etwa einer Viertelstunde mit dem polnischen Arzt wiederzukommen. Wild gestikulierend erklärten sie ihm laut irgend etwas und gingen, wahrscheinlich auf seine Bitte hin, hinaus. Wir blieben allein, er – gestützt auf die Umrandung meines Bettes, den Blick schweigend auf mich gerichtet, ich – schmollend, entschlossen, dem Befehl nicht zu gehorchen, der mir unsinnig vorkam. Schließlich sprach er – seine leise Stimme klang sehr sanft: »Wenn du nicht sofort aufstehst, dann kann es sein, daß du nie mehr aufstehst. Thrombosen sind eine sehr ernstzunehmende Sache. Du mußt dich bewegen, du mußt sofort aufstehen, sonst sieht es schlecht aus. Du willst doch leben, nicht wahr?«

Ich setzte mich und ließ die Beine vom Bett. Der Boden war voller feiner, stechender Nadeln.

»Na los, weiter«, ermunterte er mich, »es ist nicht so schwer.«

Auf seinen Arm gestützt schaffte ich einige Schritte. Ich hatte schwere Beine, der stechende Schmerz in meinem Rücken meldete sich in seiner gewohnten Stärke wieder.

»Tapferes Mädchen«, lächelnd half er mir wieder ins Bett, »morgen läufst du über den ganzen Flur, und in einer Woche machen wir einen Spaziergang.«

Der Arzt, der mich operiert hat, kommt täglich, bleibt auf der Schwelle des Isolierzimmers stehen und lächelt mich an. Ich sah ihn durch den Schmerz hindurch, durch das leise Zischen des Sauerstoffs und die Laute, die aus den Glasbehältern drangen. Jetzt sitze ich auf dem Bett, erwidere sein Lächeln mit einem Lächeln, warte, daß er auf der Schwelle erscheint, damit ich ihm zulächeln kann. Er hat mein Herz zusammengenäht. Einen Moment lang hatte er gezögert – der polnische Arzt hat es mir erzählt –, er stand über mich gebeugt und sagte nichts, und die anderen standen schweigend um ihn herum. Wird er operieren?

»… und sag diesem Arzt, wenn er zögern sollte, daß ich wirklich keine Angst habe, daß ich lieber auf dem OP-Tisch sterbe, als langsam zu ersticken. Du weißt doch, daß ich höchstens noch ein paar Monate leben werde. Wenn es auch nur den Hauch einer Chance gibt, dann soll er mich operieren! Ich will nicht an Atemnot sterben, ich will nicht zusehen, wie mein Körper blau anläuft…« (Aus einem Gespräch mit dem polnischen Arzt vor der Operation.)

Ein Jahr später bin ich in einen Film mit dem Titel *Herzchirurgie* gegangen. »Sie haben mich eingeschläfert«, sagte ich kühn, »und jetzt muß ich das fehlende Fragment einsetzen.« Als jedoch der Operationssaal auf der Leinwand erschien, verspürte ich plötzliche Kälte. Ich sah hin, ich zwang mich, hinzusehen: ein zierlicher Mädchenkörper, schon betäubt, zwischen den schnellen Chirurgenhänden. Pinzetten ziehen die eingeschnittene Haut auseinander, in der bläulichen Wunde pulsiert der dunkelrote Herzmuskel. Die Hände bewegen sich schnell, tauchen Nickelwerkzeug ins Herz. Daneben, in einem Glasapparat, schäumt Blut. Das aus dem Kreislauf genommene Herz schlägt nicht mehr, zuckt nur noch leicht. Ich sehe zu… Noch die letzten Nähte, das Mädchen wird vom OP-Tisch gehoben, der Arzt setzt sich schwer auf den Tisch, läßt die Arme sinken…

Deshalb, mein Freund, lausche ich auf seine Schritte im Gang, deshalb warte ich, daß er auf der Türschwelle stehenbleibt, damit ich ihm zulächeln kann.

Es geht etwas in mir vor, mein Freund, etwas in mir tanzt, etwas singt. Nur mit Mühe bremse ich meine Schritte, meine Gedanken. Ich habe mir den Kopf gewaschen, das kurze Haar aufgedreht. Ich empfange Besuch. Ein älterer Herr mit Augen, die von braunem Licht erfüllt sind, hat sich auf mein Bett gesetzt, sieht mich sichtlich gerührt an. Eine entfernte Cousine meines Vaters ist mit ihrer ganzen Familie aus New York gekommen. Gleich neben der Tür sitzt die polnischstämmige Lehrerin mit ihrem Mann, dem Friseur. Mein Bett ist voller Geschenke.

Noch habe ich nichts gesagt, noch ahnen sie nichts. Sie beugen sich liebevoll über mich, stellen Fragen: Was ich machen werde, wenn ich wieder zu Hause bin? Ob ich sehr froh bin, daß ich gesund nach Hause fahre? Gesund! Hörst du das ganz leise Rauschen? Was ist wohl mit meinem Herzen geschehen? Noch vor kurzem hörte ich es überall, es pulsierte am Hals, drückte die Kehle zu, jeder Schlag erfüllte meine Ohren mit Rauschen. Meine Rippen bogen sich unter seinem Druck, die Schlagadern schwollen an, die Aggressivität seines Daseins ließ keinen Raum für mein eigenes Leben. Und jetzt? Die Lungen sind zu geräumigen Alleen geworden, durch die der Atem irren kann, mein Brustkorb hebt sich so leicht, daß das nicht einmal ein schlummerndes Insekt aufschrecken würde. Mühelos steige ich Treppen. Ich werde treppensteigen können, ich kann schnell gehen, ich kann laufen! Und sie wollen, daß ich nach Hause zurückkehre! Durch die Autoscheiben hindurch haben sie mir die Riesenstadt gezeigt, sie stand da wie eine Torte im Schaufenster eines Zuckerbäckers. Ich konnte sie nicht anfassen, konnte nicht hören, in welchem Rhythmus ihr Herz schlägt. Sie haben mir ein paar fremde Worte beigebracht, damit ich sagen kann, daß ich Hunger habe, daß ich Schmerzen habe, daß ich ein Schlafmittel haben will. Sie haben mein Bett mit Kleidung überhäuft, haben mich in zarte, bauschige Spitzen gekleidet, und all das, damit ich jetzt nach Hause fahre!

Und was ist mit meiner großen Neugier, mit meiner Sehnsucht, in die Riesenstadt zurückzukehren und jeden Stein, jeden Menschen darin kennenzulernen? Millionen von Steinen und Millionen von Menschen. Ihre Sprache kennenzulernen, zu ihnen zu sprechen und zu verstehen, was sie sagen. Ich schmiede ein Komplott, mein Freund. Ich habe beschlossen, diesseits des Ozeans zu bleiben, bis ich den neuen Hunger gestillt habe. Ich lächle meinen Wohltätern zu und beantworte ihre herzlichen Fragen sanft: Es geht mir gut, so gut, daß ich sehr gern hierbleiben würde. Ich könnte zur Schule gehen, es gibt sicherlich irgendwelche Einrichtungen, die Stipendien vergeben.

Unangenehme Betroffenheit im Isolierzimmer. Sie rücken leicht von mir ab, ihre Gesichter werden ernst.

»Du bist nicht gesund, es sind erst wenige Tage seit deiner Operation vergangen (genau zehn), wie kannst du auch nur an so etwas denken, du hast kein Geld, wir können dir leider nicht helfen ...«

Das ist wahr. Sie sind arm und in diesem Augenblick von meiner Undankbarkeit sehr enttäuscht. Mit Mühe haben sie das für die Reise benötigte Geld besorgt. Sie haben es bei Wohltätigkeitsveranstaltungen gesammelt, einige Cents hier, einige dort, selten ein paar Dollar. Wie durch ein Wunder, mit Hilfe des polnischen Arztes, haben sie das Deborah-Sanatorium aufgetan, die Leitung davon überzeugt, daß sie meine Behandlung übernehmen sollten. Mit großer Anspannung verfolgen sie mein Schicksal, und mein neu gewonnenes Leben zählen sie zu ihren persönlichen Errungenschaften. Wie grausam von mir, die Früchte ihrer mehrmonatigen Arbeit verderben zu wollen, sie – die für meine Gesundheit verantwortlich sind – gedankenlos und leichtfertig zu neuen Sorgen zu verdammen.

»Stipendien werden äußerst selten vergeben, und zuvor muß man sich durch wissenschaftliche Errungenschaften ausweisen. Außerdem beginnt man kein Studium ohne Sprachkenntnisse, ohne entsprechende Kraftreserven, ja, und du ...«

Ich weiß, noch tut die frische Narbe weh. Die Seite ist geschwollen, und es fällt mir schwer, den linken Arm zu bewegen. Ich bin nicht gesund, und ich kann kein Englisch, ich habe auch keine wissenschaftlichen Errungenschaften vorzuweisen. Die Neugier in mir ist so groß, daß sie keine Rücksicht auf die einfachsten Freundschaftspflichten nimmt. Ich beschließe, gegen den Willen meiner Wohltäter zu bleiben, gegen mein eigenes Gewissen, das vor Undank zurückschreckt.

Am selben Abend, als sie bereits gegangen waren – sie hatten sich herzlich von mir verabschiedet, in den braunen Augen des älteren Herrn las ich jedoch einen stummen Vorwurf –, habe ich dir von meiner Entscheidung geschrieben. Du hast zurückgeschrieben: Sieh dich vor, Auswanderer leiden an einer gefährlichen Krankheit, die Krankheit heißt – Heimweh. Und du hast geschrieben: Meine Briefe werden müde, wenn sie zu Fuß über den Atlantik gehen müssen, hab Mitleid mit mir. Und du hast geschrieben: Sieh dich vor der Sonne vor, in der Sonne sehnt man sich am meisten.

Du hast alle Krankenhäuser mit mir durchgemacht. Ich habe dir von meinem Schmerz und von meiner neu erwachten Hoffnung erzählt. Sie ist noch ganz jung. Deine Prophezeiungen nimmt sie mit einem skeptischen Lächeln auf. Sei sehr nachsichtig mit ihr – sie lebt erst so kurz. Verlange nicht, daß sie schon vernünftig und vorausschauend sein soll. Befiehl ihr nicht zurückzublicken. Erlaube ihr sich umzusehen, und erlaube ihr, in die Zukunft voranzulaufen – erlaube ihr zu rennen. Auch an Luft kann man sich berauschen. Sie ist berauscht von dem freien, weiten Atem.

Sieh dir meine Hoffnung genau an – sie ist so stark. Sie wird sich von keinerlei Schwierigkeiten entmutigen lassen, sie hört nicht auf die Stimmen der Vernunft, auch die überzeugendsten Argumente sind nicht in der Lage, ihre Gewißheit ins Wanken zu bringen. Dankbarkeit schiebt sie ebenso weit fort wie den Schmerz, sie will an keinen der Tage vor der Operation denken. Durch ihr Flüstern unverschämt geworden, denke ich: mein Leben haben Menschen gerettet, aber es gehört doch mir, mir allein, und ich habe das Recht, damit zu tun, was ich will. Ungeduldig blicke ich durch das von Regen zerschnittene Fenster – ich will das Sanatorium so schnell wie möglich verlassen.

Drei Wochen nach der Operation werde ich entlassen. Anfang Dezember – höchste Zeit, um mit der Offensive zu beginnen. Einen unerwarteten Verbündeten finde ich in einem meiner gerade erst kennengelernten Cousins. (Wer von uns hat keine Cousins in Amerika, mein teurer Freund, vor Ort hat sich herausgestellt, daß auch ich welche habe. Sie sind zahlreich dem Aufruf der polnischen Zeitschriften nachgekommen, haben Familienalben entstaubt, verblaßte Bilder unserer gemeinsamen Urgroßmütter wiedergefunden, sie haben mich, wenn auch nicht ohne leise Vorbehalte, in ihren Kreis aufgenommen.) Der Cousin mit dem pragmatischen Charakter, zu dem bereits einige Generationen beigetragen hatten, äußerte Anerkennung für die unglaubliche Zweckmäßigkeit meiner Idee. Nachdem ich seine Bedenken hinsichtlich meines Gesundheitszustandes zerstreut hatte – ich habe ihn angelogen, mein Freund, ich habe gesagt, ich sei vollkommen gesund –, beschloß er, mir zu helfen. Er brachte mir, als ich noch im Krankenhaus lag, einen Stapel Universitätsprospekte mit, und gemeinsam gaben wir uns konspirativen Erwägungen hin. Wir suchten über zehn Colleges aus – mein Cousin suchte die reichsten aus, er hatte dabei seine eigene teuflische Methode – und schrieben einen Formbrief, der anschließend in englischer Version das Mitgefühl und das Geld amerikanischer Bürger erwirken sollte.

Bald schon ereilte ein Donnerwetter unsere verschwörerischen Köpfe. Meine Wohltäter sahen die Hilfe meines amerikanischen Cousins als überaus schädlich an und teilten ihm dies in einem kategorischen Brief mit:

»Wir sind für das Leben dieses Mädchens verantwortlich, und wir sind der Meinung, daß sie nach der schweren und gefährlichen Operation, die sie hinter sich hat, in ihre Heimat, zu ihrer Familie zurückkehren sollte. Viele Monate lang wird sie noch fürsorglicher Pflege bedürfen, die hier keiner von uns gewährleisten kann. Ihre Gesundheit ist allzu zerbrechlich, als daß sie in Amerika bleiben könnte, allein auf sich gestellt ...«

Ich sitze auf einem Sitzkissen im geräumigen Wohnzimmer meiner neu kennengelernten Familie. Auf dem grünen Plüschsofa und auf den altmodischen Sesseln an der Wand haben sie Platz genommen – meine Wohltäter. Alle sind sie hergekommen, dieselben, die vor einigen Monaten mit großer Aufopferung Geld für meine Reise gesammelt, die Ärzte im Deborah um meine Aufnahme ins Sanatorium angefleht, mein Krankenbett am Tag nach der Operation mit Blumen überschüttet haben. Sie lächeln nicht mehr, ihre Gesichter sind streng, in ihrem Blick ist Tadel, in ihrer Stimme schwingt Ungeduld mit, gemischt mit Sorge.

»Du kennst die Sprache nicht ...«

»Ja, aber ich werde es schaffen, es ist erst Februar, aufs College würde ich ab Oktober gehen ...«

»Wie willst du diese sechs Monate überleben, ohne irgendeine Absicherung?«

»Ich werde arbeiten ...«

»Du willst deine so mühsam wiedergewonnene Gesundheit ruinieren! Das darfst du nicht tun, vergiß nicht, wieviel Mühe es gekostet hat, um dich zu retten. Wir wollen, daß du gesund bist, und deshalb mußt du in die Heimat zurück ...«

Als die Warnungen keinerlei Wirkung zeigen, nehmen ihre überredenden Stimmen einen milderen Ton an.

»Wofür solltest du sechs Monate warten, wofür dein noch müdes Herz durch Arbeit anstrengen. Du bekommst sowieso kein Stipendium. Du bist keine amerikanische Staatsbürgerin, Stipendien werden allenfalls amerikanischen Staatsbürgern zugesprochen, du kannst nicht genug. Wäre es nicht besser, jetzt abzureisen und eine Enttäuschung zu vermeiden?«

Ich senke meinen Kopf tief, damit sie meine zusammengekniffenen Lippen nicht sehen können. Man darf sie nicht verletzen – denke ich –, sie sind sehr gut zu mir. Und doch, wie sehr ärgert mich dieses Koalition! Ich bin mit meinem Starrsinn ganz allein, der pragmatische Cousin ist nicht gekommen, um mich zu verteidigen, und auch wenn er da wäre, würde er es sicherlich nicht tun. Ich weiß, daß es ihnen um meine Gesundheit geht, aber hinter dieser Sorge schiebt sich eine andere – weniger hehre – hervor: die Sorge um das Geld. Sie haben kein Geld, und ich bin ständig von der Krankheit bedroht. Das Deborah-Sanatorium wird mich sicher nicht behandeln wollen, wenn ich durch meinen Leichtsinn wieder krank werde. Ich bin bei keiner dieser nützlichen amerikanischen Institutionen versichert, und bisher hat sich kein Millionär für mein Schicksal interessiert. Ich schaue sie verstohlen an.

Sie sitzen da, blicken finster drein, nur auf die Lippen eines kleinen älteren Herrn schlüpft ein schwaches Lächeln. Gewiß nimmt er an, daß seine Überredungskünste mich endlich überzeugt haben, sein väterlicher Blick umfängt meinen gesenkten Kopf. Das wunderschöne Gesicht seiner Frau hat einen strengen Ausdruck angenommen, ihre großen, für gewöhnlich sanften Augen blicken mich eindeutig vorwurfsvoll an. Der andere, noch junge, energische Mann – seiner Energie habe ich viel zu verdanken – hat seine Hände im Schoß gefaltet, seinen finsteren Blick hat er auf das Teppichmuster geheftet. Neben ihm sitzen, konzentriert schweigend, meine neu gewonnenen Cousins, die die Gastgeberrolle spielen, in ganz offenkundiger Verbündung mit den Gästen. Gern werden sie mich ein, zwei Wochen lang beherbergen, aber auch sie können nicht die Verantwortung für meine eigenmächtige Entscheidung übernehmen, auch sie – ich weiß es – werden mir nicht helfen wollen.

Ich senke meinen Kopf noch tiefer, damit meine Wohltäter mein Lächeln nicht sehen können, das durch einen plötzlichen absurden Gedanken ausgelöst wurde – ist das etwa ein Gericht, und wenn es ein Gericht ist, dann geschieht hier Unrecht, denn ich habe keinen Verteidiger, nicht einmal einen von Amts wegen bestellten. Ich beschließe, mich selbst zu verteidigen, ich beschließe, mich einer List zu bedienen.

Ich hebe mein blasses, zerknirschtes Gesicht, meine Stimme zittert, als ich sie bitte: »Laßt mich noch einen oder zwei Monate hierbleiben, bis ich Antwort auf meine Anträge bekomme. Nur noch ein paar Wochen. Die Antworten kommen Mitte April. Wenn ich kein Stipendium erhalte, und ich werde doch sicher keines bekommen, dann reise ich ab. Sobald ich die Absagen bekomme, werde ich abreisen.«

Meine hinterlistige Demut hat sie gerührt, sie willigen gern ein. Vielleicht ist es auch vernünftig, daß du erst im April fährst – überlegen sie –, im April dürfte es keine Stürme über dem Atlantik mehr geben. Sie verabschieden sich beinahe herzlich von mir und gehen beruhigt.

Ich bleibe mit meinem schweren Herzen allein. Sechs Monate! Ich hatte nicht bedacht, daß mich noch volle sechs Monate vom neuen Schuljahr trennen! Wie komme ich an das Geld für meinen Unterhalt, und nicht nur für meinen Unterhalt, ich muß doch auch Geld zum Lernen haben. Ich kann nicht so wie bisher leben, man kann eine Sprache nicht allein durchs Sprechen lernen. Jemand, der kompetent ist, muß mir die Regeln der Satzkonstruktion beibringen, ich muß Zeit haben, um Bücher und Lehrwerke zu lesen. Seit ich das Krankenhaus verlassen habe, sind schon drei Monate vergangen, und ich kann immer noch so wenig.

Drei Monate des Umherziehens durch fremde Häuser, durch unbekannte Städte. Ich habe meinen Betreuern versprochen, daß ich allein zurechtkommen würde, bisher hatte meine Selbständigkeit jedoch darin bestanden, zahlreiche Einladungen anzunehmen, die oftmals unbekannte Menschen mir zuschickten. Vom Deborah-Sanatorium aus hat mich die polnischstämmige Lehrerin mit zu sich nach Hause genommen. Sie wohnte in der Vorstadt von Philadelphia in einem kleinen Block, ihr Mann, der Friseur, hatte seinen Laden direkt unter den Wohnungsfenstern. In den beiden nicht allzu großen und mit Möbeln vollgestopften Zimmern herrschte ständige Unordnung. Aus Dankbarkeit nahm ich mir vor, sie in Ordnung zu halten, und jeden Morgen, wenn meine Gastgeber zur Arbeit gegangen waren, saugte ich die Teppiche, legte die verstreuten Kleinigkeiten an ihren Platz zurück, öffnete die Fenster und lüftete das Bettzeug. Soweit es meine Fähigkeiten erlaubten, half ich auch beim Kochen und wusch gewissenhaft nach jeder Mahlzeit ab. In letzterer Tätigkeit war ich bald schon sehr geübt.

Nach zwei Wochen schnürte ich mein größer werdendes Bündel – die Lehrerin teilte mir großzügig einige Kleider aus ihrer Garderobe zu – und zog ans andere Ende der Stadt, zu einer lustigen Polin, die aus Nowy Sącz stammte. Sie hatte aus einem Infoblatt des Deborah-Sanatoriums von mir erfahren und mich in einem herzlichen Brief zu sich eingeladen. Ihre Wohnung war sauber und viel geräumiger als die der Lehrerin. Sie hatte auch einen schwarzen Kater, der mir während des Tages Gesellschaft leistete, und sie fütterte mich mit köstlichen Spaghetti, die sie jeden Tag für ihren Mann kochte, einen gebürtigen Italiener. Meine Wangen bekamen bald schon Farbe, und wenn ich mir zum Spülen die Schürze umband, bemerkte ich, daß ich zuzunehmen begann.

Die Woche darauf verbrachte ich im Staat New Jersey. Eine meiner zahlreichen Bekannten aus dem Krankenhaus, auch eine gebürtige Polin, hatte mich eingeladen.

Am frühen Sonntagmorgen kam ihr Mann mich mit dem Auto abholen. Ich schnürte mein Bündel, das auf die Maße eines ansehnlichen Koffers angewachsen war – einige alte Kleider meiner letzten Gastgeberin paßten mir wie angegossen –, verabschiedete mich herzlich, und wir fuhren los. Wir durchfuhren die um diese frühe Stunde noch recht leere Stadt, überquerten den Fluß Delaware, und über die Autobahn rasten wir durch um diese Jahreszeit kahle Laubwälder gen Norden. Nach einer Stunde waren wir im Industriegebiet angekommen. Die Autobahnen kreuzen einander hier häufig, gut sichtbar auf der offenen Fläche, schlüpfen auf Brückenjochen übereinander. Entlang den Straßen erstrecken sich blaugraue Fabrikgebäude, der Geruch nach Schmiere und Benzin erhebt sich in die gefrorene Luft. Wir bogen in eine Seitenstraße und fuhren in ein nicht sehr großes, gepflegtes Städtchen, blieben in einer ruhigen Straße vor einem von vielen einander ähnelnden Einfamilienhäusern stehen. Meine Bekannte hörte das Brummen des Motors, lief aus dem Haus und küßte mich zur Begrüßung. Ich trat nach ihr durch die geöffnete Tür, blieb auf der Schwelle kurz stehen, angenehm überrascht von dieser hellen, hübschen Einrichtung. Die braunen Holzregale in der Küche, der Gasherd und die flache quadratische Spüle glänzten vor Sauberkeit. Es wird angenehm sein, hier zu spülen – dachte ich – und angenehm, sich auf diesem großen Ledersofa im angrenzenden Zimmer auszuruhen.

Verzieh nicht das Gesicht, ich werde die Häuser der übrigen Freunde nicht mehr erwähnen, die ich mangels eines eigenen Heimes aufsuchen mußte. Meine Amerikaeroberung war, wie du siehst, nicht besonders effizient. Ich spülte Geschirr in sauberen Küchen, und meine Errungenschaft waren einige getragene Kleider.

Ich lernte die ganze Zeit. In New Jersey stattete der Mann meiner Bekannten mich mit einem dicken Lehrbuch aus, das auf die Aufnahmeprüfungen im College vorbereitete. Abends setzte sich die ganze Familie mit mir an einen Tisch, und gemeinsam arbeiteten wir die Aufgaben durch. Mit Mathematik kam ich nicht schlecht zurecht, Französisch las ich relativ fließend und konnte es ins Polnische übersetzen – Englisch war für mich immer noch unbekanntes Territorium. Wie sollte ich Fehler in einer listig verfaßten Erzählung erkennen, wenn ich die einfachsten Sätze immer noch unkorrekt formulierte. Walter – der Mann meiner Bekannten – wiederholte geduldig Grammatikregeln mit mir, dennoch konnte ich mehrmals sehen, wie er hinter meinem Rücken in bedeutsamer Geste die Arme ausbreitete. Seine Skepsis entmutigte mich jedoch nicht, ich nahm mir das Buch noch einmal vor und hämmerte mir mit der gleichen ungetrübten Heiterkeit englische Redewendungen ein, mit der ich abspülte.

VIII

In den Anträgen, die ich an die amerikanischen Universitäten verschickt hatte, waren die Umstände meiner Ankunft in Amerika genau beschrieben. Jedem meiner Anträge wurde auch ein kleines Büchlein beigelegt – mein Debüt als Dichterin. Das waren Kunstgriffe meines Cousins. »Wenn wir Erfolg haben wollen«, behauptete er, »dann müssen wir eine nicht alltägliche Situation schaffen, wir müssen die schlummernden Stipendienkommissionen aus ihrer Lethargie reißen. Man muß sie rühren, aber Rührung allein reicht nicht, man muß sich durch zumindest potentielle Fähigkeiten ausweisen.« Wir verfuhren nach diesem Plan, und daher bestand der Großteil der Dokumente, die ich den Anträgen beifügte, aus meinen alten Schulzeugnissen und Gutachten, die meine amerikanischen Freunde ausgestellt hatten. Wenn sich letztere auch mit höchstem Unmut über meinen Plan äußerten, so blieben sie doch von meinen innigen Bitten nicht ungerührt und lobten mich auf dem Papier aufs herzlichste. Sie schrieben diese Empfehlungen ihren Wünschen zum Trotz, und dennoch statteten sie mich mit Charaktereigenschaften aus, die eines jungen Wissenschaftlers würdig waren. Wenn ich die etwas verblaßten Kopien dieser Briefe noch einmal durchsehe, kann ich mich des Eindrucks nicht erwehren, daß sie im Grunde ihres Herzens doch stolz auf mich waren.

Mitte April spürte mich der Briefträger in einem weiteren Unterschlupf auf und schüttete einige längliche Briefumschläge auf den Tisch vor mir. Trotz des Glaubens an den Erfolg meiner Bemühungen, den mein Cousin mir eingeimpft hatte, riß ich die Umschläge mit zittrigen Händen auf. Ich holte einen längs gefalteten Bogen aus dem ersten Umschlag, strich ihn hastig glatt und begann zu lesen. Die Buchstaben tanzten vor meinen Augen: »Mit Bedauern müssen wir Ihnen mitteilen, daß ...« Ich warf das Papier auf den Boden. Der nächste: »Wir würden uns glücklich schätzen, Sie an unserem Institut aufzunehmen, leider verfügen wir jedoch nicht ...« Ich warf auch diesen Brief hin. Sollte der Oberste Gerichtshof meiner Betreuer recht behalten – dachte ich schnell –, werden all meine Anstrengungen mit einer Niederlage enden? Ich werde also den Mißerfolg eingestehen und über den zu dieser Jahreszeit ruhigen Atlantik fahren müssen ...

Der nächste Brief: »Wir gratulieren Ihnen anläßlich eines vollen Stipendiums an unserer Universität ...« Ich las noch einmal und traute meinen Augen nicht. Der nächste: »Es freut uns, Ihnen mitzuteilen, daß wir Ihnen ein Stipendium gewähren ...« Die restliche Korrespondenz enthielt noch eine Benachrichtigung über die Zuerkennung eines Stipendiums und drei Absagen. Also hatten die Amerikaner meine Hoffnungen doch nicht enttäuscht! Man hat mir ein Stipendium zugesprochen, trotz fehlender wissenschaftlicher Errungenschaften, trotz fehlender Sprachkenntnisse und einer schwachen Gesundheit! Oder vielleicht gerade deshalb – denke ich trotzig, während ich die zerrissenen Umschläge zertrampele und die drei Zusagen über meinem Kopf schwenke.

Als erste Reaktion lief ich zum Telephon und rief meine amerikanischen Freunde an. Meine Freude war so riesengroß, daß ich beinahe in den Hörer schrie: »Ich hab's, ich hab das Stipendium, und nicht nur eins, sondern drei, ich werde mir eins aussuchen können ... ist das nicht wunderbar!« Am anderen Ende der Leitung Stille, lange Stille, und dann Worte, in denen Enttäuschung und Besorgnis mitschwangen:

»Ja ... wir gratulieren ... nein, damit haben wir auch nicht gerechnet. Also sind Sie entschlossen, zu bleiben ...«

»Natürlich!«

Ich tanzte durch Carolines kleines Zimmer, trunken vor Aufregung und anschließend wirklich trunken, denn in einem Anflug von Freude habe ich mir ein Glas grünen spanischen Likör genehmigt.

Caroline ... Sooft ich in meiner Erinnerung zurückgehe, sehe ich sie stets in zarten Pastelltönen vor mir, und das den saftigen Farben der Kleider, die sie trug, zum Trotz. Das kommt gewiß daher, daß zu meiner Vorstellung nicht nur ihre Gestalt gehört, sondern auch ihr Lächeln und ihre Stimme. Wie schlank und rein – rein in den Konturen – sie ist, wenn sie mit langen, fließenden Schritten das Zimmer betritt, wenn sie ihr Gesicht über ein Bild oder Buch neigt – und sie neigt es tief, denn sie ist kurzsichtig. Ihre zarten schmalen Hände, die sie leicht auf die Tischplatte stützt, bergen eine unendliche Behutsamkeit in sich. Die ganzen alten Museumspapiere fühlen sich in diesen Händen gewiß sicher; Caroline berührt Papier, als sei es mit einem unerhört empfindlichen Nervengeflecht ausgestattet. Auf die gleiche Art geht sie mit anderen Gegenständen um und ... mit Menschen; sie ist nachgiebig und vorsichtig, es ist nicht leicht, ihr Vertrauen zu gewinnen.

Wir haben uns bei einer dieser langen, ermüdenden Versammlungen polnischer Damen kennengelernt, denen meine Cousine vorstand. Die Tratschatmosphäre dieser Abende verabscheute ich aus tiefstem Herzen, ich konnte mich jedoch nicht herausreden, ohne gegen die Gesetze der Höflichkeit zu verstoßen. Es gab auch einen praktischen Aspekt; die freundschaftlichen Einladungen waren schließlich ausgeschöpft, und obdachlos geworden, mußte ich wie immer bei meinen Verwandten unterschlüpfen.

Ich saß apathisch auf einem plüschbezogenen Sessel und lächelte ohne Begeisterung den fetten, übertrieben elegant gekleideten Frauen zu. Jede von ihnen hielt es für angebracht, mich auf die Wange zu küssen und einige Sätze voller Begeisterung über meine wunderbare Rettung zu äußern, wobei ganz klar war, daß sie letztere teils der Mutter Gottes, teils meiner Cousine zuschrieben. Plötzlich, inmitten der blumigen Hüte und grellen Kleidermuster – Caroline; sie lehnt am Türrahmen, ein grünes Kleid umspannt glatt ihren schlanken Körper, die hellen, schweren Haare sind am Hinterkopf zu einem Knoten festgesteckt. Ich folge ihrem Blick und entdecke eine ältere grauhaarige Frau in einem Sessel; sie ist sehr still, ihre offenen Augen leuchten tot, von einer dünnen Nebelschicht bedeckt. Caroline lächelt, und ich errate, daß die alte Frau ihre Mutter ist und daß Caroline gewiß ihretwegen zu der Versammlung gekommen ist. Ich gehe zu ihr, und schon bald vergessen wir, daß um uns herum die Vereinigung polnischer Damen tagt, wir hören nicht, wie die polnischen Damen in ihren Vorträgen die polnische Sprache mißhandeln, wir bemerken nicht, daß Stunden vergehen und die Versammlung sich dem Ende nähert. Erst die leise Stimme der alten Frau, die nach Caroline ruft, unterbricht unser Gespräch.

Nach einigen Tagen im Haus meiner Cousine bin ich erleichtert zu Caroline umgesiedelt. Erleichtert und freudig.

Endlich werde ich mitten in der Stadt wohnen, werde meine brennende Neugier stillen können. Caroline wohnte in einem schmalen fünfstöckigen Mietshaus im Ostteil der Stadt. Die 80th Street in der Nähe der 5th Avenue zählte zu den Elitevierteln, Carolines Wohnung jedoch, die sich im vierten Stock ohne Fahrstuhl befand, war verhältnismäßig billig. Eine mit rotem Teppich ausgelegte steile Treppe führte zu den beiden kleinen Zimmern. Eines der Zimmer war durch eine hölzerne Trennwand geteilt, hinter der sich ein winziger Gasherd und ein Kühlschrank befanden. Den Rest des Zimmers füllte ein brauner Teppich aus, in einer Ecke stand ein niedriger Steintisch, unterm Fenster ein einfaches Bücherregal. Das andere Zimmer war beinahe leer. Es befanden sich nur ein riesiger Wandschrank darin und Carolines Bett, das jetzt in zwei Teile auseinandergeklappt war und zwei niedrige, mit buntem Stoff bedeckte Liegeflächen bildete.

Caroline stand – im Haus meiner Cousins – leicht gegen den Türrahmen gelehnt, wurde für einen Augenblick ernst, nahm meine Hand und sagte warmherzig: »Bitte, zieh bei mir ein, du kannst so lange wohnen bleiben, wie du willst, ich würde mich freuen, wenn du die Einladung annehmen würdest.«

Caroline sprach Polnisch. Sie hatte die Sprache von ihren Eltern gelernt, die in früher Jugend aus der Heimat ausgewandert waren. Ihr Polnisch war durch Dialekt und Englisch verzerrt, wobei letzteres meine empfindlichen Ohren keineswegs störte. Das machten der Klang ihrer Stimme und der rührende, konzentrierte Gesichtsausdruck, sooft sie versuchte, sich an ein irgendwann gehörtes und in diesem Augenblick so dringend benötigtes Wort zu erinnern. Sie sprach Polnisch mit mir, wohl wissend, daß Englisch mir immer noch viele Schwierigkeiten bereitete; als ich jedoch Fortschritte beim Lernen machte, begann sie, von uns beiden unbemerkt, Englisch zu sprechen. Bald verstand ich fast alles und mußte sie nicht mehr um die Übersetzung schwieriger Begriffe bitten, ich selbst sprach jedoch weiter Polnisch mit Caroline. Und so ist es auch geblieben, daß wir uns immer in zwei Sprachen verständigten, jede sprach die Sprache, die sie besser kannte und die ihr lieber war.

Caroline arbeitete im Metropolitan, dem größten Museum von New York. Von den Fenstern ihrer Wohnung aus konnte man das von schweren Säulen gestützte graue Gebäude sehen, das im Central Park lag, an der Ecke 5th Avenue und 80th Street. Sie lief jeden Morgen hin, während ich noch schlief, und kam am späten Nachmittag von der Arbeit zurück. Wir trennten uns jedoch nicht für lange Zeit. Nach dem Frühstück, das in der Kochnische auf mich wartete – schwarzer Kaffee, hauchdünne Scheiben Brot mit Butter und Blätterteiggebäck von der Ecke Lexington Avenue –, folgte ich ihr ins Museum. Durch breite Flure gelangte ich in den hinteren Teil des Gebäudes und klopfte leise an die Tür mit der Aufschrift *Abteilung für Drucke*. Caroline öffnete und führte mich in den kleinen Lesesaal. »Setz dich hierher«, sagte sie und rückte einen Stuhl an den schweren Eichentisch, »schau, was ich für dich vorbereitet habe.« Von dem kleinen Rolltisch nahm sie große Folianten und legte sie mit großer Vorsicht vor mir hin. Ihre schlanken Finger legten sich liebevoll auf den weißen Karton, sie schlug die Seiten langsam um, wobei sie nur den äußersten Rand anfaßte.

»Das sind seltene Exemplare der ersten chinesischen Drucke«, sagte sie; oder: »Da hast du deinen Goya, ich habe ein paar Mappen geholt, das dürfte dir für heute reichen ...«; oder: »Ich habe flämische Maler für dich herausgesucht, aber du mußt beim Umblättern sehr vorsichtig sein – da hast du Zeichnungen von da Vinci, schiebe sie nur leicht zur Seite, ich lege sie dann selbst wieder zusammen.«

Es kam auch vor, daß sie sagte: »Heute habe ich sehr viel zu tun, vielleicht gehst du nach oben und siehst dir die Sammlungen an, und wir treffen uns zum Mittagessen wie immer im Café.«

Folgsam ging ich hinaus und gelangte durch die Galerie mit unnatürlich lächelnden etruskischen Statuen in meine Lieblingssäle, in denen mittelalterliche Malerei hing.

Hier hatte man die schönsten Farben New Yorks versammelt. Die steinerne Stadt ist grau, der von den Gebäuden herabfallende Staub bedeckt das Gras und die Bäume mit einer dicken Schicht. Die Betonwände der Wolkenkratzer wachsen senkrecht empor, Granitfelsen schimmern durch das dünne Gras des Central Park. Die auf Stein gewachsene Stadt erfüllt jedes Stück Raum mit ihrem Atem. Der Staub legt sich auf die Kleider, klebt an Gesicht und Händen, fällt auf den Lack der langen, hellen Autos und dämpft ihren blendenden Glanz.

Die einzigen Oasen sauberer Farben in der Stadt sind die Museen. Hier hat man Gold und Rot eingeschlossen; von dicken Mauern und einem ganzen Heer von wachsamen Aufsehern geschützt, leuchten sie genauso wie vor mehreren hundert Jahren. Die vibrierenden Farben sprechen: das Rot von Blut und entflammten Herzen, das

Tiefblau von Treue und Schmerz. Malerisch angeordnete farbige Gewänder sind in harmonischen Falten um von Pein gebeugte Körper erstarrt, hellblaue Tränen rollen über reglose Gesichter. Das Blut klebt in wirklichen Tropfen an der Stirn, gerinnendes Blut sickert in einem dünnen Rinnsal aus der Seite.

Wer sonst kann Schmerz so malen? Mit Könnerhand einen Fleck so sicher auftragen, daß er durch Jahrhunderte hindurch von der Schwäche Gottes und der Macht des Menschen zeugt? Wer sonst vermochte allein mit Farbe den Tod in einen quadratischen Rahmen einzufangen, wer kann einen Schrei malen?

Du, mein Freund, weißt, warum ich immer wieder zu diesen Bildern zurückkehrte, warum gerade sie am schönsten für mich waren.

Nach dem Abendessen begleitete Caroline mich auf endlosen Wanderungen durch die Stadt. Mit der ratternden U-Bahn fuhren wir ans Ende der Insel. Dort lag ein anderes New York. Die Straßen viel enger als im Zentrum und die Lichter nicht so aufdringlich. Auf beiden Straßenseiten nicht sehr hohe, drei- und vierstöckige Häuser, kleine, steile Treppen mit Eisenbrüstungen führen zur Eingangstür. In den tiefliegenden Erdgeschossen befinden sich zahlreiche Cafés, Handwerksbetriebe und Malerateliers, in denen man für nicht einmal einen Dollar sein eigenes Porträt erwerben kann. Neonreklamen ziehen Menschenmengen an. Sie kreisen im Tabakrauch und in den Lichtstrahlen, die aus den einladend geöffneten Türen auf die Straße fallen. In kleinen Cafés spielen massige Schwarze so leicht, so schmerzerfüllt, als führten sie Bögen über offene Venen. Die Instrumente locken, wecken schlafende Muskeln; der Klang schiebt sich über die Nervenverästelungen, kriecht die Wirbelsäule entlang und ergießt sich in einer warmen, eroberungslustigen Welle ins Gehirn.

Die niedrigen, mit gedämpftem Licht ausgekleideten Bars sind von buntem und kühlem Alkohol bewohnt. In einem durchsichtigen Glas gewiegt, explodiert er, sobald er auf einen Körper trifft, nimmt die Gedanken ein. Sie brennen und verschwinden, und an ihre Stelle tritt die reine Kraft der Natur, die reine Sehnsucht. Die Gedanken glimmen, der Alkohol vollzieht in den menschlichen Adern wunderbare Wandlungen, er verwandelt das zu Formen des Verstandes geronnene Blut in silbernen, lebendigen Schaum zurück, die geometrischen Sinnesklumpen bildet er in elastisches Material um. Auf der Schwelle zur Umnachtung kehrt der Mensch zu dem zurück, was er viele Generationen zuvor gewesen war: zu dem Versprechen, zu der Verheißung der Menschlichkeit. Alles in ihm ist nichts weiter als eine Möglichkeit, ein kurzes Sehnen, das in seiner Intensität verglüht und niemals und in nichts seine Erfüllung finden soll.

Hierhin zieht es jeden Abend die reichen, gutgenährten Mengen aus den eleganten Stadtteilen. Sie parken ihre glänzenden Autos am Bürgersteig, sie strömen aus der U-Bahn. Sie spazieren durch die Straßen, bemüht, sich mit ihren exzentrischen Kleidern denen, die dort leben, anzugleichen, sie trinken Wein in kleinen, mit kunstvollem Nippes zugestellten Cafés, sie füllen die winzigen Theatersäle. Sie fahren nach Mitternacht ab und lassen leere Straßen, dunkle Fenster zurück. Gegen Morgen fällt Greenwich Village vollkommen erschöpft in einen kurzen, fiebrigen Schlaf. Solange jedoch aufgeregte Stimmen durch die Straßen hallen, solange Augen glänzen und lange Ohrringe hinter den matten Scheiben der Cafés glitzern, lebt das Viertel der Vagabunden, und sein Herz schlägt im Takt der schnellsten Negertrommeln.

In den wenigen Wochen unseres Zusammenlebens gewöhnte ich mich an Caroline, an ihre leise, melodische Stimme, ihre Gegenwart in dem etwas dunklen, mit dicken Folianten zugestellten Lesesaal der Abteilung für Drucke. Die beiden kleinen Zimmer im vierten Stock der 80th Street wurden zu meinem ersten richtigen Zuhause in diesem mir immer noch fremden Land. Voller Unruhe dachte ich daran, daß wir uns bald würden trennen müssen, meine Freundin und ich. Caroline fuhr wie jedes Jahr nach Italien in Ferien und vermietete die Wohnung an Bekannte, da sie für diese Zeit die hohe Miete nicht zahlen wollte. Wieder einmal sollte ich allein und ohne Dach über dem Kopf hierbleiben, in der riesigen, von gnadenlosen Sonnenstrahlen glühenden Stadt.

Und wieder griff ich nach dem Telephonhörer, diesmal jedoch schüchtern und unwillig. »Ja, ich bin gesund«, antwortete ich, »nein, ich spüre keine beunruhigenden Symptome, ich weiß nur nicht, wo ich wohnen soll, und ich brauche Geld, um weiterlernen zu können. Wenn ich mich für einen dieser Intensivkurse an der Columbia einschreiben könnte, dann hätte ich später auf dem College sicher keine Schwierigkeiten ...«

Meine amerikanischen Freunde waren zwar immer noch verärgert, sie enttäuschten meine Hoffnung jedoch auch diesmal nicht. Dank ihrer Unterstützung erhielt ich ein kleines Stipendium von zwei polnischen wissenschaftlichen Institutionen – einen Betrag, der es mir ermöglichte, zwei schwierige Sommermonate unter erträglichen Umständen zu überstehen.

Als mir einige Tage vor Carolines Abreise die erste Rate ausgezahlt wurde, gingen wir zusammen zum oberen Ende des Broadway, um nach einer Wohnung für mich zu suchen. Die Gegend um die Columbia University, von Puertoricanern und Schwarzen bewohnt, gehört zu den billigsten Stadtvierteln. Hier, in einem der kleinen Hotels an der 114th Street, mieteten wir ein Zimmer für zwei Monate. Das Fenster ging auf die Gebäude der Columbia hinaus, neben mir, in gleichen Zimmern, wohnten: eine alte Rentnerin, ein puertoricanischer Student und ein Chinese von unbestimmtem Alter und mit unbestimmtem Beruf. Caroline beobachtete meine Verhandlungen mit dem dicken Inhaber reserviert und konnte nicht verstehen, warum ich voller Begeisterung auf das kleine, recht dunkle Zimmer blickte und freudig die bunte Nachbarschaft akzeptierte.

»Mir gefällt es hier wirklich«, versuchte ich sie zu überzeugen, »und außerdem sind es doch nur ein paar kurze Wochen, dann werde ich dieses Zimmer gegen die unwahrscheinlich elegante Umgebung des College eintauschen.« Und vorsichtshalber – um Carolines ästhetisches Empfinden nicht zu verletzen – sagte ich ihr nicht, daß letzterer Umstand mich mit Unruhe und Traurigkeit erfüllte.

Caroline reiste ab, und der drückende Sommer kam nach New York. Ich konnte nicht lernen, ich konnte es im Zimmer nicht aushalten. Durch das offene Fenster strömte schwüle, feuchte Luft herein, die Sonne drang in kleinste Wasserdampfteilchen – die Luft war sehr warm. Ich verließ das Zimmer, fuhr mit dem Fahrstuhl, der immer wieder steckenblieb, von der siebten Etage nach unten, und über die glühende Straße schleppte ich mich langsam in die Stadt hoch. Auf dem Weg kam ich an einer kleinen Grünanlage am Broadway vorbei, hier brannte die Sonne am stärksten. Auf den Bänken im kargen Schatten anämischer Bäume saßen übertrieben herausgeputzte alte Frauen, braunhäutige Männer schliefen mit weit geöffneten Mündern. Knapp hundert Meter weiter fing Harlem an. Rötlichbraune, ungetünchte Gebäude, Fenster, die oft keine Scheiben mehr hatten, baumlose Straßen, bedeckt mit einer Schicht aus Staub und Müll. Ich ging gern dort entlang, inmitten der dunklen Menge. Ich wich grell gekleideten schwarzen Frauen aus, die kleine Kinder hinter sich herzogen. Das Weiß ihrer dunklen Augen blitzte unter den langen Wimpern, das krause Haar ragte komisch in unzähligen dünnen Zöpfen hoch. Ich ging an massigen, leicht gebeugten schwarzen Männern vorbei, aus ihren Blicken, die gleichgültig über mein Gesicht glitten, spürte ich das Bewußtsein um die ihnen auferlegte Pein heraus. Ich lief inmitten von ihnen, und trotz des Drecks, trotz des Staubes, der sich in der Sonne erhob und bis auf Gesichtshöhe emporstieg, fühlte ich, daß ich eher hierher gehörte als in die elegante 5th Avenue in der Nähe des Metropolitan Museum.

Die belebten Straßen von Harlem wurden auch nachts nicht leer. Die von der Sonne aufgeheizten Häuserwände strahlten Wärme aus, die klebrige Luft ließ die Menschen nicht einschlafen. Schwarze streiften in dem gelbweißen Licht der Neonlaternen umher, lagen auf dem vergilbten Gras der wenigen Grünanlagen oder saßen in den Hauseingängen. Auf meinem Weg zum Riverside Drive, der am Hudson liegt, lief ich an ihnen vorbei. Auf dieser Straße erhob sich nur auf einer Seite eine geschlossene Häuserwand, von der durch eine Promenade abgeschlossenen anderen Seite brachte ein leichter Wind kühlere Luft vom Fluß.

Auf diesen nächtlichen Wanderungen begleitete mich oft mein Nachbar – José Enrique. Wir schlenderten über den Broadway, sahen uns die Schaufenster der Buchhandlungen an, und dann saßen wir bis tief in die Nacht auf dem in Dunkelheit gehüllten Riverside Drive und blickten auf den Fluß. Erinnerst du dich, du warst empört, als ich dir in einem meiner Briefe geschrieben habe: José Enrique erinnert mich an dich. Er ist schon erwachsen, und seine Verbitterung ist ebenso finster wie deine. Ein Puertoricaner von kleiner Gestalt – José Enrique ist mißtrauisch wie eine Katze. Er weiß alles über die riesige Stadt, und wenn er darüber spricht, weiß ich nicht, ob er sie liebt oder doch eher haßt. Wir unterhalten uns oft quer über den Flur, jeder in seinem Türrahmen stehend, und wenn ich mit ihm rede, vergesse ich, daß ich eine Fremdsprache spreche. Seine aufmerksamen braunen Augen helfen meinen Gedanken. Er hört mir immer interessiert zu, doch so, als wüßte er schon im voraus, was ich sagen will. Auch darin, daß er meine Begeisterung mit Sorge betrachtet und mit freundschaftlichen Warnungen nicht spart, erinnert er mich an dich.

Du hast zurückgeschrieben: Dein Vergleich ist falsch. Ich sorge mich nicht um dich, und seit langem schon habe ich aufgehört, meinen Nächsten zu mißtrauen; ich weiß alles über sie, oder fast alles …

Ich habe zurückgeschrieben: José Enrique ähnelt dir auch darin. Seine Selbstsicherheit ist die Selbstsicherheit der Benachteiligten. Er hat die Menschheit gerichtet, ohne zu berücksichtigen, daß er mit dem Urteil auch sich selbst verurteilt. An seiner Stelle würde ich lieber auf die Selbstsicherheit verzichten. Ich würde mir eine Spur Glauben gestatten, daß José Enrique vielleicht doch gut ist. Zwar warnt mein Nachbar, daß der Glaube an das

Gute den Menschen hilflos macht. »Doch läßt der Glaube an das Böse ihn nicht böse werden?« frage ich. Und als ich das sage, blickt mich José Enrique mit einem leichten, skeptischen Lächeln an.

IX

GRAUROTE HÄUSERWÄNDE schimmern durch den rankenden Wein, die untergehende Sonne vergoldet die breiten Fenster. Das Blaßgrün der Dachziegel harmoniert wundervoll mit dem dunklen Grün der ausladenden Bäume, die auf gepflegten Rasenflächen wachsen. Das Smith ... die Erinnerung bringt ein in seiner Vollkommenheit erstarrtes, kühles Bild; wie schwer es mir doch fällt, mit den Gedanken in diese malerische Gegend zurückzukehren!

Und dennoch werde ich dorthin zurückkehren, mein Freund, ich werde versuchen, meinen Widerwillen zu überwinden und dir, so gut ich kann, die Farbe der Herbstblätter in Neuengland zu beschreiben, die Farbe meiner Gefühle. Zwei Jahre will ich auf einigen Schreibmaschinenseiten unterbringen. Meine Eile gebietet auszuwählen, zu verallgemeinern, ich weiß nicht, ob das immer ausreichend gerechtfertigt ist. Was soll ich dir zeigen, welche von diesen Momenten auswählen, die voller Auflehnung, voller mannigfaltiger Erträge waren und doch äußerlich einander ebenso glichen wie die weißen Wintertage von Massachusetts. Im Smith sollte ich die legendäre neunköpfige Bestie bei der Kehle packen, einen Kampf mit ihr ausfechten, verlieren. Sie ist dort zurückgeblieben, dickleibig wie die Bibliotheksbände, mich ebenso wie die Bände verhöhnend, von meiner Verachtung und meiner Enttäuschung ungerührt. Sie hat den Sieg davongetragen – die dicken Bibliotheksbände füllen dicht an dicht die Flügel des größer werdenden Gebäudes, sie raffen den freien grünen Raum aus Wind und Gras unter die stillen, akkurat zugeschnittenen Beete salbungsvoller Worte.

Das Smith wurde nicht gleich zu einem Ort der Qual für mich. Während der ersten, glücklichen Tage gab es nichts als Begeisterung, nichts als Aufregung. Ich wollte lernen, ich wollte mir alle möglichen Weisheiten dieser Erde aneignen, und das in möglichst kurzer Zeit. Ich saß über dem Vorlesungsverzeichnis des Smith und überlegte, wie ich mein breit angelegtes Programm in den scharf umrissenen Rahmen von fünf erlaubten Kursen zwängen sollte. Philosophie – natürlich, ich wollte Philosophie studieren, für mich, die ich zu Einsamkeit verdammt war, war die metaphysische Auseinandersetzung eine der sinnvollsten Lehren. Sprachen – der sehnliche Wunsch, in ihr lebendiges Gewebe vorzudringen, ihre komplizierten Strukturen zu durchschauen, verfolgte mich schon seit langem. Politik – wen würde die Mythologie der eigenen Zeit nicht anziehen, Fetische, die man in Einzelteile zerlegen und deren – wenn sie so zerlegt daliegen – unkomplizierte und dennoch immer noch unverständliche Mechanismen man betrachten kann. Physik – die Lehre von der Heuchelei nicht mehr des Menschen, sondern Gottes, die den Glauben an die Macht beider stärkt, grausam in ihrer Form, leidenschaftlich in ihrer Gleichgültigkeit. Geschichte ...

Ich beuge mich über das Verzeichnis wie ein Geizhals, dessen Reichtum von einem Feuer bedroht ist und der binnen weniger Minuten entscheiden muß, welche Schätze er mit sich nimmt, wobei er nur die eigenen Hände zur Verfügung hat. Ständig änderte ich meine

Wahl, dauernd tat es mir um etwas leid, dauernd blieb etwas übrig, das ich nie mehr erfahren, Bücher, die ich nicht lesen würde – fette Schinken vermehren sich ebenso schnell wie Menschen –, Worte, die ich nie würde verstehen können. Mit sehr zwiespältigen Gefühlen trug ich die Fächer in das Formular ein, und bevor ich es persönlich ins Sekretariat brachte, radierte ich mehrfach darin herum.

Ich habe das Smith unter dem Einfluß meines Cousins ausgewählt, der sich in meinen Sabotageplänen mit mir verbündet hatte. Er behauptete, das Smith sei eines der vornehmsten Colleges, vorgesehen für Mädchen aus den reichsten und ehrgeizigsten Familien. Das Smith war der Deckname für Reichtum und Wohlstand, es war auch der Deckname für ausdauernde, redliche Arbeit. Ein gutes College war vor allem eines, das die meisten erfolgreichen Zöglinge vorweisen konnte. Daher nahm man im Smith auch arme Studenten auf, deren Empfehlung nicht raschelnde Banknoten waren, sondern die wirkliche Macht des Wissens. So sollten wir – die ausländischen Studenten – gemeinsam mit einem Grüppchen amerikanischer Stipendiaten das hohe wissenschaftliche Niveau des Smith aufrechterhalten, wir sollten seinem guten Ruf zu Ruhm verhelfen.

Ich wählte das Smith. Nachdem ich meine Siebensachen gepackt hatte – es war nicht allzuviel: in einem Koffer die Kleider, in dem anderen, den mir die Polin aus Nowy Sącz geschenkt hatte, einige englische Lehrbücher –, begab ich mich in Begleitung meines Cousins zur Bushaltestelle. Caroline war immer noch in Italien, und José Enrique war nach Beendigung der Sommerkurse an der Columbia vor zwei Wochen nach San Juan gefahren. Mein Cousin übergab die Koffer einem Gepäckträger, stattete mich mit einer Fahrkarte aus, und als der Bus kam, klopfte er mir auf die Schulter, so, wie man wahrscheinlich Rennpferden auf den Rücken klopft. Es muß wohl eine Spur Glücksspiel seine Ausdauer geleitet haben. Jetzt, da wir die Qualifikation geschafft hatten, sollte ich, sein Favorit, ins Rennen gehen, unbedingt die auf mich gesetzten Familienhoffnungen und die – wenn auch angestaubten, doch vorhandenen – nationalen Ambitionen erfüllen. Vom folgenden Tag, von der ersten Vorlesung an sollte ich mit meiner echten Amerikaeroberung beginnen.

Als ich nach fünf Stunden Fahrt im schaukelnden Bus vor dem riesigen Eisentor des Colleges hielt, mit dem stolz eingemeißelten Gründungsjahr 1875 (das Jahr der großen Verbitterung der einsamen Sophie Smith, die beschloß, ihre lieblose Familie zu enterben, und ihr gesamtes Vermögen für die Gründung einer Mädchenschule an ihrem Geburtsort bestimmte), schlug mir die würdevolle Schönheit dieses Ortes entgegen. Dieser flüchtige erste Eindruck wuchs mit der Zeit, verstärkte sich. Viele Male blickte ich später auf die schlanken Konturen des Hauptgebäudes, auf den Turm mit der Uhr, die zu den Vorlesungen schlug, auf die von wildem Wein bewachsenen Wände der riesigen Bibliothek, auf die wundervollen Bäume Neuenglands, größer und grüner als irgendwelche anderen Bäume, auf den Bach, der das Schulgelände begrenzte und den man künstlich so vertieft hatte, daß hinter dem Schulgebäude ein lauschiger dreieckiger Teich entstehen konnte, über den sich von den ersten Frühlingstagen bis in den Spätherbst Kajaks schoben – und niemals konnte ich in dieser Umgebung auch nur den kleinsten Makel entdecken. Das Smith war wunderschön, und seine Schönheit wurde noch durch die Schönheit der neuenglischen Landschaft gesteigert. Die Kleinstadt Northampton, die nur für die Bedürfnisse des Colleges zu existieren schien und auch den Großteil ihrer Umsätze aus dem College zog, lag in einem fruchtbaren Tal des Connecticutflusses. Der Fluß war von den nicht allzu hohen, doch malerischen Hügeln von Massachusetts umrahmt, die Hänge waren von dem intensiven Grün der Tabak- und Maisfarmen bedeckt. Der Connecticut schlängelte sich wie eine sich windende Schlange seicht und ruhig in seinen Ufern – in der kaum wahrnehmbaren Bewegung seines Wassers lag die Drohung plötzlicher Fluten, deren Wahrwerden ich zweimal während meines zweijährigen Aufenthaltes am Smith erleben sollte.

Ich wurde sehr freundlich aufgenommen. Sowohl die Verwaltung des Colleges als auch die Professoren eilten mir auf jedem Schritt zu Hilfe und sparten nicht mit Ermutigungen, die sprachlichen Hürden zu überwinden. Mir wurde ein Zimmer im schönsten Teil des Internats zugeteilt, niedrig gelegen, im ersten Stock, damit ich mein nicht gerade kräftiges Herz nicht mit Treppenlaufen anstrengen mußte. Auch die Mädchen kümmerten sich herzlich um mich. Sie halfen mir, das Gepäck hochzutragen, machten mich mit der Aufteilung des Gebäudes bekannt, mit den Gepflogenheiten des Internats. Schwätzend kamen sie ins Zimmer gelaufen, während ich meine Koffer auspackte, setzten sich auf die Bettkante, sprangen wieder auf und verschwanden, um sogleich mit irgendeinem Gegenstand wiederzukommen, der ihrer Meinung nach unverzichtbar für mich war – einer kleinen Palme, einer Nachttischlampe, einem kleinen Teppich … Geduldig erläuterten sie mir die Bedeutung der untereinander benutzten Kürzel und versicherten mir, ich würde bald schon so fließend sprechen wie sie. Ich lächelte sie dankbar an, und ich wiederholte – wie einst auf dem Schiff, hilflos ob der Großzügigkeit der älteren Damen – »danke«

mit einem Akzent, der während der Monate des Lernens doch deutlich schwächer geworden war.

Als nach elf Uhr das Fußgetrappel auf dem Flur verstummte, löschte ich das Licht und setzte mich vor das offene Fenster. Der Park war dunkel, die Zweige der ausladenden Bäume verdeckten die massiven Schulgebäude, nur die Fenster der nahe gelegenen Internate leuchteten intensiv. Die Blätter des wilden Weins zitterten leicht, von den Bergen strömte ein warmer Hauch herüber. Ich rückte das Bett ganz nah ans Fenster und legte mich so hin, daß ich die sanft schaukelnden Baumwipfel nicht aus den Augen verlor.

Am nächsten Tag die ersten Vorlesungen. Ich lief freudig erregt hin, ausgestattet mit quadratischen Notizblöcken, die Mädchen zeigten mir dienstfertig den Hörsaal, machten in der ersten Reihe Platz, direkt vor dem Lehrerpult. Ich wollte es ihnen so sehr gleichtun, alles verstehen und die gehörten Informationen so schnell notieren wie sie. Bald schon ereilte mich eine schmerzliche Niederlage; meine Englischkenntnisse waren zu schlecht für die Anforderungen des Colleges. Ich konnte mich nicht gleichzeitig auf den Satzbau und ihren Inhalt konzentrieren. Ich verstand nicht viel, ich verstand lediglich Wörter, während der Sinn des Vortrags an mir vorbeirauschte, nicht in mein Gedächtnis und schon gar nicht in mein quadratisches Heft aufgenommen wurde.

An jenem Nachmittag kehrte ich verbittert ins Internat zurück, fest entschlossen, meine Unachtsamkeit wiedergutzumachen. Ich suchte die entsprechenden Seiten aus dem Lehrbuch heraus und beschloß, sie sofort zu lesen und ihren Inhalt auswendig zu lernen. Es waren dreißig Seiten. Ich schloß mich im Zimmer ein, setzte mich aufs Bett, den Text und das Wörterbuch vor mir. Ich begann zu lesen, wobei ich jedes unbekannte Wort heraussuchte. Ich blätterte im Wörterbuch mit der Leidenschaft eines Jägers, der jedem, aber auch jedem Tier, und sei es noch so unbedeutend, den Tod geschworen hatte. Auf diese Weise machte ich mich innerhalb von fünf Stunden mit dem Inhalt von fünf Seiten bekannt. Ich lief zum Abendessen hinunter, wonach ich, ohne mich von der noch anhaltenden Ferienstimmung anstecken zu lassen, wieder nach oben rannte und mich erneut auf meinem Zimmer einschloß. Ich verbrachte die ganze Nacht über dem Buch und kämpfte mich bis zum Morgen durch weitere zehn Seiten.

Gegen sechs Uhr morgens bin ich voll bekleidet eingeschlafen, zwei Stunden später hat mich das leise, jedoch durchdringende Klingeln geweckt. Frühstück. Ich sprang vom Bett auf, wusch mein Gesicht kalt ab und ging in den Speisesaal hinunter. An rechteckigen Tischen saßen Mädchen über schwarzem Kaffee und Toast mit Butter. Auf einem Tisch in der Mitte standen Orangensaft und gekochte Eier, aus der Küche drang der Duft nach Omeletts. Die Sonne strömte durch die verglaste Ostfront, legte sich in heiteren Flecken auf den Boden, hellte das Haar der Mädchen auf. Ich konnte nichts essen. An jenem Morgen habe ich nur ein Glas Orangensaft und eine Tasse starken schwarzen Kaffee getrunken, dann bin ich schnell wieder auf mein Zimmer gegangen. Von der ersten Vorlesung trennte mich noch eine Stunde, ich setzte mich mürrisch über das Buch und las relativ problemlos die nächsten beiden Seiten.

Auf diese Weise, mein Freund, verbrachte ich die ersten paar Wochen im Smith. Mein Tag war aufgeteilt in Vorlesungen und einsames Brüten über den Lehrbüchern, zumeist in meinem Zimmer. Es gab dort wundervolle geräumige Säle zum Lernen, in der Bibliothek und in anderen Schulgebäuden, in mir steckte jedoch die alte Gewohnheit aus dem Krankenhaus, und am liebsten lernte ich in eine Ecke meines Bettes gekuschelt. Ich schloß mich auch deshalb in meinem Zimmer ein, weil ich in diesen ersten Tagen laut lernte. Ich wiederholte die Begriffe und Sätze immer wieder und bemühte mich, nicht nur den Inhalt, sondern auch das Schriftbild der Informationen zu behalten. Ich hatte immer kleine Zettel dabei, dicht beschrieben mit englischen Wendungen, und in freien Momenten las ich sie immer wieder durch: während der Mahlzeiten, auf dem Weg zu den Vorlesungen, in der Bibliothek, wenn ich auf ein bestelltes Buch wartete. Ich schlief wenig und aß in Eile. Ängstlich dachte ich an die ersten Prüfungen, die schon Mitte November stattfinden sollten.

Alle Prüfungen am Smith waren schriftlich; diese Tatsache schuf zusätzliche Probleme. Es reichte nicht, den Vortrag im Gedächtnis zu behalten, ich mußte auch schreiben können. Ich übte das Schreiben, aber mein überlastetes Erinnerungsvermögen war nicht in der Lage, die Feinheiten der englischen Rechtschreibung aufzunehmen. Meine ersten Prüfungsblätter sahen unsäglich armselig aus. Ich schaffte es gerade einmal, wenige Sätze zu schreiben, und die ließen bezüglich der Grammatik und Rechtschreibung viel zu wünschen übrig. Ich bestand diese Prüfungen nicht, mein Freund, und als ich auf die roten Zeichen blickte, deren Bedeutung keinerlei Zweifel ließ, spürte ich, wie mir Tränen in die Augen stiegen. Ich war richtig verzweifelt, mehr denn je verzweifelt, und unter dem Einfluß der Fülle von mir bisher unbekannten Gefühlen beschloß ich, das Schlafen so gut es ging auf ein Minimum zu reduzieren und noch mehr zu lernen.

Trotz der so wenig vorzeigbaren offiziellen Ergebnisse brachte jeder Tag kleine Siege. Immer leichter verständigte ich mich mit den Freundinnen, immer flüssiger antwortete ich auf die gestellten Fragen, und wenn ich in den Lehrbüchern las, griff ich immer seltener nach dem Wörterbuch. Meine Notizblöcke füllten sich mit breiter, gedehnter Schrift, die Mitschriften aus den Vorlesungen waren zwar noch fehlerhaft, und ich machte mir Notizen zu dem Gelesenen. Diese Zusammenfassungen, die ich willigen Freundinnen zum Korrigieren gab, leisteten mir jedoch bei den nächsten Prüfungen im Dezember ausgezeichnete Dienste. Ich schrieb sie aus dem Gedächtnis nieder, verglich sie mit der ursprünglichen Version und gab sie, auf diese Weise gefestigt, auf dem Prüfungsblatt wieder. Die Ergebnisse dieser Prüfungen überstiegen meine kühnsten Erwartungen und brachten mir auch die Bewunderung der Professoren. Sie waren gänzlich verblüfft, hatten von meiner listigen Methode keine Ahnung, lobten meinen Fleiß und stellten mich vor den weniger fanatischen amerikanischen Studentinnen als Vorbild hin.

Die Sturheit, mein Freund, erkennt keinerlei Argumente an, und deshalb ist sie so unumstößlich. Frag mich nicht, wieso ich schlaflose Nächte über den Büchern zubrachte, wieso die französische Grammatik, die englische Rechtschreibung und Platons *Dialoge* wichtiger waren als meine kürzlich erst wiedererlangte eigene Gesundheit. Ich weiß es nicht, mein Freund, ich weiß es wirklich nicht, doch was hatte mein blinder Drang auch mit irgendwelchen Gedankengängen zu tun. Ich sog die Informationen auf, als seien sie Luft, und an jenen frostigen ersten Wintertagen in Massachusetts waren sie ebenso unverzichtbar wie heiß ersehnt. Es ist schon spät, mein Freund, dieses Dorf wird sonderbar still nach Mitternacht, die Höfe werden leer, und die Stimmen der Dorfjungen, die sich heiser in improvisierten Serenaden überschlagen, verstummen. Und jetzt frag mich auch nicht, warum ich an dem niedrigen Tisch sitze und warum mein Fenster lange in die Nacht hinausscheint.

Dieses amerikanische College unterschied sich in den ersten fünf Wochen nicht sehr von Klosterschulen des neunzehnten Jahrhunderts. Zwar war das Schulgelände nicht von hohen Mauern umgeben, und wir hatten auch völlige Bewegungsfreiheit, die Umgebung jedoch, in der wir uns befanden, isolierte uns auf natürliche Weise von den reizvolleren Erscheinungen des gesellschaftlichen Lebens. Das Städtchen – ich erwähnte es bereits – war nicht groß und ruhig. Vier Kirchen, davon zwei evangelische, zwei kleine Kinosäle, ein Hotel und ein Restaurant für die Familien der Studentinnen, die zu Besuch kamen, zwei winzig kleine Cafés, eine Bar, in der heimlich Alkohol verkauft wurde – das war alles. Die emsigen Einwohner saßen tagsüber hinter den Ladentheken zahlreicher Geschäfte, abends bestellten sie ihre Gemüsegärten. Sonntags gingen sie in die Kirche und zu Pfarrversammlungen, seltener ins Restaurant oder ins Kino. Um neun Uhr abends leerten sich die Straßen, eine Stunde später verloschen die Fenster in den Häusern; die Stadt legte sich schlafen.

Ein ähnlich stilles und geregeltes Leben führte die kleine Collegegemeinschaft, die aus etwa zweitausend Studentinnen und ein bis zwei Dutzend Professoren zusammengesetzt war. Das College erwachte zusammen mit der Stadt und schlief vor Einbruch der Nacht ein, die Tage glichen einander wie eineiige Zwillinge. Die Vorlesungen, das Klingeln, das uns viermal täglich zu den Mahlzeiten rief, das nachmittägliche Lernen in den weichen Sesseln der Bibliothek – wie oft schliefen wir in diesen Sesseln ein, während uns die Bücher aus den Händen glitten –, das abendliche Bad, das Zimmer … Die ersten fünf Tage der Woche vergingen in grauer Arbeitsatmosphäre und allgemeiner Vernachlässigung; wir liefen mit zerzaustem Haar herum, in Shorts oder durchgescheuerten Latzhosen, wirklich oder zumindest scheinbar in die verschiedensten Bücher, Lehrwerke und Notizen vertieft.

Dieser melancholische Alltag am Smith verflog gänzlich mit der fieberhaften, festlichen Atmosphäre, die die Wochenenden brachten. Schon am Freitagabend ließen die Mädchen von den Büchern ab, holten ihre besten Kleider aus den Schränken, wuschen ihre Haare und drehten sie auf. Aus den offenen Zimmern drangen Lachanfälle, ungewöhnliche Betriebsamkeit herrschte auf dem Flur und in den Bädern. Samstag früh kamen die Jungs aus den umliegenden Colleges. Ihre Autos füllten die breiteren Wege im Park, versperrten die Straße, die zum Ort hinunterführte. Festlich gekleidete Mädchen liefen zu Verabredungen und – wenn das Wetter schön war – entführten die Jungs zu einem Spaziergang im Park oder einer Kajakfahrt. Angelockt von dem Lachen legte ich mein Buch beiseite und trat ans Fenster. Ich sah sie verwundert und neidisch an. Ich konnte die Schulpflichten nicht so leicht vergessen, ich konnte mich nicht in die einfache Freude dieser Pausen fallenlassen. Diese Jungs mit ihren glatten, beinahe kindlichen Gesichtern, in gutgeschnittene Anzüge gekleidet, spürten meine Fremdheit und gingen gleichgültig an mir vorbei. Und auch wenn einer von ihnen kurz stehenblieb, genügte ein Satz, ein Blick, um ihn endgültig zu vertreiben. Sie gingen zu den anderen Mädchen zurück, die stets lachten, gern einfache Gespräche über die letzten Baseballspiele aufgriffen, über Veranstaltungen, zu denen sie demnächst gehen wollten. Ich beobachtete, wie sie sorglos lachten, und langsam schlich sich Schwermut in meine Gedanken ein. Die Bücher, die die gesamte Fläche meines Zimmers ausfüllten, sich auf dem Schreibtisch türmten und auf dem Boden ausgebreitet lagen, schienen mir sonderbar tot im Vergleich zu dem Lachen, das durch das Fenster hereindrang.

Ich lernte ausdauernd. Kleine Fortschritte waren für mich immer noch Quell der Zufriedenheit, den Vorlesungen lauschte ich mit ungemindertem Interesse. Und dennoch, mein Freund, je weiter sich die Sperre der fremden Klänge vor mir öffnete und meine Gedanken frei in den Zufluß englischer Redewendungen strömten, entdeckte ich in diesem College voller herzlicher, mich anlächelnder Gesichter zunehmend meine Einsamkeit. Die Sorgen und Freuden der Mädchen um mich herum waren mir fremd, ihre kleinen Auflehnungen waren nicht die meinen; ich war den Menschen fremd, und die Bücher waren nicht mehr imstande, meinen wachsenden Hunger zu stillen. Ich war sehr erschöpft. Mir wurde klar, daß das erträumte Smith nicht der Ort war, an dem ich einige Jahre verbringen konnte – ich beschloß also, mich zu beeilen. Aufgrund meiner drängenden Bitten erlaubten die Professoren mir, auch in den Ferien zu lernen, um das Ende des Studiums so um ein Jahr vorzuziehen. Sie halfen mir, für diesen Zweck ein kleines Stipendium von jenen polnischen wissenschaftlichen Institutionen zu bekommen, die sich im Jahr zuvor meiner angenommen hatten, und Anfang Juni, gleich nach den letzten Prüfungen, verließ ich Northampton und fuhr wieder nach New York.

X

Während der drei Sommermonate war ein Hotel für ausländische Studenten mein Zuhause, ein vielgeschossiges quadratisches Gebäude an der Ecke Riverside und 125th Street. Von dem Fenster meines kleinen Zimmers im siebten Stock sah ich die Boote, die sich langsam über den Fluß bewegten, und wenn ich den Kopf weiter hinauslehnte, konnte ich auch die grünen Pavillonkuppeln der Columbia sehen. Im Erdgeschoß des Gebäudes gab es ein Restaurant, ein Café und eine große Halle, die fast immer voller junger Leute war.

Gleich nachdem ich die Koffer ausgepackt hatte, ging ich mich an der Universität einschreiben, und die erste Person, die ich in der Tür zum Sekretariat traf, war José Enrique. Er nickte, als er mich sah, und seine ernsten Augen hellten sich für einen kurzen Augenblick auf.

»Was machst du hier, José?«

»Das gleiche wie alle, ich schreibe mich für die Sommerkurse ein. Setz dich hier an den Tisch in der Ecke und warte, ich bringe dir die notwendigen Formulare.«

Kurz darauf war er wieder da und überreichte mir ein bedrucktes Formular. Ein zweites, gleich aussehendes legte er vor sich hin und begann, die leeren Rubriken sorgfältig auszufüllen.

»José, warum willst du nur Ökonomie studieren?« fragte ich.

»Ist nützlich«, kam die lakonische Antwort. José füllte das Formular zu Ende aus, setzte den letzten Punkt und wandte sich zu mir. Seine Augen glänzten.

»Nützlich«, wiederholte er mit tiefer Stimme, »in meiner Situation sogar sehr. Mir hat noch niemand ein Stipendium an einer amerikanischen Universität angeboten, so welche wie ich machen in diesem Land keine wissenschaftliche Karriere.«

Er war also verbittert wie eh und je, das braune Gesicht, das sich scharf vom weißen Hemd abhob, hatte den gleichen wohlvertrauten verbissenen Ausdruck, die braunen Augen blickten wachsam unter der tiefen Stirn.

»Nimmst du es mir etwa übel, daß ich ein Stipendium bekommen habe?«

»Nein, ich habe einfach eine Tatsache festgestellt, Leute wie ich sind kein Gegenstand amerikanischer Mildtätigkeit, Leute wie ich und ähnliche.«

Sein Blick blieb auf dem geneigten Kopf eines Schwarzen haften, der am Nebentisch saß.

»Der kommt aus Nigeria, hat ein staatliches Stipendium, ich habe mich gerade mit ihm unterhalten. Aber prüf mal nach, du kannst es gern überprüfen, kein einziger Schwarzer aus Harlem studiert an dieser Universität, hier nicht, und auch an keiner anderen.«

»Warum erzählst du mir das, José?«

»Vor einem halben Jahr hast du mir geschrieben, erinnerst du dich, ich habe dir damals nicht geantwortet, ich wollte dir den Spaß nicht verderben. Siehst du, ich stimme nicht ganz mit deinen Beobachtungen überein. Die Menschen in diesem Land sind für gewöhnlich nicht so zuvorkommend, wie es aus deinen Erfahrungen hervorgeht. Großzügig pflegen sie nur in bestimmten Fällen zu sein, eher selten, und von diesen Fällen verlangt man, daß sie eine bestimmte Hautfarbe haben. Es würde genügen, daß deine Haut einen Ton dunkler wäre, und schon würde man sich nicht für deinen Intellekt interessieren, du würdest nicht zählen. Gehen wir?«

Die Demarkationslinie war gezogen. Ich spürte – obwohl José Enrique mich an der Hand nahm –, daß wir zwei uns auf verschiedenen Seiten einer Barriere befanden.

An diesem Abend wartet José in der Halle auf mich, und nach dem Abendessen gehe ich mit ihm aus. Die Luft ist wieder schwül, und nur eine leichte Brise vom Hudson her kühlt unsere Gesichter. Das Wasser fließt langsam und schimmert im Schein der Laternen. Auf der anderen Seite des hohen Ufers blinken Lichter; grelle Reklamen verschiedener Fabrikprodukte, das Feuerwerk des Rummelplatzes, rote Signale der Fernsehtürme. Wir setzen uns unter die Bäume auf eine Bank. José ist sonderbar schweigsam, zerstreut hört er zu, was ich erzähle, jede Frage muß ich mehrmals wiederholen. Er spielt mit meinen Fingern, und als ich ihn erneut auf seine Unaufmerksamkeit hinweise, rückt er näher und umfaßt meine Taille.

»Komm zu mir«, sagt er, »die Nacht ist viel zu schön, um hier zu sitzen und über Philosophie zu quatschen. Ich habe auf dich gewartet.«

Seine Stimme ist aggressiv, die Umarmung fest, vergeblich versuche ich, mich aus seinem Griff zu befreien.

»Laß mich los, du sollst mich sofort loslassen«, flüstere ich.

»Was habt ihr aus dem Norden in eurem Blut, meinst du nicht, wir hätten schon genug gequatscht? Komm zu mir!«

Ich schaffe es, mich loszureißen, oder vielleicht löst José auch selbst die Hände, überrascht von meinen heftigen Verteidigungsversuchen. Ich rücke bis ans Ende der Bank von ihm ab.

»Und ich habe mir vorgemacht, du würdest mich mögen, ich dachte ...« José unterbricht sich mitten im Satz. Er sitzt reglos da und starrt auf den Fluß.

»José, ich mag dich wirklich, José!«

Eine Handbewegung, als wollte er eine lästige Mücke verjagen. Er hat mich nicht einmal angesehen.

»José!«

»Was willst du von mir?« Jetzt blickt er mich an, doch fremd, feindselig. »Hast dir einen Dunkelhäutigen geangelt, hast ihn mit einem Gespräch beehrt!«

»José, ich schwöre dir ...«

Er schweigt. Als er mir nach einer Weile sein Gesicht zuwendet, haben seine Augen wieder den alten Ausdruck, ruhig, aufmerksam. Die grellen Blitze in seinen Pupillen sind erloschen, und Josés Stirn hat sich geglättet.

»Entschuldige«, sagt er, »ich war unnötig aufbrausend. Meinst du nicht, wir sollten zurückgehen, ich begleite dich zum Hotel.«

Wir gehen schweigend. Vor dem Hoteleingang murmelt José schnell einen Abschiedsgruß und geht weg. Ich blicke ihm nach, wie er in seinem weißen Hemd aufrecht die Straße entlangläuft, ohne sich umzusehen. Ich blicke ihm nach, bis er hinter einer Ecke verschwindet. Ich weiß, daß José für immer fortgeht.

Der kleingewachsene, dunkle Puertoricaner hatte unrecht, mein Freund. Meine Zurückweisung war kein Ausdruck von Segregationsneigungen. Er wollte oder konnte das nicht verstehen. Um uns herum war eine schwüle

Juninacht. An der Bank, auf der wir saßen, gingen eng umschlungene Paare vorbei, Mädchen mit langem, lokkigem Haar und untersetzte Männer mit über der Brust geöffneten Hemden. Wie leicht fällt doch die Liebe in diesem klebrigen, warmen Wind, der am sanftesten die unbedeckte Haut berührt. Die Brise vom Fluß brachte Flüstern, Lachen … Die kehlige spanische Sprache klang weich. Die sengende Sonne Puerto Ricos sang in dem Blut der kleinen, quirligen Menschen.

Ich habe nicht versucht, José Enrique aufzuhalten, ich wußte, daß Worte allein ihn nicht aufhalten würden.

Die farbigen Bewohner meines Hotels – eine vielsprachige Menge. Es gibt gelbhäutige, schlanke oder ganz dunkle, sie haben schräge Augen, oder große, schwarze, die hinter den langen Wimpern feucht schimmern. Die meisten von ihnen kommen aus den Republiken Südamerikas, aus Indien, aus Ländern Kleinasiens. Die exotischen Gäste gehen nur selten an die Universität; für sie ist das Studium nur ein Vorwand, um nach New York zu kommen, um in einem attraktiven und verhältnismäßig günstigen Studentenwohnheim unterzukommen. Ihre Zeit schleicht träge dahin, sie zählen nicht die Stunden der Vorlesungen, keine Prüfungstermine quälen sie. Tagsüber schlafen sie oder schlendern durch die Stadt, abends lehnen sie wartend in den Clubsesseln der riesigen Halle. Ich fühle ihre schweren Blicke auf mir, wenn ich zum Mittagessen oder Abendbrot ins Restaurant husche. Ich weiß, daß der eine oder andere langsam aufsteht, die Pendeltür aufstößt, den Speisesaal betritt und an der Türschwelle Ausschau hält. Sie kreisen um meinen Tisch, setzen sich zu mir. Ihre dunklen Augen blitzen auf, in starkem fremdländischen Akzent schlagen sie mir einen Ausflug vor die Stadt, einen Kinobesuch, eine Tanzveranstaltung vor. Ich sage ab, schlinge eilig die Mahlzeit hinunter und gehe schnellen Schrittes durch die Halle voller klebriger Blicke zum Fahrstuhl. Ich fahre in den siebten Stock hoch und verriegele die Tür hinter mir. Mit einem aufgeschlagenen Buch in den Händen setze ich mich aufs Bett vor das weit geöffnete Fenster.

Die glühenden New Yorker Nächte – weißt du, welche Sehnsucht man in solchen Nächten verspürt? Den Kopf auf die Hände gestützt, den Blick starr in die Dunkelheit gerichtet. Der Wind trägt die Klänge kubanischer Metallinstrumente nach oben, die in schnellem Rhythmus vibrieren, Mädchen in dünnen Kleidern tanzen in den Armen dieser Männer. Immer fester pressen ihre Hände, ihre Arme, ihre Gesichter sich aneinander. Eng umschlungene Paare verlassen das Hotel, gehen über den Rasen unter den Bäumen hindurch, um in der Nacht zu verschwinden. Es ist das Blut, von der Sonne zum Singen gebracht, mein Freund, und die Berührung des Windes, der die Körper am engsten, am zärtlichsten umfaßt. Die schnellen kubanischen Instrumente verstummen erst spät in der Nacht.

Du hast geschrieben: »Sieh dich vor der Sonne vor, in der Sonne sehnt man sich am meisten.« Die Sonne kriecht aus den Straßen der Stadt und dringt mit einem warmen Windzug in mein Zimmer. Mit geballten Händen – die Nägel in die Handflächen gekrallt – laufe ich vom Fenster zur Tür.

Meine Vormittage sind mit Vorlesungen ausgefüllt. Jeden Morgen laufe ich durch die grelle Sonne über den Broadway zur Universität. Ich biege in die 116th Street ein, die das Universitätsgelände durchquert, und über breite, flache Stufen gelange ich auf den höher gelegenen, grasbewachsenen Hof. Hier, gegenüber von der steinernen Statue Rodins, an der Amsterdam Avenue, erhebt sich die Renaissancefassade des Philosophiepavillons. In der Pause zwischen den Vorlesungen fahre ich hinunter und setze mich ins Gras, den Rücken an den kalten Stein gelehnt. Ich lese, noch einmal lese ich die mit einem blauen Stift unterstrichenen Sätze. Das Lernen nimmt mich vollkommen ein, und ich sehe die Menschen nicht, die an dem Rasenstück vorbeigehen. Aus meiner Lektüre reißt mich eine Stimme, die direkt über meinem Kopf erklingt:

»Würden Sie mit mir zu Mittag essen?«

Der Professor! Ich hebe den Kopf, er beugt sich zu mir herunter, und als ich ihn wiedererkenne, denke ich mit Entsetzen: Wenn er herausfindet, wie wenig ich kann, wird er mir diesen Kurs bestimmt nicht anrechnen wollen!

»Sehr gern, ich werde nach der Vorlesung auf Sie warten.«

»Ich danke Ihnen.«

Ich sehe, wie er schnellen Schrittes über den Rasen geht und in der offenen Tür des Pavillons verschwindet.

Ich habe ihn vor drei Tagen zum erstenmal gesehen. Wir saßen schon alle um den schweren Eichentisch herum – vier ältere Frauen, einige Männer über vierzig, wahrscheinlich Lehrer, zwei Pfarrer, ein Mädchen mit leuchtendblondem Haar und ich –, als er mit leichten, federnden Schritten hinter meinem Rücken vorbeiglitt und sich drei Stühle weiter, an einem für ihn freigelassenen

Platz, setzte. Er war nicht groß und sehr schlank. Als ich das erstemal sein schmales, braungebranntes Gesicht sah, dachte ich, er sei nicht älter als dreißig. Er mußte jedoch älter sein: Er sprach fließend, weich, und in seinen grauen Augen entzündeten sich Funken der Ironie und der Belustigung, wenn sein interessierter Blick den Tisch umfing.

Ich verstand nichts. Ich schnappte die Bedeutung einzelner Wörter heraus, der Sinn der Sätze blieb mir jedoch verborgen. Ich verstand nicht, worüber er sprach, und ich konnte nicht erraten, über welches brennende Problem er mit dem breitschultrigen Pfarrer sprach, der Moores *Grundlagen der Ethik* auf dem Schoß hielt. Ich saß steif zwischen den fetten Lehrern da und tat, als bemerkte ich nicht die Fragen, die in seinen Augen auftauchten, jedesmal wenn sie – zufällig oder auch nicht – meinen Augen begegneten: »Wie kommst du hierher, wieso gerade in diesen Saal, bist du etwa so klug, daß du auch *das* verstanden hast?«

Ich senkte den Blick und sah auf seine schönen, nicht männlichen Hände mit den kurzgeschnittenen Nägeln, den langen und feingliedrigen Fingern. Sie flogen auf wie Vögel und senkten sich in einer leichten, liebevollen Geste, legten sich auf den Tisch, verwoben sich ineinander und lösten sich wieder …

Als das Klingeln das Ende der Vorlesung ankündigte, sprang ich vom Stuhl auf und rannte hinter ihm her auf den Flur. Er stand gleich hinter der Tür und diskutierte immer noch mit dem Pfarrer; Moores aufgeschlagene *Ethik* breitete sich wie ein japanischer Fächer in seinen Händen aus. Ich blieb in einer dunklen Nische zwischen dem Fahrstuhl und der Mauer stehen, wartete, bis er das Gespräch beendet hatte, und als der breitschultrige Pfarrer zusammen mit seinen Problemen in der Tiefe des Fahrstuhls verschwunden war, tauchte ich aus meinem Versteck auf. Er bemerkte mich und blieb stehen.

»Kann ich Ihnen irgendwie helfen?«

»Nein. Ich wollte nur fragen, ob Sie nicht meinen, daß ich auf Ihre Vorlesung verzichten sollte? Ich kann gerade erst seit einem Jahr Englisch, und wie Sie selbst sehen, spreche ich unkorrekt und verstehe so wenig.«

»Erst ein Jahr? Sie sprechen ausgezeichnet. Ich bin sicher, daß Sie es schaffen.«

»Ich fürchte nein. Ich weiß auch nichts über Philosophie, ich habe nichts von dem verstanden, was Sie gesagt haben.«

»Entmutigt, nach einer einzigen Vorlesung! Welch ein schlechtes Zeugnis für mich! Bitte, bleiben Sie.«

»Und wenn ich bleibe, werden Sie mir helfen?«

»Natürlich.«

»Ich danke Ihnen.«

Meine abrupte Kehrtwendung hätte beinahe einen älteren Mann mit einem breiten Bart umgeworfen. »Entschuldigung«, rief ich aus und eilte zum Fahrstuhl, das leer quadratische Heft fest in meinen feuchten Händen.

Die Pausen zwischen den Vorlesungen verbringe ich auf dem Rasen, vor dem steinernen Denker von Rodin. Mit dem Rücken gegen den Marmorsockel gelehnt, lese ich die verschachtelten Sätze immer wieder. Mit einem Bleistift setze ich mir Zeichen neben die, die ich überhaupt nicht entziffern kann – ich werde später mit dem Professor darüber reden, denke ich, in ein, zwei Wochen, wenn ich mehr können, wenn ich das ganze Buch ein paarmal gelesen haben werde.

»Würden Sie mit mir …«

… er herausfindet, wie wenig ich kann, wie schlecht ich Englisch kann …

»Sehr gern, ich werde nach der Vorlesung auf Sie …«

Er dreht sich um und geht schnell, mit langen, lautlosen Schritten über den Rasen.

Wir verlassen das nach ungarischem Paprika duftende Restaurant an der Amsterdam Avenue und sitzen einander im Bus gegenüber, mit dem wir in den unteren Teil der Stadt fahren, in das Museum, in dem die um diese Jahreszeit abwesende Caroline arbeitet. Das war natürlich meine Idee. Der Professor will, daß ich ihm die Stadt zeige, womit sollte man also anfangen, wenn nicht mit der Farboase. Er ist für kurze sechs Wochen hergekommen – die Dauer des Sommerkurses –, und nach Ablauf dieser Zeit kehrt er nach Cincinnati zurück. (Cincinnati – in dem Namen klingen Glöckchen. Dieser Stadtname, so oft auf die länglichen Umschläge mit dem dunkelblauen Aufdruck »Luftpost« geschrieben. Genau solche blau umrandeten Briefe finde ich fast täglich in dem hölzernen Briefkasten. Viele Umschläge, viele Blätter, in hastiger, nervöser Schrift vollgeschrieben. Ich lese die Worte in ungeduldiger Eile, errate ihren Inhalt, und wenn ich sie gelesen habe, lese ich nochmals. Längliche weiße Umschläge und schmale Blätter füllen die Schubladen meines Schreibtisches, die Worte dringen tief in mein Gedächtnis ein. Cincinnati …)

An jenem Tag sahen wir uns gemeinsam die blauen Madonnen mit ihren vor Schmerz erstarrten Gesichtern an, regenbogenfarbene Engel in einem blaßgoldenen Himmel, Darstellungen von Christus mit der Dornenkrone mit Tropfen von dickem, rotem Blut, das an der verletzten Stirn haftet. Ich trat an die Bilder heran und zog ihn hinter mir her.

»Kommen Sie näher, noch näher. Diese Bilder sind ausgezeichnet, und man muß sie aus der Nähe betrachten. Jede Träne und jeder Nagel sind mit einem einzelnen dünnen Strich umrandet.«

Folgsam näherte er sich dem Leinen und kniff beim Betrachten seine grauen Augen zusammen.

»Sie haben recht«, sagte er, »aber auch ich hatte recht, um wieviel interessanter ist das als die Diskussion über ethische Probleme.«

Und als er sich von mir verabschiedete, sagte er: »Bitte, lernen Sie nicht so verbissen, ich habe den Eindruck, daß Sie zuwenig schlafen.« Und lächelnd fügte er hinzu: »Das betrifft natürlich nicht die Vorlesungen, ich würde mich freuen, Sie morgen wiederzusehen.«

»Ich werde bestimmt kommen, do widzenia.«

»Was haben Sie da gesagt?«

»Ich sagte: do widzenia, auf Wiedersehen.«

»Do widzenia, habe ich es richtig ausgesprochen? Ich werde versuchen, dieses Wort zu behalten. Bis morgen. Bitte, rühren Sie keine Bücher an.«

Wir verbringen ganze Tage miteinander. Nach jeder Vorlesung gehen wir zusammen unter dem Beschuß erstaunter Blicke hinaus. Die neugierigen älteren Damen tuscheln, das blonde Mädchen sieht mich mit unverhohlener Verachtung an, nur die Priester bleiben unberührt, unverändert vertieft in den weißblauen Band von Moores *Ethik*. Wir gehen zum Mittagessen ins nahe gelegene Restaurant, dann steigen wir in die ratternde U-Bahn, die uns nach Greenwich bringt. Wir tauchen in der Nähe des Washington Square aus dem Tunnel auf, und langsam durchmessen wir die engen Straßen, eingetaucht in die bunte Menge. Wir sehen uns die Schaufenster der Handwerksläden an, Antiquariate, kleine exklusive Buchhandlungen, wir bleiben vor Gemälden stehen, die entlang des Bürgersteigs aufgestellt sind. Der Professor stimmt jedem meiner Vorschläge begeistert zu und begleitet mich gern auf Entdeckungsreisen in die entlegensten Stadtviertel. Das leise Lächeln verschwindet niemals von seinen schmalen Lippen, und wenn er mich mit zusammengekniffenen Augen beobachtet, bin ich nicht sicher, ob er sich nicht über mich lustig macht. Er muß bemerkt haben, wie wenig ich kann, und sicher amüsiert er sich köstlich über meine Aussprachefehler.

Und dennoch leuchten seine Augen auf, wenn ich verspätet in den Vorlesungssaal schlüpfe, und wenn ich mich auf den gewohnten Platz zwischen die korpulenten Lehrer setze, hält er einen Augenblick inne und lächelt mir zu. Nach der Vorlesung, immer noch unter den bohrenden Blicken der vier älteren Damen und des verächtlichen blonden Mädchens, beugt er sich zu mir herüber und fragt mich halblaut:

»Würden Sie mit mir essen gehen?«

»Natürlich.«

Nach dem Essen gehen wir in den Park am Fluß, und über eine Treppe, die sich zwischen auf Fels wachsenden dürren Bäumen windet, steigen wir hinunter zum Ufer des Hudson. Der Tag ist außergewöhnlich heiß, und ich habe keine Lust auf lange Ausflüge. Ich lege mich in den tiefen Schatten unter eine ausladende Kastanie. Der Professor hat sich neben mich ins Gras gesetzt. Graue Eichhörnchen umkreisen den Stamm des benachbarten Baumes, ein paar Meter weiter spielt ein Grüppchen puertoricanischer Kinder. Ich bin entspannt und fühle mich wohl, mit halbgeschlossenen Augen beobachte ich die Eichhörnchen und die Kinder. Lange Zeit verharren wir schweigend, schließlich hebe ich meinen Blick zu seinem Gesicht. Er ist ernst, die ironischen Funken sind aus seinen Augen verschwunden, er sieht mich aufmerksam und zärtlich an.

»Ich sollte keine ganzen Tage in Ihrer Gesellschaft verbringen, Sie gefallen mir immer mehr.«

Die grauen Eichhörnchen sind auseinandergestoben, ich sitze ihm jetzt gegenüber, und meine Lippen zittern, als ich ihn frage:

»Warum sollten Sie nicht?«

»Ich habe Familie in Cincinnati.«

»Kinder?«

»Ja, drei.«

»Wenn Sie es nicht sollten, dann werden Sie auch keine Tage mehr mit mir verbringen. Ich werde mich bemühen, es Ihnen zu erleichtern.«

Am nächsten Tag fahre ich, statt wie gewöhnlich zur Vorlesung zu gehen, mit der überfüllten Bahn Richtung Brooklyn. Mein Ziel ist Coney Island, der größte Vergnügungspark New Yorks, direkt am Ufer des Ozeans gelegen. »Dieser Ort verkörpert alles, was der menschliche Verstand gegen sich selbst auszudenken vermocht hat«, habe ich dir einmal geschrieben. Die Maschinen quietschen bei ihren Bewegungen, aus den Instrumenten dringen lärmende Geräusche, Attrappen tun den Augen mit ihren grellen Farben weh. Die Technik hat sich mit primitivsten Neigungen verbündet, und zusammen haben sie eine Elephantiasis aus Schmutz, Lärm und Menschenmenge produziert. Es fehlt hier auch nicht an Repräsentanten der Humanwissenschaften. Neben dem Wachsfigurenkabinett liegen die Bude der Wahrsagerin, die in sage und schreibe sieben Sprachen weissagt, und die des Hellsehers, der fehlerlos – wie die Reklame anpreist – die Zukunft voraussagt. Ich gehe an dem schwindelerregend hohen Teufelsrad vorbei, dann an der Geisterbahn – es dringen ungewöhnlich unangenehme Geräusche heraus – und am Autoscooter – kleine Autos stoßen mit einem Knall zusammen, zur Freude der Fahrer und der aufgeregten Zuschauer. Aus den Lebensmittelbuden steigen stickige Rauchschwaden hoch – Grillwürstchen und gekochte Maiskolben verströmen einen nicht gerade angenehmen Geruch. Ich laufe durch müllübersäte Straßen zwischen langbeinigen schwarzen Männern und Frauen in grellen Kleidern, über einen Holzsteg gehe ich hinunter zum Strand. Der schmutzige Sand ist mit Körpern übersät. Kleine, dunkelhaarige Puertoricanerinnen hantieren herum, von Kinderscharen umgeben, alle naselang rennt eine von ihnen schreiend zum Wasser und fischt ein Kleinkind heraus. Das Weinen der Kinder mischt sich mit dem Lärm der mechanischen Instrumente und dem Rauschen der auf das Ufer schlagenden Wellen.

Als ich abends nach Hause komme, finde ich in meinem Briefkasten einige vom Professor vollgeschriebene Blätter. Er war dreimal hier, bittet mich, ihn anzurufen. Mein Kopf ist schwer von der Sonne, ich spüre den Sonnenbrand auf meinem Rücken. Langsam gehe ich an den Telephonkabinen vorbei, fahre mit dem Fahrstuhl in den siebten Stock hoch und lege mich aufs Bett, den Kopf ans Fensterbrett gelehnt. Aus meinem unruhigen Schlaf weckt mich das schrille Klingeln des Telephons. Ich nehme ab.

»Ich war nicht in der Vorlesung, weil ich zum Sonnenbaden nach Coney Island gefahren bin. Ich werde nicht mehr zu Ihren Vorlesungen kommen. Ich werde alles allein lernen und erst zur Prüfung erscheinen.«

Seine drängende Stimme am anderen Ende der Leitung:

»Ich bitte Sie, kommen Sie weiter zu meinen Vorlesungen, ich werde Ihre Zeit nicht mehr beanspruchen, wenn Sie es nicht wünschen.«

Ich gehe zu den Vorlesungen. Ich versuche, zu spät zu kommen, schlüpfe als letzte in den vollen Saal und setze mich in eine entlegene Ecke, weit weg von seinem Platz. Wenn es klingelt, springe ich als erste auf und gehe zusammen mit den älteren Frauen zum Fahrstuhl, ohne mich noch einmal umzusehen. Ich laufe am Rasen vorbei, nehme zwei breite Stufen auf einmal, ich laufe, bis mir der Atem in der Kehle stockt, bis mein Herz anfängt, schnell und heftig zu pulsieren. Am nächsten Tag gehe ich wieder zur Vorlesung. Ich tue, als bemerkte ich sein Lächeln nicht, wenn ich in den bereits stillen Saal komme, seine Augen, die nicht von mir ablassen. Ich sitze da, den Kopf tief über mein Buch gesenkt. Ich betrete den vollen Saal, und beim Klingeln laufe ich hinaus. Ich laufe über den Flur zum Fahrstuhl, fahre hinunter, und gleich vor dem Eingang zum Pavillon, gegenüber dem Rasen mit der steinernen Rodin-Skulptur bleibe ich stehen. Ich warte auf ihn, während er noch mit dem Priester ein weiteres ethisches Problem erörtert. Ich kann nicht fortgehen, ich setze mich auf den Rasen unter die Steinstatue – ich warte.

Es vergehen schwüle New Yorker Nächte. Die aufgeheizten Häuserwände strahlen die Sonnenwärme ab, die Erde ist warm, die Luft haftet klebrig an der Haut. Nur auf dem Riverside Drive weht ein leichter, feuchter Wind vom Fluß her. Wir gehen an der hohen Mauer entlang zu meinem Wohnheim. Es ist schon sehr spät, und morgen früh fährt er zurück nach Cincinnati. Die Vorlesungen sind heute zu Ende gegangen. Einige Schritte vor dem Eingang bleibe ich stehen und bitte:

»Bleib hier, ich gehe alleine weiter, es fällt mir sehr schwer, denn siehst du, ich fürchte, ich liebe dich.«

»Ich will, daß du mich liebst.«

»Ich gehe alleine weiter, leb wohl.«

Ich gehe an der hohen Mauer entlang und blicke nicht zurück.

XI

Silver Lake ist ein stiller, von Seerosen zugewachsener See. Flach und warm liegt er in dem ovalen Tal zwischen den nicht allzu hohen Bergen von New Hampshire. Die Berghänge sind von Fichten bewachsen, zwischen ihren dunkelgrünen Wipfeln schimmern helle Flecken durch; die Birken färben sich um diese Jahreszeit schon gelb, die Ahorne werden rot. Wir sitzen auf der Terrasse eines grünen Hauses, der See direkt zu unseren Füßen scheint in der klaren Luft zu glänzen: Ranuka in einem zarten, violetten Sari, die Chinesinnen, alle mit gleichmäßig flachen Gesichtern, unsere Gastgeber – eine tapfere sechzigjährige Amazone und ihr behinderter Mann mit den gelähmten Beinen.

Vorgestern bin ich auf Einladung der Leitung des Smith hierhergekommen. Der Bus schleppte sich über die glatten Autobahnen durch den ebenen Teil des Staates New York, durch die vertrauten Hügel von Massachusetts; wir fuhren den um diese Jahreszeit ruhigen, in den flachen Ufern kauernden Connecticut entlang, und über eine gewundene Bergstraße erklommen wir die Höhe des Silver Lake. Die Hausherrin – eine emeritierte Lehrerin – begrüßte mich überschwenglich und gab mir für den zweiwöchigen Aufenthalt das schönste, geräumigste Zimmer; ein riesiges Ehebett, altmodisch geschwungene Kommoden, ein antiker Tisch, den ich sogleich mit Büchern überhäufte, Musselinvorhänge vor den Fenstern, weiter unten der See ...

Die ältere Frau steht vom Stuhl auf und kehrt nach einer Weile mit einem gestickten roten Schal zurück, legt ihn mir fürsorglich um die Schultern und fragt, ob ich nicht ein zweites Kissen bräuchte.

»Nein«, danke ich, »es ist bequem so ...«

Es dämmert. Ein violetter Schatten kriecht aus dem Tal und erklimmt die sanften Berghänge. Zwischen den dunklen Blättern der Seerosen glänzt das Wasser stählern, kalt. Die Abenddämmerung verleiht ihm Tiefe, der See und die umliegenden Berge wirken in der Dämmerstunde bedrohlich.

»Chacoroa ...« Unser Gastgeber stemmt sich in seinem Stuhl hoch – die lahmen Beine zucken unter der Decke –, indem er sich mit der einen Hand kräftig auf die Stuhllehne stützt, die andere, dürr und knochig, reckt er vor und zeigt auf den felsigen Gipfel auf der gegenüberliegenden Seite des Sees.

»Das ist Chacoroa, nach dem Indianerhäuptling benannt. Vor dreihundert Jahren löschten die Weißen seinen Stamm aus. Er wollte sich nicht ergeben, floh in die Berge. Sie sind ihm bis hierher gefolgt und haben ihn auf dem Gipfel umzingelt. Da stürzte er sich in den See.«

Die knochige Hand fällt auf die Lehne zurück. Auf der gegenüberliegenden Seite des Wassers wirkt das dunkle Chacoroamassiv wie ein gefährlicher Himalajagipfel, der See wie ein Ozean voller todbringender Strudel. Wir glauben an den Tod des Indianerhäuptlings, wir bewundern seine Entschlossenheit und denken nicht daran, daß die gastliche Sommerresidenz des Smith von den Nachfahren der grausamen weißen Siedler erbaut wurde. In der Augustdämmerung streift die Legende die Geschichte so leicht wie der Strahl des aufgehenden Mondes die Oberfläche des dunklen, zitternden Wassers. Wir sitzen schweigend da: die dunkelhaarige Ranuka, die Chinesinnen mit ihren runden, reglosen Gesichtern und ich mit meiner gerade erst verheilten Narbe. Gegenüber von uns liegt Chacoroa – zwischen den Blättern glitzert das Wasser ganz nah, lockend …

»Erschreckt euch nicht«, sagt unsere Gastgeberin, »sie machen sich gleich zur Jagd auf, sie wohnen hinter der Lehne der Bank.«

Eines nach dem anderen schieben sich dreieckige Schnäuzchen hinter der geschnitzten Lehne hervor, und plötzlich huschen raschelnde Flügel an unseren Haaren vorbei.

»Eine Fledermaus, eine Fledermaus!« ruft Ranuka und wirft den locker herunterhängenden Saum ihres Saris über den Kopf. Auch ich bedecke meinen Kopf mit dem roten Schal, und nur die Chinesinnen rühren sich nicht, mit ihren schmalen Augen beobachten sie den Flug der Fledermäuse. Nichts kann sie aus der Ruhe bringen, in ihrer raschelnden Sprache tauschen sie Bemerkungen aus, wahrscheinlich beurteilen sie die Schnelligkeit und Leistung des beobachteten Fluges.

Diese Mädchen sind vollendet positiv, seit langem schon imponieren mir ihre Beherrschung und ihr Fleiß. Sie haben Unmengen von Physik- und Mathematikbüchern mitgebracht, und sie widmen alle Vormittage, gleich, wie das Wetter ist, dem Lernen. Auf kleinen Zetteln notieren sie sorgfältig und sauber komplizierte Gleichungen. Ich sehe ihnen zu und verstehe nichts: weder die Physik, die sie restlos in ihren Bann zieht, noch ihre ausschließliche Beschäftigung mit dem Lernen, was bis vor kurzem auch mein Tun war. Sie lernen, als würde der Silver Lake nicht unmittelbar vor der schmalen Terrasse des Hauses silbern schimmern, denke ich, und als wäre niemals ein Indianerhäuptling, von weißen Siedlern umzingelt, von dem felsigen Gipfel des Chacoroa gesprungen.

Und erst wenn die untergehende Sonne die dunklen Baumwipfel berührt und sie dabei für einen ganz kurzen Moment aufhellt, geben sie meinem Drängen nach; über einen gewundenen Pfad gehen sie zum See hinunter. Sie machen das weiße Boot los, und während ich die biegsamen Stengel der Seerosen heranziehe, rudern sie ausdauernd und singen mit dünnen Stimmen melodische chinesische Lieder. »Das ist der Blumengesang«, erklären sie, »und das der Schmetterlingsgesang.« In ihren schwingenden, hohen Stimmen klingt eine bekannte, vertraute Note mit: »Formosa ist das schönste unter allen Ländern«, sagen sie, »in unserer Heimat duften die Blumen am süßesten.«

Eine Stunde nach Sonnenuntergang kühlt sich die Luft plötzlich ab; durch die gläserne Schiebetür treten wir ins Wohnzimmer und setzen uns in die weißen Sessel um den Marmorkamin. Das Feuer springt über die Fichtenscheite, spitzt die Gesichtszüge des alten Mannes im Rollstuhl, erhellt den Schein um den Kopf unserer Gastgeberin, holt die kleinen Statuen der sitzenden Chinesinnen aus dem Halbdunkel, purpurrot scheint der violette Sari von Ranuka durch.

Ranuka steht uns gegenüber, mit dem Rücken zum Feuer, und erzählt von Kalkutta: »In meinem Land ist es sehr heiß, und sogar in der Abenddämmerung ist die Luft aufgeheizt, und die steinernen Häuserwände sind warm. Wir haben natürlich im ganzen Haus Klimaanlagen, und im Sommer, wenn die Hitze uns am meisten zu schaffen macht, fahren wir in die Berge. Wir haben dort ein zweites Haus, ja, eigentlich zwei, denn eins davon ist für die Bediensteten. Es gibt dort besonderes Geschirr und Besteck, das die Nichtvegetarier benutzen. Diese Leute bedienen uns, sie dürfen jedoch nicht in unserem Haus essen. Wir ernähren uns ausschließlich von Gemüse und Obst, wir haben wundervolle Plantagen und Obstgärten, Fleisch rühren wir nie an …«

Ranuka verscheucht vorsichtig eine Mücke, die, angelockt von dem Licht, durch die offenstehende Tür hereingeflogen ist und neben ihrer dunklen Wange kreist. Dieses bissige kleine Insekt teilt ganz offenkundig nicht ihre vegetarischen Vorlieben.

»Warum erschlägst du sie nicht«, rufe ich aus, »sie sitzt auf deinem Ärmel!«

»Man darf keinem Lebewesen das Leben nehmen«, sagt Ranuka strafend, »man darf nichts für sich nutzen, was zu einem anderen Leben gehört.«

Schweigend blicke ich auf ihren violetten Sari, der aus dem Kokon der Seidenraupe gefertigt ist, und auf die vergoldeten Sandalen aus Kalbsleder, die sich weich an die gebräunten Füße schmiegen. Ich denke an die großen Plantagen, auf denen vor Hunger erschöpfte indische Männer arbeiten. Ob sie wohl auch über Klimaanlagen in ihren Häusern verfügen, und ob die Mais-Reis-Diät für sie nicht traurige Notwendigkeit ist?

Mit einer sanften Geste verscheucht Ranuka die Mücke von ihrem glatt zurückgesteckten Haar.

Östliche Widersinnigkeiten – allgemeingültige Widersinnigkeiten von Dogma und Wirklichkeit. Wie schwer es mir doch fällt, das zu verstehen, was sich in Ranukas glatt gekämmtem Kopf und den einander wie zwei Orangen gleichenden dunkelhaarigen Köpfen der Chinesinnen abspielt. Die einfachsten Gesetze der Logik prallen wie Gummibälle an der harten Mauer aus Überzeugungen ab, die ihnen eingeimpft worden sind. Die Physik, die sie so eifrig studieren, hat nicht vermocht, ihrem unerschütterlichen Glauben auch nur den geringsten Abbruch zu tun. Die Tradition ist zusammen mit ihnen gewachsen, und jede von ihnen hat ein Stück lebendiger, pulsierender Heimat mit über den Ozean gebracht. Was weiß ich schon vom aufgeheizten tropischen Kalkutta, was von Formosa, das am süßesten nach Blumen duftet!

Als wir am nächsten Tag über einen von Birken gesäumten Weg zu der Wiese gelangen, auf der Picknicktische aufgestellt worden sind, springe ich aus dem Auto und pflücke händeweise vertrauten violetten Klee. Ich flechte zwei Kränze daraus, schleiche mich an die Chinesinnen heran und lege sie auf ihre Köpfe.

»Was tust du da!« rufen sie entsetzt aus und zerren die Blumen von ihrem Haar. »Weißt du denn nicht, daß man in unserem Land nur Kränze trägt, wenn die Eltern sterben! Violette Blumen sind Zeichen tiefster Trauer!«

Ich wußte es wirklich nicht, in meinem Land bedeuten Blumen Freude, kleine Mädchen tragen oft Kränzchen im Haar.

»Was für ein Land, und was für Sitten!« Die Chinesinnen stülpen verächtlich ihre Lippen vor und schieben die verhaßten Kränzchen mit ihren zierlichen Füßen beiseite.

Ich hebe sie auf und drücke die Blumen an mein Gesicht. Sie duften intensiv, süßlich. Und es ist doch mein Land, denke ich, mein Land, nach dem ich mich sehne, wenn ich auf den violetten Klee und die Birken am Wegesrand schaue, die sich in dieser Jahreszeit gelb färben. Es ist nicht so schön und nicht so reich wie Amerika, aber es ist meins. Was geht mich Kalkutta an, von dem Ranuka jeden Abend erzählt, was geht mich die Blumeninsel Formosa an. Was habe ich von der Schönheit des silbernsten aller Seen, in dem ein armer Indianerhäuptling den Tod gefunden hat. Ich blicke auf den dunklen Gebirgsstreifen, der den Horizont abschließt, und sehne mich, mein Freund, nach dem vom Regen aufgeweichten Weg, an dem ein paar dumme einäugige Weiden stehen.

Es gibt verschiedene Arten von Rückkehr – diese hatte nichts von freudiger Erregung, keinerlei Emotionen begleiteten sie. Nicht die kleinste Faser meines Herzens regte sich, als ich die mit rotem Wein bewachsenen Internatsmauern sah, die wundervollen Bäume vom Smith, die glatten, gleichmäßig zugeschnittenen Rasenflächen. Mit dem Koffer in der Hand ging ich durch die mit flauschigem Teppichboden ausgelegte Halle, antwortete zum hundertstenmal auf die stereotype Frage – ja, danke, die Ferien waren wunderbar. Ich schloß die Zimmertür hinter mir und setzte mich auf das unbezogene Bett.

Mein Freund, wo bist du – lächle mir zu, hebe ironisch die Winkel deiner vorgestülpten Lippen. Schimpf mich aus, oder rüttel mich fest am Arm. Erlaube mir nicht, untätig auf dem unbezogenen Bett zu sitzen, im staubigen Zimmer, erlaube mir nicht, die glatte Wand mit den lange vergessenen Mustern anzustarren. Aus der gleichförmig grünen Tapete wird nicht plötzlich ein Pferdekopf auftauchen, kein Vogel wird auf weit ausgebreiteten Flügeln angeflogen kommen, um mir Gesellschaft zu leisten. Ich bin allein – die heiteren Stimmen hinter der Wand dringen nicht zu mir, die Sonne, die schräg durchs Fenster hereinfällt, scheint vergebens auf meinen gebeugten Rükken. Ich spüre die Wärme der guten Herbststrahlen nicht, ich höre nicht das Lachen der glücklichen Mädchen, ich sitze allein da, mein Freund, im leeren Zimmer, und jeder Gedanke schmerzt mich.

Die dicken Einbände in den Regalen der Bibliothek ziehen meine Augen nicht mehr an, lustlos schaue ich auf die sich stapelnden Bücher, lustlos nehme ich sie in die Hand. Was sollten sie mir noch zu sagen haben? Auf welche Weisheit könnte ich beim Lesen der Tausende noch unbekannter Bücher stoßen? Auf welche Wahrheit? Existiert wenigstens eine, die mir helfen würde zu leben? Und wenn nicht, ist dann meine Mühe, mir soviel Wissen wie möglich anzueignen, nicht vergeblich? Aus meinen verbitterten Gedanken entsteht ein neuer, trotziger Wunsch; ich beschließe herauszufinden, wieviel das Lernen wert ist.

Den Studienplan für dieses Jahr fülle ich mit Kursen in Methodologie und Ethik. Ich weiche nur in einem einzigen Fall von der streng abgesteckten Linie ab, ganz unten auf dem Antragsbogen trage ich Shakespeares Dramen ein. Ich will sie noch einmal lesen. Sie beinhalten weder logische Tatsachen noch allgemeingültige Normen, doch ihre elementare Freude, ihr Schmerz sind mir nur allzu nah. Aus der Bibliothek hole ich Shakespeares *Gesammelte Werke*, und in der Bettecke sitzend, ein dickes Wörterbuch auf dem Schoß, beginne ich das Studium mit ebendiesem Buch.

Der mit schwierigen englischen Ausdrücken gespickte Text wird mir schon nach wenigen Tagen vertraut und nah. Ich lese mehrmals die gleichen Szenen, ich kenne die in den Dialog eingeflochtenen Sonette auswendig, und meine Gleichgültigkeit löst sich in Tränen auf, wenn ich den Professor die grausamen Worte König Lears rezitieren höre. Ich identifiziere mich mit der armen Cordelia, und als ich den Kopf tief senke und meine Augen verberge, damit niemand meine Tränen sehen kann, spüre ich eine leichte, warme Berührung auf meinem Handgelenk. Ich blicke zur Seite und sehe schmale braune, ebenfalls mit Tränen gefüllte Augen. Ich hatte das Gesicht dieser Japanerin nie zuvor gesehen. Für gewöhnlich sah ich von meinem Platz aus nur ihr gesenktes Profil, ihr dunkles Haar, das locker zusammengebunden auf ihren Rücken fiel. In ein dickes Heft schrieb sie irgendwelche Zeichen – das griechische Alphabet? –, sie war so vertieft, daß ich es nie gewagt habe, sie zu stören. Ich setzte mich neben sie, warf zufällige Blicke auf ihren geneigten Kopf und kehrte zu meiner Lektüre zurück. Erstaunt blicke ich auf ihr sanftes ovales Gesicht, auf die vollen, weich geschnittenen Lippen – zittern sie etwa? –, auf die schrägen, feucht schimmernden Augen. Die Worte des Professors dringen nicht zu mir, ich lächle, schmecke dabei den salzigen Geschmack von Tränen und schließe meine Finger fest um die kleine braungebrannte Hand.

Und jetzt gibt es ganze Tage mit Yasuko, Morgen mit Yasuko und Abende. Sie kommt gleich morgens gelaufen, um mich auf dem Weg zu den Vorlesungen zu begleiten, im Lesesaal setzt sie sich mit einem Buch neben mich, geduldig hört sie meinen nicht enden wollenden Monologen über Wert und Sinn des Lernens zu, und gemeinsam mit mir verspürt sie – Sehnsucht. Auch sie hat vor zwei Jahren ihre Heimat verlassen – bis zur Beendigung ihres Studiums fehlen ihr noch volle drei Jahre –, in einem der Tokioter Vororte hat sie ihr Haus, ihre Mutter und ihre Geschwister zurückgelassen. Yasuko zeigt mir kleine Schnappschüsse, es ist immer die gleiche Szenerie aus einer Puppenstube: das steil abfallende Dach, der winzige Garten mit gestutzten kleinen Bäumen, die gleichen flachen Gesichter mit hervorstehenden Wangenknochen und schrägen Augen, die Yasukos Augen ähneln. Auch ich hole meine Familienphotos aus der tiefen Schublade, und Yasuko forscht in den Gesichtern ihrer und meiner Liebsten nach ausgesuchten Ähnlichkeiten. Ich vergleiche die Photos, die sie zusammengestellt hat: Nein, doch nicht, die dunklen Japaner mit den schrägen Augen ähneln meinen blonden Geschwistern überhaupt nicht, lediglich Yasukos Sehnsucht ähnelt so sehr meiner.

Yasuko errät meine Gedanken und Stimmungen. Wenn sie morgens gelaufen kommt und mich im Bett liegend vorfindet, den Kopf im Kissen versteckt, dann weiß sie, daß neben mir ein weißer Umschlag liegen müßte. Die Briefe ... sie kommen zwei-, dreimal wöchentlich, enthalten einige in hastiger, nervöser Schrift vollgeschriebene Seiten, nähren meine unvernünftige Hoffnung, entfachen meine Auflehnung. Yasuko tröstet mich nicht, sagt nichts, setzt sich neben mich und berührt mit ihrer kleinen, warmen Hand meinen Arm.

Ich schreibe zurück. Ich verbringe schlaflose Nächte, suche die treffendsten Ausdrücke aus dem Wörterbuch, schreibe von meiner Resignation, meinem Schmerz, meiner Sehnsucht. Ich schreibe, daß Worte mehr verletzen als Schweigen, daß mein Hunger zu groß ist, als daß ihn auch noch so dicht beschriebene Seiten stillen könnten. Ich schreibe, wir sollten einander nicht schreiben, und in schmerzlicher Anspannung warte ich auf einen neuen Brief.

Yasuko wartet geduldig, bis ich mir das Gesicht gewaschen und die verstreuten Bücher aufgeräumt habe, und wenn ich fertig zum Gehen in der Tür stehe, fragt sie mich mit lieblicher Stimme: »Laß uns vor der Vorlesung ein wenig spazierenfahren, ja?«

Wir leihen uns Fahrräder von den Mädchen und verlassen über die mit gelbgefärbten Blättern bedeckte Straße die Stadt. Der Herbstwind bläst uns mitten ins Gesicht. Er ist kühl, von den Bäumen, die an der Straße wachsen, hat er schon alle Blätter heruntergerissen. Ich fahre immer schneller. Yasuko kommt nicht mit. Ich höre nicht auf ihre Rufe, ich fahre noch schneller und spüre, wie mein Herz beginnt, gefährlich zu flattern. Die vertraute Atemnot kriecht mir in die Kehle. Ich schnappe mit weit geöffnetem Mund nach Luft und lausche befriedigt den dumpfen, unregelmäßigen Schlägen.

Es ist also doch nicht gesund, denke ich erleichtert und lächle Yasuko zu, die es endlich geschafft hat, mich einzuholen.

Die Wellenlinien von Diagrammen betreiben gern Hochgebirgskletterei, zumeist meinen wir, die Zukunft müßte schöner und besser sein. Ich dachte nicht über die Zukunft nach, mein Freund, als ich an einem Herbstabend Stipendienanträge ausfüllte. Die Professoren hatten mich auf die Idee gebracht: Durch listige Fragen haben sie mir den Gedanken untergeschoben, daß ich mich um das nächste Stipendium bewerben sollte, sie versicherten, ich hätte alle Chancen, das Studium in den Staaten weiterzuführen, und automatisch, willenlos, akzeptierte ich ihren Plan. Diese Menschen, deren Herzen ich vor einem Jahr mit meiner wahnsinnigen Sturheit gewonnen hatte, mit der ich die sprachlichen Schwierigkeiten überwand, glaubten weiterhin an meine ungewöhnliche Begabung. Sie ließen sich nicht durch die Tatsache abschrecken, daß meine diesjährigen Noten unter den Schnitt gerutscht waren. Sie deuteten zwar an, ich könnte mehr lesen oder ein nicht besonders kompliziertes Thema besser erarbeiten, im allgemeinen waren sie jedoch der Meinung, daß sich an meiner Einstellung nichts geändert hätte. Die schlechteren Noten schrieben sie meiner Erschöpfung zu, entschuldigten mich, ohne sich bewußt zu sein, daß mir ihre Meinung egal geworden war. Sie schrieben viele schöne Empfehlungsschreiben für mich, und jetzt, da ich sie gerade wieder lese, mein Freund, lächle ich über die edle Naivität dieser zweifellos großen Köpfe und Herzen. Du weißt am besten, wie wenig ich von einem Wissenschaftler habe, nie hatte. Das Lernen ist und bleibt eine Wiese für mich, über die zu laufen und dabei hier und dort eine Blume zu pflücken guttut, doch die Eindringlichkeit eines Forschers, die einen Einblick in die Existenz der allerkleinsten Pflanze erfordert, die systematische Analyse der Form von Blättern und Wurzeln, das Vordringen zu den Quellen lebenspendender Säfte, das Sortieren von fleißig angehäuftem Material und das Ziehen (ach!) von Schlüssen –, werden meiner dilettantischen, impulsiven Natur für immer fremd bleiben. Würde Liebe allein reichen, mein Freund, würde ich das Lernen lieben, doch die Liebe ist ein Nichts, ohne besondere Begabungen und ohne das größte aller Talente – die Geduld.

Folgsam habe ich die Formulare ausgefüllt, sie in längliche Umschläge mit dem Aufdruck des Smith College gesteckt, und als sie alle entsprechend prall gefüllt und zugeklebt waren, trug ich sie zur Post. Sie sind an zwölf Universitäten der Vereinigten Staaten gegangen und haben mein entstelltes, durch die Empfehlungsschreiben der Professoren wunderbar retuschiertes Bild mitgenommen. Mit den Antworten konnte man Mitte April, in langen fünf Monaten, rechnen.

Unterdessen jedoch, als ich wie jeden Morgen die Treppe hinunterlief, um in den braunen Briefkasten zu schauen, fand ich statt eines vertrauten Briefes ein zusammengefaltetes dünnes Blatt – ein Telegramm von Caroline. Ihr Vater war plötzlich gestorben und die Beerdigung für morgen festgesetzt. Als ich langsam die Treppe hochging, dachte ich an den zwar schon älteren, jedoch noch energischen Mann mit seiner weit vernehmbaren Stimme und dem strengen, durchdringenden Blick. Seine kantigen Handbewegungen wurden sanft, wenn er den Arm seiner blinden Frau berührte; wenn er zu ihr sprach, senkte er seine rauhe Stimme zu einem Flüstern. Caroline beachtete er nicht weiter; er hatte seine eigenen Ansichten bezüglich der Emanzipation von Frauen, und er fand nicht, daß Bildung für seine Tochter unbedingt notwendig sei. Der Unterschied in den Ansichten, der sich zwischen ihnen aufgetan hatte, als Caroline ernsthaft Pläne fürs College machte, führte zum Streit, und infolgedessen kühlte sich ihre Beziehung zu den Eltern ab. Was Caroline wohl fühlen mag, jetzt, da ihr Hauptwidersacher nicht mehr lebt? Versucht sie nicht, ihn postum und vergeblich zu überzeugen, daß sie seine Gefühle wirklich nicht verletzen wollte? Fragen türmen sich in meinem Kopf, und auf dem Treppenabsatz beschließe ich, noch heute, nach der letzten Vorlesung, nach New York zu fahren.

Abends bringt Yasuko mich zum Bahnhof. Pünktlich um acht rollt der grüne Zug auf den Bahnsteig, und ich steige in den beinahe leeren Waggon. Ich wähle einen

Fensterplatz in der Mitte des langgezogenen Abteils, stelle den Sitz in halbliegende Position und lege meinen Kopf auf das weiche Polster. Ich schließe meine Augen und lausche dem monotonen Rattern der Räder, kurze Zeit später falle ich in einen quälenden Halbschlaf. Ich höre Spaten, die dumpf und gleichmäßig auf gefrorene Erdbrocken schlagen. Männer in grauen Uniformen heben ein Grab aus. Für wen? Für meinen Mann? Für Carolines Vater? Immer höher türmt sich der Hügel aus gelber Erde, das rechteckige Loch klafft tief. Der an dicken Seilen aufgehängte Kiefernsarg schwankt unsicher, senkt sich. Schneller, immer schneller arbeiten die Totengräber. Das Eisen der Spaten schlägt gleichmäßig auf die gefrorene Erde. Sie schaufeln das Loch zu, glätten den rechteckigen Hügel mit den Spaten. Der Wind zerrt an den goldenen Bändern der Fichtenkränze. Das Klopfen hört auf. Ich öffne die Augen, der Schaffner beugt sich über mich und berührt leicht meinen Arm.

»Madam, wir sind in New Heaven, wenn Sie nach New York fahren wollen, steigen Sie bitte schnell in den Zug da um.«

Carolines Vater liegt in der Kapelle des Bestattungsunternehmens, in einem mit Atlas ausgekleideten großen Sarg. Sein Gesicht hat einen ruhigen, heiteren Ausdruck. Die Lider und Lippen sind dicht verschlossen, die Wangen mit hautfarbener Schminke überzogen. Um ihn herum wurden Unmengen von Blumen aufgestellt, Rosenkränze aufgehängt, zu Füßen des Sarges liegen rote Nelken. »Warum weinst du?« frage ich Caroline, die an meiner Schulter schluchzt. »Schau, wie ruhig er ist, er hat bestimmt alle traurigen Dinge vergessen, die ihn zu Lebzeiten quälten.« Ich trete näher an den Sarg, betrachte gierig das reglose Gesicht, als wollte ich die Glaubwürdigkeit meiner eigenen Worte überprüfen. Caroline, die sich an meine Hand klammert, wendet den Blick ab und schluchzt noch verzweifelter.

Ein schwarzgekleideter Mann mit makellos weißen Handschuhen betritt die Kapelle. Mit ernstem Blick umfängt er die um den Sarg versammelten Verwandten und Freunde des Verstorbenen.

»Es ist Zeit, meine Herrschaften, die Wagen warten …«

Wir gehen in die mit rotem Teppichboden ausgelegte Wartehalle. Der Mann mit den Handschuhen schließt die Kapellentür, umfaßt den Arm von Carolines Mutter und führt sie würdevoll, aber entschlossen zu einem langen schwarzen Auto. Einige ähnliche Autos warten auf die übrige Familie. Wir steigen ein, von den Gesten weißer Handschuhe zur Eile getrieben, umfahren die Stadt und fahren nach einigen Minuten vor dem Friedhofstor vor.

»Hier entlang, meine Herrschaften, bitte folgen Sie mir«, der schwarze Mann formiert uns zu einem Zug, und über eine gewundene kleine Allee führt er uns tief in den Friedhof hinein. Wir ziehen an mehreren Gräbern vorbei und halten auf ein Zeichen, das uns der weiße Handschuh gibt. Ja, hier ist es: Über dem vorbereiteten Loch steht der mit Blumen bedeckte Sarg.

»Und jetzt gehen Sie bitte zu den Autos zurück«, der weiße Handschuh weist in die entgegengesetzte Richtung, der schwarze Anzug verwehrt den Zugang zum Grab.

»Nein, nein, ich will es sehen!« beharrt Caroline.

Sie zieht ihre Hand unter dem Arm ihrer Mutter weg, geht an dem dunklen Mann vorbei und bleibt direkt am Rand des Grabes stehen. Der schwarze Mann zögert einen Augenblick, dann geht er schnell zum Sarg und drückt auf einen unter den Blumen verborgenen Knopf. Majestätisch, langsam senkt sich der Sarg ins Grab. Caroline weint leise und wirft die neben dem Erdloch liegengebliebenen Blumen in den Graben.

Im Haus des Verstorbenen machen sich die Verwandten zu schaffen. Sie haben viele Lebensmittel mitgebracht, und jetzt, nachdem sie die traurige Pflicht erfüllt haben, stillen sie ihren gesunden Appetit. Sie betrachten einander interessiert und fragen sich gegenseitig nach den Schicksalen ihres Lebens aus. Viele von ihnen haben sich seit langem nicht gesehen, sie sind eigens zur Beerdigung aus entlegenen Ecken des Landes angereist. Der Tod, der auf solch brutale Weise einen von ihnen aus ihrer Mitte gerissen hat, hat bewirkt, daß sie sich alle unter einem Dach getroffen haben.

»Ich denke, deine Abwesenheit wird niemandem auffallen«, sage ich zu Caroline, die zwischen den Verwandten umherschleicht, »komm mit.«

Durch die Küchentür gehen wir auf die Veranda hinaus und setzen uns auf die kleine Steintreppe. Tränen laufen über Carolines Gesicht.

»Warum weinst du, Caroline, warum bedauerst du diesen Tod? Denk daran, daß ihm jetzt nichts mehr weh tut, daß er nie wieder traurig sein wird.«

»Ich war nicht gut zu ihm«, stößt Caroline hervor, und ihre Worte werden von einem neuen Tränenstrom begleitet.

»Caroline, du konntest wirklich nicht anders handeln. Woher willst du wissen, daß dein Vater in der Tiefe seines Herzens nicht stolz auf dich war? Vielleicht verbot ihm nur sein Stolz, seine einmal gefaßte Meinung zu ändern. Und überhaupt, ist das denn jetzt noch wichtig, jetzt, wo er seine Ruhe gefunden hat und keinerlei Groll gegen dich hegt? Erinnerst du dich an sein Gesicht, dort, in der Kapelle?«

Carolines Augen trocknen nur langsam, den müden Rücken hat sie gegen die Eisenbrüstung der Veranda gelehnt.

Am nächsten Morgen lasse ich sie allein am Bahnhof zurück. Aus dem Zug gelehnt sehe ich, wie sie, schlank und dunkel, ihre weiße Hand in einer Abschiedsgeste hebt. Ich schaue durchs Fenster, bis der Zug in einen Tunnel fährt. Als die Fenster endgültig dunkel werden und das elektrische Licht im Abteil eingeschaltet wird, setze ich mich in den weichen Sessel und schließe die Augen. Zum erstenmal seit vielen Monaten umfängt mildtätige Ruhe meine Gedanken.

XII

Schnee hat sich auf die Hügel von Massachusetts gelegt, die Parkwege zugedeckt. Zu den Hörsälen in den Pavillons kann man nur über schmale Pfade gelangen, die in die Schneemassen gegraben worden sind. Die weiß umrissenen braunen Äste der riesigen Bäume verharren vor dem dunklen Himmel. Ich sitze mit Yasuko über der ausgebreiteten Weltkarte, jede von uns blickt auf einen anderen Kartenausschnitt, doch wir schauen beide mit dem gleichen brennenden Gefühl.

Yasuko sagt: »Ich wäre gern schon dort«, und sie sagt: »In Tokio haben wir nie so strenge Winter«, und: »Ich wüßte gern, was meine Mutter gerade macht.«

Wir rechnen genau aus, wie spät es in diesem Augenblick in Tokio und wie spät es in Krakau ist.

»Um diese Jahreszeit gibt es bei uns oft heftige Regenfälle«, sagt Yasuko, »und manchmal kommt das, was ich am meisten fürchte – Erdbeben. Zunächst beginnt die Lampe sanft zu schaukeln, dann fallen die kleinen Holzfiguren auf dem Regal um, und wenn ich dann aufspringe, spüre ich, daß der Boden leicht zu zittern anfängt. Ich rolle mein Schlaflager zusammen und schlüpfe in das Zimmer meiner Mutter, ich falte die Matte nahe bei ihr wieder auseinander. Meine Angst legt sich, wenn ich die warme Berührung ihrer Hand auf meiner Wange fühle.«

»Bei uns schneit es oft im Winter, aber ich habe noch nie so viel Schnee gesehen wie in Massachusetts.«

Wir treten ans Fenster. Über die weißen Felder legen sich violette Schatten des zur Neige gehenden Tages.

Die Erde ist immer noch vom Schnee bedeckt, die Äste sind braun, die Knospen geschlossen, und doch geschieht langsam etwas. Ein Vogel mit roter Zeichnung unter der Kehle ist an meinem Fenster vorbeigeflogen, an der windgeschützten Südmauer des Internats schauen zarte Krokusknospen aus der Erde hervor. Im Speisesaal hält es die aufgeregten Mädchen kaum an den Tischen – in wenigen Tagen beginnen die zweiwöchigen Frühjahrsferien.

»Und wo fährst du hin?« fragen sie höflich.

»Ich weiß noch nicht, wohl nach New York.«

Ich schiebe den Teller beiseite und stütze mein Kinn in die Hände. Wie gern würde ich zusammen mit ihnen in wärmere Gegenden fahren – Mexiko, Puerto Rico, Florida –, immer öfter fallen Namen attraktiver Orte. Vielleicht könnte mich die Sonne im Süden von der grausamen, erstickenden Sehnsucht heilen.

»Wieviel kostet eine Reise nach Florida?« frage ich.

Sie geben mir eifrig Auskunft über Preise für Fahrten mit dem Zug und dem Flugzeug, vergleichsweise am billigsten fällt der Reisebus aus, doch die genannte Summe übersteigt dennoch meine Möglichkeiten.

»Das ist leider viel zuviel«, sage ich halblaut, »vor allem weil man die Unterkunft und das Essen ja auch noch bezahlen müßte.«

»Und wenn du bei mir wohnen würdest?« Die blonde Christina lächelt mir über den Tisch zu. »Ja, klar, bei uns in Jacksonville, meine Mutter ist bestimmt einverstanden.«

»Christina, ich danke dir, ich danke dir vielmals, aber siehst du, ich habe nicht einmal das nötige Geld für den Bus.«

»Wozu solltest du mit dem Bus fahren? Einige Mädchen aus unserem Internat fahren mit dem Auto zum Golf von Mexiko. Ich bin sicher, daß sie dich gern mitnehmen und in Jacksonville absetzen.«

»Meinst du, sie würden mich mitnehmen?!«

»Klar. Komm, wir teilen ihnen unseren Plan gleich mit.«

Einige Tage später fuhren wir los. In dem geräumigen gelbweißen Auto waren wir zu fünft. Das Kommando auf der Reise übernahm die achtzehnjährige Judit, die die Erlaubnis für den eigenständigen Ausflug bei ihren Eltern erbettelt hatte. Sie willigten unter der Bedingung ein, daß die mitfahrenden Mädchen sich hinterm Steuer abwechseln würden. Diese Bedingung hätte um ein Haar unsere Fahrt zunichte gemacht. Ich konnte diese großen amerikanischen Autos nicht fahren, und außer mir hatten nur Mary und Joannie die Gelegenheit zu einer billigen Reise begeistert ergriffen – beide hatten, so wie ich, noch keinen Führerschein. In jeder freien Minute liefen wir hektisch durchs College auf der Suche nach dieser fünften, die Judit ablösen könnte. Zunächst war uns das Glück nicht wohlgesinnt; die Mädchen, die sich in den Süden aufmachten, waren wohlhabend genug, um zu fliegen oder mit dem Zug zu fahren, keine von ihnen hatte Lust auf die Strapazen einer langen Autofahrt. Bis zum Ferienbeginn war es nur noch eine Woche, und wir hatten die fünfte mit Führerschein immer noch nicht gefunden. Wir trafen uns beim Mittagessen und blickten nicht gerade fröhlich drein. Wir wußten, daß Judit keine dreißig Stunden ohne Pause Auto fahren konnte – Erfolglosigkeit unsererseits bedeutete demnach, auf die Reise zu verzichten.

»Ich werde also doch nach New York fahren«, sagte ich zu Yasuko, die neben mir saß.

Sie antwortete nicht. In Gedanken versunken zerkleinerte sie das Gemüse auf ihrem Teller. Mir fiel auf, daß sie das Essen beinahe nicht angerührt hatte. Plötzlich schob sie den Teller weg und stand auf.

»Ich muß jetzt los«, sagte sie einfach, »wir sehen uns beim Abendessen, oder?«

Yasuko ging. Ich habe sie den ganzen langen Nachmittag über nicht gesehen, während ich ein weiteres Mal vergeblich versuchte, irgend jemanden zum Fahren von Judits Auto anzuwerben. Die Suche der anderen Mädchen blieb ebenfalls erfolglos. Wir saßen wieder bei Tisch und sahen beinahe gleichgültig auf unsere Lieblingsspeisen, die man heute extra für uns zubereitet hatte, als die Tür zum Speisesaal heftig aufgestoßen wurde und Yasuko hereingelaufen kam, ein kleines, dunkelhaariges Mädchen im Schlepptau.

»Das ist Anita«, sagte sie außer Atem; die schmalen, dunklen Augen meiner Freundin glänzten golden, »sie kommt aus Mississippi und würde sehr gern ihre Eltern besuchen. Sie kann Auto fahren und hat kein Geld für die Reise.«

Die letzte Information nahmen wir mit überschäumender Freude auf. Judit und Mary sprangen von ihren Stühlen auf und liefen zu Anita. Sie wolle mit uns fahren, sie fahre bis nach Savannah, sie könne die ganze Zeit Auto fahren. Ihr Vater habe eine Autowerkstatt, er habe ihr das Fahren beigebracht, als sie noch ein Kind war. Sie könne auch einen kaputten Motor reparieren und einen Reifen wechseln. Sie würde morgen pünktlich um fünf kommen, nein, sie würde bestimmt nicht zu spät kommen.

Yasuko hört unserem chaotischen Gespräch zu und sagt nichts, lediglich ihre sanften dunkelbraunen Augen glänzen in einem zarten Lächeln.

Wir fahren am nächsten Morgen los. Der graue Himmel hängt tief über den einförmig weißen Ufern des Connecticut, die Felder sind immer noch von einer dicken Schneeschicht bedeckt. Judit sitzt am Steuer, neben ihr, plappernd, Anita. Sie ist sichtlich aufgeregt, sie rutscht auf dem Sitz hin und her, und alle paar Minuten ruft sie aus:

»Wißt ihr, daß ich nach Hause fahre! Nach Hause, in den Süden! Gott, wie ich mich freue! Als Yasuko gestern kam und sagte, daß ich mit euch fahren könnte, wollte ich ihr erst nicht glauben. Ich mußte gleich mitkommen und mich vergewissern, daß es wahr ist. Und dann konnte ich die ganze Nacht nicht schlafen; ich lag unter der Decke und zitterte vor Freude. Ich stand auf und lief zum Fenster, um zu sehen, ob es schon dämmert. Ich hatte kein Geld für die Reise, und ich dachte, daß ich erst Weihnachten fahren würde. Die Ferien sollte ich bei meiner Tante in Massachusetts verbringen. Das wären noch so viele Monate, fast ein Jahr. Und jetzt fahre ich nach Hause, stellt euch vor, wie sehr ich meine Eltern überraschen werde! Morgen schon werde ich zu Hause sein, zu Hause!«

Judit überholt die Autos vor uns. Wir fahren sehr schnell, der Tachozeiger gibt mehr als siebzig Meilen an. In eine Ecke der Rückbank gekauert, schaue ich zurück auf die davoneilenden braunen Bäume, auf die von gräulichem Schnee bedeckten Tabakfelder. In meinen Ohren klingt Anitas freudige Stimme: »Ich fahre nach Hause, nach Hause!«

... Die schmalen Fenster gehen zum grasbewachsenen Hof hinaus. Die alten Kirschbäume im Garten neigen sich tief und berühren mit ihren Ästen die an den Baumstämmen festgemachte Hängematte. Die Frühlingssonne dringt durch die kleinen Blätter. Die hölzerne Verandatür geht auf, und meine Mutter tritt auf die Schwelle – Mittagessen ... die fließende, schaukelnde Bewegung des Autos verscheucht meine Gedanken nicht.

Kurz vor New York verschwindet der Schnee von den dunklen, aufgeweichten Feldern, grüne Grasbüschel tauchen auf. Wir fahren über die Washington Bridge und kommen auf die breite, dicht befahrene New-Jersey-Autobahn. Anita fährt, die müde Judit schlummert in die weichen Autositze gelehnt, die Mädchen summen leise Lieder. In meiner Ecke zusammengekauert, schaue ich zurück.

Die Straßenränder nehmen goldene Töne an; noch blattlose, doch mit gelben Blüten übersäte Forsythienruten schimmern zwischen den Zaunlatten hindurch, die Rasenflächen um die Häuser sehen grün und frisch aus. Ich öffne das Fenster, und milde Frühlingsluft schlüpft in das Auto, bringt Anitas Haar durcheinander, berührt die Wange der schlafenden Judit. Judit wacht auf und fragt: »Wo sind wir?«

In Maryland, vor uns liegt Washington.

Diese riesige, reiche Stadt mit ihrer anmaßenden Architektur hat mich erst auf der Rückfahrt begeistert. Wir fuhren um vier Uhr morgens durch Washington. Weichselkirschbäume blühten in allen Straßen, im Park säumten gebeugte Bäume einen Teich, in dem sich die aufgehende Sonne schräg spiegelte. Zarte rosafarbene Blüten erfüllten die Luft mit süßem Duft, blühende Zweige verdeckten die schweren pseudoklassischen Häuserfronten, verdeckten die häßlichen Kuppeln des Senats vor unseren Blicken.

Gleich hinter der Stadt fließt der Potomac zügig durch sein breites Bett; Wälder wachsen auf seinen abschüssigen Ufern. Über eine Brücke mit weit auseinanderstehenden Jochen eilen wir über sein reines Wasser und kommen in den Staat Virginia. Es ist schon später Nachmittag, und wir verspüren alle eine leichte Steifheit in den Gliedern, höchste Zeit für eine Mahlzeit. Judit hält den Wagen vor einem niedrigen grauen Gebäude an, in dem sich ein Café befindet. Wir sind in einer Kleinstadt: auf der verdreckten Straße nur wenige, zumeist dunkelhäutige Passanten, vor uns ein von Gras überwuchertes Bahngleis, einige verkommene niedrige Gebäude ... Wir springen aus dem Auto, und ohne auf Judit zu warten, die noch die Fenster hochkurbelt, betreten wir das Gebäude. Der viereckige Raum ist mit zerkratzten Tischen und Stühlen vollgestellt, hinten an der Bar hohe Barhocker, in der Luft der Geruch nach Kaffee und Grillwürstchen. Ich gehe zur Bar und setze mich auf einen Hocker neben einen Schwarzen, der Kaffee trinkt. Ich sehe mir die Speisekarte an. Plötzlich dringen die unterdrückten Stimmen der anderen Mädchen zu mir. Ich wende den Kopf und sehe sie hinter einer Schnur stehen, die den Raum halbiert, sie rufen mich mit heftigen Gesten zu sich.

»Aber hier ist doch jede Menge Platz!« rufe ich. Meine Aufforderung erzielt jedoch keine Wirkung, sie bleiben hinter der Schnur stehen und rufen mich noch eindringlicher. Ich rutsche vom Hocker und gehe zu ihnen.

»Der andere Teil ist für Schwarze«, flüstern sie verschwörerisch, »du mußt hier herüberkommen.«

Ich sehe mich erstaunt um. Die gleiche Theke, die gleiche Bedienung, ähnlich dreckige Tische auf beiden Seiten der Schnur, und dennoch trennt die symbolische Barriere Menschen mit dunkler Haut und die, die weiß sind, scharf voneinander. Langsam gehe ich um die quer durch den Saal gespannte Leine und schließe mich den Mädchen an, die an einem Tisch sitzen. Der Kaffee trinkende Schwarze hat meiner Fahnenflucht nicht die geringste Beachtung geschenkt, hat sich nicht einmal umgedreht. Sollte das etwa schon der Süden Amerikas sein? denke ich.

Die tiefstehende Nachmittagssonne schaut durch die offene Tür herein, warme Strahlen gleiten über unsere bloße Haut – wir tragen nur leichte Blusen. Das Gras grünt am Gleis, und die biegsamen Zweige des am Weg wachsenden Baumes sind voller hellgrüner Blätter. Anita rückt ungeduldig auf dem Stuhl hin und her, alle paar Sekunden steht sie auf und rennt auf die Straße: »Spürt ihr den Wind«, ruft sie, »das ist schon der Süden, mein Zuhause!«

Entlang der Landstraße erstrecken sich Tabakfelder, zarte Setzlinge grünen zwischen gelblichen Erdschollen. Riesige, grelle Reklamen preisen Zigarettenmarken an: die besten, die billigsten, die aromatischsten … Durch die hölzernen Reklamewände schimmern dreckige, heruntergekommene Hütten der Schwarzensiedlungen durch; die Türen sind oftmals aus Pappe zusammengezimmert, die Rechtecke der Fenster dunkel, ohne Scheiben. Unkraut überwuchert die Ränder flacher Gräben, auf den Wegen spielen halbnackte farbige Kinder im gelben Sand.

Anita benennt die blühenden Sträucher – »genau solche wachsen an unserem Haus« –, aus dem Fenster gelehnt beobachtet sie die an uns vorbeiziehende Landschaft, der Wind weht durch ihr Haar. »Schneller, schneller«, ruft sie zu Judit, die hinter dem Steuer sitzt, »siehst du denn nicht, daß sie uns überholen wollen?!«

Das unmittelbar hinter uns fahrende dunkelblaue Auto manövriert so, als wollte es uns in der Tat überholen; durch die Scheibe sieht man lachende Jungengesichter. Judit wirft einen schnellen Blick nach hinten, dann gibt sie Gas. Unser Auto macht einen heftigen Ruck, der Zeiger auf dem Geschwindigkeitsmesser überschreitet achtzig Meilen. Anita quietscht vor Vergnügen und winkt in Richtung des dunkelblauen Wagens. Der Abstand zwischen uns und unserem Widersacher wird schnell größer; der blaue Fleck auf der Landstraße wird zu einem kaum sichtbaren grauen Punkt, und nach einer Weile verschwindet er ganz. Judit wird langsamer, und zum hundertstenmal stimmen wir das Lied der schwarzen Sklaven an, das uns Anita beigebracht hat. Die Worte des Refrains, den die Mädchen monoton singen, erinnern an die nicht lang zurückliegende Vergangenheit der gelbbraunen Erde, an die Tradition, die in diesem Land voller wirklicher und erdachter Barrieren immer noch lebendig ist. Die dunkler werdende Landschaft aus grünen Feldern und aus Brettern gezimmerten armen Schwarzenhütten schiebt sich draußen am Fenster vorbei. Die Sonne ist bereits untergegangen, doch die Luft ist noch warm.

»Das ist schon der Süden, der echte Süden!« ruft Anita.

Die Landstraße macht eine sanfte Biegung, und als wir das Ende der Kurve erreichen, taucht plötzlich ein großes dunkelblaues Auto vor uns auf.

»Judit, sie haben uns!« Aufgeregt richtet sich Anita in ihrem Sitz auf. Judit gibt etwas Gas, aber nach etwa fünfzig Metern muß sie halten. Das dunkelblaue Auto steht quer auf der Straße und versperrt uns den Weg. Die Jungen sind ausgestiegen und laufen zu uns.

»Das war die Strafe«, sagen sie, »man darf keine achtzig Meilen pro Stunde fahren, wer hat es denn hier so eilig?«

Judit übernimmt die Vorstellung: »Wir sind vom Smith, wir fahren in Ferien.«

»Und wir von der Harvard und auch in Ferien, vielleicht fahren wir zusammen, dann ist es lustiger«, schlagen die Jungs vor.

Die Mädchen nehmen das Angebot freudig an. Einer der Jungs setzt sich neben Judit hinter das Steuer unseres Autos, die beiden anderen entführen Anita und Mary in das dunkelblaue Auto. Wir fahren los. Die Landschaft hinter dem Fenster ist inzwischen beinahe vollkommen dunkel, die Scheinwerfer holen einzelne Bäume aus der Dunkelheit hervor; massiv und dunkelgrün tauchen sie auf und verschwinden wieder. Ich sehe mit halbgeschlossenen Augen auf die Straße, mein Kopf wird immer schwerer, immer weniger Worte aus dem Gespräch zwischen Judit und dem Jungen hinter dem Steuer dringen zu mir. Ich lehne mich in die Polster der Rückbank und schlafe ein. Stille weckt mich. Ich öffne die Augen und sehe auf die Uhr. Drei Uhr nachts. Wir stehen am Straßenrand, der Junge geht um das Auto herum, und Judit schiebt sich auf den Fahrersitz. »Bald sind wir in Savannah!« ruft sie, ohne den Kopf zu wenden. Das Auto fährt los.

Straßenlaternen werfen weiße Kreise auf die zu dieser Stunde leere Fahrbahn. Die schmalen Häuser schlafen hinter dicht verschlossenen Jalousien, grünes Rankgewächs hängt von den Balkonen herab. Im Schein der entzündeten Laternen schieben sich runde Grünanlagen voller schlanker Palmen, ausladender Agaven und violett blühender Sträucher an uns vorbei. Savannah. Die Stadt erstreckt sich wie ein Trugbild vor uns, still und sonderbar schön in ihrer tropischen Umrahmung.

Wir fahren an einigen leeren Straßen vorbei und halten vor dem grauen Gebäude des Busbahnhofs. Hier müssen wir Anita zurücklassen, sie wird allein weiterfahren. Wir betreten das Gebäude. In der großen Halle ist niemand. Eine schläfrige Kassiererin antwortet unwillig, daß es einen Bus gäbe, der aber erst um acht Uhr früh abfahre. Anita wird etwa fünf Stunden warten müssen.

»Ich werde warten, morgen früh fahre ich bis Atlanta und von dort nach Mississippi. Spätestens morgen abend müßte ich zu Hause sein«, sagt Anita mit heller Stimme, deren freudigen Klang weder die Schläfrigkeit noch die Aussicht auf einsames Warten erstickt haben. Lächelnd steht sie in der Tür des grauen Busbahnhofs und winkt uns zum Abschied.

Ich habe nicht bemerkt, wann die Sonne den Himmel erklommen hat. Ich muß eingeschlafen sein, als wir Savannah verließen, denn erstaunt blicke ich auf die breite, von ausladenden Palmen gesäumte Straße. Es ist hell, die weißen Häuserwände schimmern durch die Baumgruppen. Judit berät sich angeregt mit dem neben ihr sitzenden Jungen, das Auto fährt langsamer. Der Junge lehnt sich aus dem Fenster und ruft einer Frau, die vor einem der Gartentore steht, eine Frage zu.

»Wir hatten also doch recht«, sagt Judit, »das muß hier irgendwo sein.«

Wir fahren langsam und beobachten aufmerksam das dichte Grün, wer weiß, ob sich nicht darin irgendwo das von uns gesuchte Haus befindet. Judit liest die Namen auf den Briefkästen, und nach einigen Minuten erhebt sie ein Triumphgeheul: »Ja, hier ist es!«

Wir steigen aus dem Auto, und über einen schattigen Weg gehen wir unter riesigen Bäumen hindurch. Gleich am Fluß, zwischen Bambuspflanzen versteckt, steht ein niedriges, weiß gestrichenes Haus. Vor dem Haus gießt eine schlanke Frau mit graumeliertem Haar grüne Setzlinge. Als sie uns erblickt, stellt sie die Gießkanne ab und kommt uns mit ausgestreckten Armen schnell entgegen.

»Wie gut, daß du da bist«, sagt sie lächelnd und nimmt meine Hände. »Christina hat viel von dir erzählt – ich hoffe, die lange Reise hat dich nicht ermüdet.«

Ich blicke in ihr nach oben gewandtes zierliches Gesicht, atme tief durch und schweife mit meinem Blick zu den Bäumen ab. Hoch über unseren Köpfen erstreckt sich eine Decke aus Grün. Von den Ästen hängen bläulichgrüne Gewinde herab und baumeln im Wind.

»Was ist das?« frage ich und zeige auf den am dichtesten umrankten Baum.

»Das ist spanisches Moos«, antwortet Claire, Christinas Mutter, und nach einer Weile fährt sie fort: »Es lebt von Luft und Sonne, aber manchmal tötet es die Bäume.«

XIII

STILLE, MEIN FREUND, trennt mehr als Raum. Zwischen uns ist eine zehnmonatige unheilvolle Stille herangewachsen. Dunkler als der Ozean, tiefer als seine wirbelnden Wasser. Über den Ozean fahren Schiffe, die in geräumigen Kajüten Briefe transportieren, über den bewölkten Himmel transportieren Flugzeuge Briefe, die mit einem dunkelblauen Aufkleber versehen sind: Luftpost; doch Stille, mein Freund, bringt keine Worte, Stille tötet sogar Gedanken.

Ich war weit weg an jenem Frühlingstag – der unruhige Ozean wogte zwischen uns, die glatten Straßen Amerikas trugen mich rasch in den Süden –, ich entfernte mich im meßbaren irdischen Raum, und dennoch warst du mir immer gleich nah. Ich dachte an dich, als ich an blühenden Forsythiensträuchern vorbeifuhr, überlegte, wie ich ihre golden versprengte Form in Worte fassen sollte. Ich sprach mit dir, wenn ich die Sonne betrachtete, die ins Wasser getaucht war und es rot färbte. Und als die Lichter in Claires und Christinas kleinen Schlafzimmern erloschen waren, entzündete ich eine Lampe und setzte mich hin, um dir einen Brief zu schreiben.

März: Das Wasser des Ortega glänzt sogar nachts, die Bambusstiele flüstern, und ich denke an den Platz unter dem Kirschbaum, an den niedrigen Zaun, der unser Haus umgibt. Allzu stark hat die Sonne den ganzen Tag geschienen, und wie mitten im Sommer in New York ist der Wind noch voller vibrierender Strahlen – ein warmer Wind. Wo bist du, mein Freund, warum sprichst du nicht mit mir? Sage meiner Sehnsucht eine tiefe Ruhe voraus, stille meine Sehnsucht, und wenn du es nicht kannst, dann mach, daß ich unter jenen Kirschbaum zurückkehre, daß ich im Schaukeln der Hängematte den unregelmäßigen Rhythmus meines Herzens wiederfinde. Ich will noch einmal spüren, wie mein Herz in mir wächst und keinen Raum für irgendeinen Schmerz läßt.

Du hast zurückgeschrieben: Du weißt, daß ich jeden Tag auf dich warte, auch morgen werde ich warten.

Erinnerst du dich, mein Freund, wie ich nach meiner Rückkehr, während unserer herbstlichen Andachtsstunden, versuchte, dir das Grün jener Bäume zu beschreiben und das Lächeln, Claires sanftes Lächeln? Ihre schlanke Gestalt, das weiße Kleid mit der goldblauen Stickerei, das zu lang und altmodisch war, ihren leichten Gang und den hellen Klang ihrer Stimme. Du hast damals deine Lippen vorgestülpt, du wolltest oder konntest meine Begeisterung nicht verstehen. Schließlich fragte ich dich ungeduldig: »Das Morgengrauen, weißt du, wie das Morgengrauen aussieht?« Und mit deiner Stimme, die die Silben verschleppte, batest du mich: »Wiederhole das«, und ich wiederholte: Morgengrauen und Licht, und die anschwellende Helligkeit des Morgengrauens, des blaßgrünen Himmels, die einen kurzen Augenblick später als Blut herunterrinnen sollte.

Du versankst in Gedanken, und ich nutzte diese Nachdenklichkeit – wie selten waren doch die Augenblicke, in denen die ironische Grimasse aus deinem Gesicht verschwand – und redete weiter, beeilte mich jetzt und legte immer weniger Wert auf die Gewandtheit der ausgesprochenen Sätze.

Sie erinnerte mich an meine Mutter, aber ich glaube, daß sie mich viel mehr an mich erinnerte, so, wie ich sein könnte, wenn … Bitte. Lach nicht, so ist das manchmal, daß du deinem Traum begegnest und du in den ersten Grußworten, der Geste einer ausgestreckten Hand jemanden wiedererkennst, der dir schon seit langem bekannt und vertraut war. Ich muß sie schon einmal gesehen oder an sie gedacht haben, sonst hätte ich mich nicht so mit ihr verbunden gefühlt, wäre ihr nicht Schritt für Schritt gefolgt. Ich sah gern zu, wie sie sich geschäftig durch die drei kleinen Zimmer des weißen Hauses bewegte, ich begleitete sie auf ihrem Weg zum Einkaufen, ich goß zusammen mit ihr die Orangenbäume vor dem Haus, und wenn sie das Deck des Segelbootes wusch, das an einer kleinen Holzmole befestigt war, setzte ich mich mit angezogenen Beinen auf die Bretter daneben und betrachtete ihre geschickten kleinen Hände, lauschte ihren Worten.

»Dieses Boot hat mein Mann gebaut«, sagte Claire, »er hat auch die Orangenbäume vor dem Haus gepflanzt. Und das Haus – auch das Haus hat er selbst gebaut. Ich kann mich noch an den Holzstapel erinnern, der im Gras lag, an seine kalkverschmierten Hände, seine Wangen und sein Haar waren dreckig vom Kalk. Wie viele Nächte hat er schlaflos damit zugebracht, die Pläne für unser Haus zu zeichnen, keiner der Entwürfe erschien ihm schön genug. Und dann hat er die Bretter gebracht und zu bauen angefangen. Ich kam zusammen mit ihm her und sah zu, wie er arbeitete. Er sah wie ein Teenager aus, so viel Freude lag in seiner Arbeit. In allem, was er tat, lag Freude, und immer öfter denke ich, daß er nicht hätte anders sterben können als genau so ...«

Während sie das Deck des Segelbootes wäscht, erzählt Claire mir von dem, was vor zehn Jahren geschehen war. Ihr Mann fuhr zu einem Frühlingsausflug in die Berge von Massachusetts und kehrte nie zurück. Als man ihr die Nachricht von dem Unfall überbrachte, flog Claire mit dem ersten Flugzeug in den Norden. Er lag im Leichenhaus, immer noch in seinem Skianorak. Die örtlichen Spezialisten umringten sie und boten ihre Dienste an.

»Der Anzug für den Toten schwarz, aus glänzendem Stoff...«

»Nein, nein«, rief sie aus, »beerdigt ihn in dem Pullover, so, wie er ist!«

Diesen Pullover hatte sie ihm während langer Monate selbst gestrickt. Sie fand stets neue Ungenauigkeiten, die sie immer wieder ausbesserte. Sie erinnerte sich an sein spontanes Lachen und die gelungene Überraschung in seiner Stimme, als der Pullover schließlich fertig war.

Man hob in der gefrorenen Erde des Nordens ein Grab aus, den schmalen, dunklen Hügel deckte eine Schneeschicht weiß zu.

Sooft ich an ihn denke, beiße ich die Zähne aufeinander, so sehr denke ich an ihn, wenn ich an Erde denke. Ist sie dadurch fruchtbarer, schöner geworden? Am Ort seines Todes, auf dem abschüssigen Berghang, sind kleine violette Krokusse erblüht, der Hang ist dunkel vor Blumen geworden, die damals erst in der Vorstellung dieser fruchtbaren, üppigen Erde vorhanden gewesen waren. Warum gebärt sie so üppig, warum tötet sie gedankenlos? Naive, quälende Fragen, auf die niemand je eine Antwort gefunden hat.

Claire beugt sich über Pauls Körper, unendlich liebevoll wischt sie Kratzspuren aus seinem Gesicht. Er war über scharfe Eisschollen und Felsvorsprünge gerollt, Steine haben sein Gesicht entstellt. Er lächelte nicht. Claires zierliche Hände bemühten sich vergebens, seinen Lippen die vertraute Form zu geben, ihre Finger berührten die reglosen halbgeschlossenen Lider. Ihre Augen waren trocken, blickten voller Erstaunen, brauchten die Hilfe der Hände, um zu glauben, um zu sehen. Seit jenem Tag lacht Claire nicht mehr ihr altes, helles Lachen, sie läuft nicht mehr zur Tür, wenn Schritte ertönen. Ihr freudiges Lachen und ihre eiligen Schritte wurden von dem Sand auf dem kleinen Gebirgsfriedhof in Mount Vermont zugeschüttet und von dem Schnee, der am Tag nach dem Begräbnis fiel. Am nächsten Tag kehrte Claire in den Süden zurück, legte den schwarzen Schleier in den Schrank und machte sich in einem leichten weißen Kleid daran, die Orangenbäume zu gießen.

»Er hat dieses Segel genäht«, sagt sie, als sie das Tuch entfaltet, »und er hat mir das Segeln beigebracht.«

Ich helfe ihr, das dicke Tau aufzuknoten, mit dem das Boot am Ufer festgemacht ist, springe auf das kleine Deck, und nach einer Weile trägt das Wasser uns sanft flußabwärts.

Meistens verbringe ich meine Zeit in Claires Gesellschaft, Christina ist selten zu Hause. Sie erlebt ihre erste ernste Liebe, und die Sehnsucht, den Liebsten zu sehen, läßt sie die Straßen durchmessen.

»Mama, brauchst du heute nachmittag den Wagen?«

»Nein, Liebling, aber ich hätte so gern, daß du zu Hause bleibst.«

»Ich kann nicht.«

Christinas Stimme klingt kategorisch. Sie nimmt die Plastikpapilloten aus ihrem Haar, kämmt die hellen Lokken und schüttelt den Kopf. Die geschminkten Augen mit den getuschten Wimpern glänzen fiebrig in ihrem kleinen dreieckigen Gesicht. Sie wirft einen schwarzen Mantel über ihre bloßen Schultern und geht, ohne auf Wiedersehen zu sagen. Kurz darauf hört man das Brummen des angelassenen Motors.

Claire sitzt auf dem Stuhl am Fenster, die Hände im Schoß gefaltet, sie hat die Lider gesenkt.

»Claire, bitte, weine nicht. Christina ist bald wieder da, bevor der Abend kommt, wird sie sicher zu Hause sein.«

»Ich habe solche Angst um sie«, sagt Claire, »und ich kann nichts, überhaupt nichts machen. Dieser Mann liebt sie nicht, ich weiß es, sie gefällt ihm einfach, aber tief in seinem Herzen kümmert sie ihn nicht. Er ist selbstgefällig und unstet ...«

»Weine nicht, Claire, Christina wird glücklich werden, du hast so oft gesagt, daß sie den Charakter von ihrem Vater geerbt hat.«

»Das stimmt.« Claire schweigt eine Weile, um dann entschuldigend zu sagen: »Sie ist alles, was ich habe.«

Ich habe Dick nur einmal gesehen. Er ist völlig unerwartet ins College gekommen, Christina erwartete ihn erst eine Woche später. Sie war mitten in den Prüfungen, und an jenem Morgen hatte sie nach einer schlaflos zugebrachten Nacht Ränder unter den Augen, das lange glatte Haar hatte sie zu Zöpfen zusammengeflochten. Zwischen zwei Tassen Kaffee erzählte sie wie immer von

Pferden, die sie leidenschaftlich interessierten, von den Fortschritten, die sie beim Reiten gemacht hatte. In dem Moment kam Joannie herein und sagte, jemand warte auf Christina, und sie sagte es in einem solchen Ton, daß sich Christinas Augen, die von den violetten Schatten ohnehin schon hervorgehoben wurden, noch weiter vergrößerten, und sie fragte mit gedämpfter Stimme: »Wer?« – »Rat mal«, Joannies Stimme klang neckend. Christina sprang hoch, faßte sich an ihr geflochtenes Haar. »Sag, daß ich gleich komme!« rief sie und flog in Richtung Hintertür.

Als ich nach einer Viertelstunde den Speisesaal verließ, sah ich Christina in der Halle auf dem gepolsterten Sofa, neben ihr saß ein vielleicht dreißigjähriger Mann. Er hatte kurzgeschnittenes Haar, ein häßliches Gesicht mit kantigem Unterkiefer. Dieses Gesicht war Christina zugewandt, ihrem kleinen Gesicht mit den vom langen nächtlichen Wachen geränderten Augen, den entblößten gewölbten Wangen.

Ich behielt in Erinnerung, wie sie dort saßen, er zu ihr vorgeneigt, sie, plötzlich lebendig geworden, mit angezogenen Knien, dem dreieckigen Gesicht, das wie geschrumpft wirkte, mit von fiebriger Erregung geweiteten Augen. Ihr Bild, das an den Rand meiner Erinnerung gerückt war, kehrte deutlich und scharf zurück, als Claire, während sie dem Motorengeräusch lauschte, sagte: »Er ist selbstgefällig und unstet, ich habe solche Angst um sie.«

Und dann, als ich zufällig den Telephonhörer hob, hörte ich seine Stimme, die mit der vertraulichen Note des Wiedererkennens fragte: »Christina?«

»Nein, hier ist nicht Christina«, sagte ich, »ich rufe sie gleich«, und legte den Hörer hin.

Und das war schon alles, und wenn nicht die Tränen

gewesen wären, die Claires glänzende Augen füllten, hätte ich wahrscheinlich kein zweites Mal an Dick gedacht.

Das Wasser des Ortega ist wieder dunkler geworden, am anderen Ufer leuchtet eine Reihe Laternen. Ich gehe zum Holzsteg hinunter und setze mich auf die Bretter neben die zusammengekauerte Christina. Sie hat ihre Arme um die angezogenen Knie geschlungen, den Blick starr auf die von Lichtern vibrierende Weite geheftet.

»Woran denkst du, Christina?«

Sie schweigt. Sie sitzt reglos wie eine Statue da. Über ihre gewölbte Wange rollt langsam eine Träne.

»Christina, nicht nur du liebst, hast du schon einmal daran gedacht, wie sehr deine Mutter dich liebt, sie hat heute mittag geweint, als du gegangen bist.«

»Ich habe auch geweint!« Hastig wischt Christina sich mit dem Handrücken übers Gesicht. Sie rückt an den Rand des Stegs und taucht die nackten Füße ins Wasser.

»Ich habe auch geweint, nur hat es niemand bemerkt!« Das von dem ungeduldigen Fuß getroffene Wasser spritzt in einer Fontäne aus feinen, im Licht schimmernden Tröpfchen hoch.

»Sie hat Angst um dich.«

»Daran kann ich nichts ändern!«

Christinas Stimme klingt wieder kategorisch. Einige Male noch schlägt sie mit dem Fuß auf das dunkle, ölig glänzende Wasser, dann dreht sie sich jäh zu mir um und fragt:

»Hast du jemals geliebt?«

»Ja.«

»Ich weiß, du warst verheiratet, aber das ist lange her.«

»Zwei Jahre nach dem Tod meines Mannes habe ich im Sanatorium einen Jungen getroffen, ich habe ihn sehr geliebt, er hat mich auch geliebt, glaube ich ...«

»Und?«

»Er hatte ein krankes Herz. Wir mußten uns trennen. Er hat mich allein auf einem zugedampften Bahnhof zurückgelassen. Ich habe ihn niemals wiedergesehen. Und in jenem Sommer, Christina ...«

»Hat er dir geschrieben!«

»Nein, ach was. Er kennt meine Adresse nicht, außerdem erinnert er sich sicher nicht mehr an mich. Ich wollte dir sagen, daß ich in jenem Sommer in New York einen Philosophieprofessor kennengelernt habe. Ich habe ihn geliebt, liebe ihn noch. Doch er hat Familie, zu der er zurückkehren mußte. Als seine Vorlesungen zu Ende waren, ist er wieder nach Cincinnati gefahren.«

»Wirklich lieben kann man nur einmal!«

Christina springt vom Steg auf und läuft zum Haus. Ich folge ihr nicht. Ich lege mich auf die kühlen Bretter und blicke in den funkelnden Himmel.

Die Sonne fällt beinahe senkrecht auf die Straße. Wir fahren am Ufer des Ozeans entlang. Im Ufersand wachsen grünblaue Agaven, blutarme Palmen lugen hinter den Dünen hervor.

»Erinnerst du dich, Christina, hier hat uns einmal ein Gewitter überrascht«, sagt Claire, die neben mir sitzt.

»Ja.« Christina lächelt vor sich hin und steigt fester aufs Gas.

Durch grüne Scheiben beobachten wir heimlich das Leben. Im Inneren des riesigen Beckens tummeln sich hellblaue Fischleiber. Das vom Licht der Leuchtröhren aufgehellte Wasser schimmert blaßgrün, die Stengel der Wasserpflanzen klettern empor zur Sonne. Die Unterseevegetation wiegt sich, bebt: die Schuppen der Fische glänzen in mattem Silber, von schnellen Flossenschlägen durchschnittene Algen schaukeln hin und her.

Neben dem Fenster, an dem ich stehe, schwimmt ein Hai mit flacher Schnauze vorbei, begleitet von einem Schwarm kleiner, flinker Fische. Diese zierlichen Kreaturen ahmen jede Bewegung des Haikörpers nach und bemühen sich, so nah wie möglich am weiß gezeichneten Bauch zu bleiben. Der Hai, der ihr Fleisch nicht ißt, ist ein ausgezeichneter Schutz vor anderen, weniger wählerischen Bewohnern des Ozeans, eine Freundschaft in räuberischen Abgründen bedarf keiner subtileren Motive. Der lange Schwertfisch bewegt sich, indem er den Körper ruckartig hin und her wirft, seine bewaffneten Kiefer verbreiten Panik unter den kleineren Fischen. Langsam, wie eine beladene Fregatte kommt eine grauhellgrüne Schildkröte angeschwommen. Der schwere Panzer hält sich auf erstaunlich leichte Weise im Wasser. Die Schildkröte schiebt das Wasser mit ihren flossenähnlichen Beinen beiseite, die kleinen Augen leuchten wie zwei Glasperlen in dem fleischigen, flachen Kopf. Ich lege die Hand gegen das Glas. Ich würde sie gern berühren, ich würde sie gerne nach dem Geheimnis der Anpassung an das nasse Element fragen, in dem sie so unbeschwert, so sicher lebt. Ich erinnere mich an Wasser, das plötzlich in meinen Mund drang, und an die Atemnot, als ich nach einem mißlungenen Versuch, mich an der Oberfläche zu halten, nach unten, auf den vom Wasser hin und her gerollten weichen Sand fiel.

Es gibt auch ein rundes Becken, in dem flinke, in ihrer Intelligenz den klügsten unter den Tieren in nichts nachstehende Delphine planschen. Was sind das doch für fröhliche und trotzige Wesen! Die braun gesprenkelten lassen sich nicht dressieren, und dabei sind sie die intelligentesten. Sie haben sich ausgedacht, daß man sich mit Intelligenz das Leben angenehmer gestalten, daß man lachen sollte. Ich habe auf mehr als nur einem Delphingesicht ein Lächeln gesehen, und manchmal, da bin ich mir sicher, unterdrückte das Planschen des Wassers den Klang eines echten Lachens. Die Delphine machten sich über die menschliche Naivität lustig, schwammen an den Beckenrand und warfen mit der Schnauze Gummiringe hoch, so daß sie beinahe die Gesichter der Menschen erreichten. Sobald sich jedoch irgendwo eine Hand ausstreckte, schwächten die Delphine augenblicklich die Kraft ihrer Würfe ab; der Gummiring streifte lediglich die ausgestreckten Finger und fiel unablässig auf die rege runde Schnauze zurück. So konnten sie stundenlang spielen, immer schneller, immer verschlagener, und errieten nicht nur die Bewegungen, sondern auch die Gedanken der um das Becken herumstehenden Menschen.

Christina beugt sich über die Beckenbrüstung und hüpft ungeduldig. Ein großer gefleckter Delphin wirft einen Ring bis kurz vor ihre ausgestreckten Hände. Vergeblich jedoch beugt Christina sich immer weiter vor, vergeblich schließt sie immer schneller ihre Hände. Claire hält sie besorgt am Kleidergürtel fest.

»Du fällst rein, du wirst sehen, du fällst noch rein«, warnen wir sie einstimmig.

»Ich muß ihn kriegen, ich muß ihn wenigstens einmal schnappen!« ruft Christina und reckt die Arme.

Der Delphin nutzt ihre Unachtsamkeit, wirft den Ring höher, und der Gummikreis schlüpft zwischen Christinas geöffneten Händen hindurch.

»Ich muß ihn kriegen!«

Ich helfe Claire, Christina festzuhalten. Mit dem ganzen Körper über das lebendige, wimmelnde Wasser gebeugt, nimmt sie den Gummiring von der Schnauze des Delphins und drückt ihn glücklich gegen ihre Brust.

»Ich hab ihn, ich hab ihn!« Christina wirft den Ring in die Mitte des Beckens. Der Delphin taucht unter und beinahe sogleich wieder auf, den Gummiring auf der Schnauze, bereit, weiterzuspielen.

»Ich möchte, daß er mir den Ring selbst gibt, ich möchte ihn zähmen«, sagt Christina.

»Du weißt doch, daß noch niemand diese Delphinart gezähmt hat«, sagt Claire eindringlich mit einem Lächeln.

»Vielleicht könnte ich ihn doch zähmen?« Christina wird plötzlich ernst und sagt schließlich mit einer vorwurfsvollen Note: »Ich könnte ihn sicher zähmen, wenn ich viel, viel Zeit hätte.«

Wir fahren über den dunklen Weg am Ufer des Ozeans zurück: Christina glücklich, weil sie den heißersehnten Ring gefangen hat, Claire, über dieses Glück belustigt, und ich.

»Warum schweigst du«, fragt Claire, »bist du traurig?«

»Ich habe Sehnsucht. Nach einer Stadt kann man sich

ebenso sehnen wie nach einem Menschen. Es ist die gleiche Erinnerung an vertraute Züge, die Erinnerung an Duft und Farbe. Es ist die Erinnerung an eine Berührung, denn die Stadt umgibt dich von allen Seiten, sie schiebt gutgesinnte Steine unter deine Füße. Miteinander verbunden, zerschneiden sie die Sonne in Schatten und Licht, sie teilen den sonnigen Tag untereinander auf. Türme schießen aus dem warmen Boden empor, stechen leicht den heiteren Himmel an. Die Unterseiten von Vogelschwingen blitzen silbern, die Vögel lassen sich auf dem Boden nieder und schütteln die Sonne von ihren zusammengelegten Federn. Der hellblaue Schatten unter den Wänden wird im Inneren der Torbögen intensiver, in den gewundenen Treppenhäusern, die nach oben, unter die kleinen, spitzen Dächer führen. Die schmalen Häuser stützen einander, schieben gütige Stufen müden Füßen entgegen. Du betrittst sanfte Torbögen, und dich umfängt die Gewißheit, daß die Steine dir zugetan sind. Und das ist wichtig, Claire, und ich suche überall vergeblich danach; im kühlen Massachusetts und im milden Georgia, und hier, wo die Luft lebendig ist und – so meint man – Leben schenken könnte, auch hier suche ich vergeblich nach meiner Stadt.«

»Du fährst schon bald nach Hause.«

»Ich muß zurück, Claire, sonst werde ich nicht den Mut haben zu leben, allzuweit ist alles, was ich liebe. Die kleine Christina hat recht, wirklich lieben kann man nur einmal.«

Längliche Briefe mit Aufdrucken von Universitäten kommen an. Ich öffne sie ohne Eile, langsam falte ich die Blätter auseinander, lese. Drei Universitäten haben mir

Stipendien angeboten: Stanford, Illinois und Chicago, die anderen sagen wie immer in allerhöflichster Form ab. Ich raffe die gelesenen Briefe zusammen und lege sie alle auf den Boden meines Koffers. Ich stelle den Koffer in den Schrank und gehe hinaus in den Garten, um Claire zu helfen, die Orangenbäume zu gießen.

In der letzten Nacht, die ich in Claires kleinem Haus verbracht habe, als die Bambuspflanzen hinter dem Fenster flüsterten und das ferne Ufer des Ortega mit auseinandergestobenen Lichtern glitzerte, schrieb ich dir: Ich komme nach Hause. Ich kann nicht ein weiteres Jahr hier bleiben. Dieses Land ist wunderschön, und die Menschen sind gut zu mir, doch eine Traurigkeit, schlimmer noch als Schmerz, erstickt mich. Die Traurigkeit wächst von Tag zu Tag, von der Sonne und der Luft genährt, durchdringt jeden Gedanken. Ich kann nicht lachen, mein Freund, und die allerschönsten Landschaften sind mir gleichgültig. Ist das Sehnsucht? Ist sie genau so? Benenne sie für mich und sag mir, daß sie jenseits des wallenden Ozeans aufhören wird, daß sie zusammen mit der glühenden tropischen Sonne verschwinden wird. Sag ihr, daß sie diesseits des Ozeans bleiben soll, wenn ich nach Hause zurückkehre.

XIV

Ich beschloss, gleich nach Beendigung des Smith abzureisen. In den drei Monaten, die mich vom feierlichen Tag der Diplomverleihung trennten, mußte ich noch einige Prüfungen bestehen, in New York Formalitäten erledigen, die mit der Reise zusammenhingen, mich von der Stadt und den Menschen verabschieden. Die Professoren konnten nicht verstehen, warum ich auf ein Stipendium verzichtete, das jeden amerikanischen Studenten glücklich machen würde. Zunächst versuchte ich zu erklären, doch meine Gründe waren nicht in Worte zu übersetzen. Ich verstummte also, schweigend stimmte ich den vorgebrachten Argumenten zu und lehnte sanft ab, wenn man mich zum Bleiben drängte. Die Meinung der Professoren teilten auch die, denen ich mein gerettetes Leben und meine Gesundheit verdankte. Auch sie konnten nicht verstehen. Sie wunderten sich, warum ich jetzt abreisen wollte, unter Umständen, die für eine Fortführung meines Studiums in Amerika so günstig waren: Mein operiertes Herz funktionierte gut genug, um niemandem Probleme zu bereiten, und meiner finanziellen Angelegenheiten wollten sich gleich drei amerikanische Universitäten annehmen. Sie verstanden nicht, obwohl die Sehnsucht viele Jahre lang ein Teil von ihnen gewesen war. Vielleicht allzu viele. Das Land, nach dem sie sich sehnten, war mehr eine Legende als ein Ort auf der Erde, es erinnerte durch nichts an das Land, das ich vor drei Jahren verlassen hatte und in das ich jetzt zurückkehren wollte. Ihre Liebe war auch eine andere – reif und vorsichtig. Mich beherrschte ein blinder Impuls, der kühle Verstand hatte keinen Zugang zu meiner bedingungslosen Liebe.

Mein Entschluß, abzureisen, stand fest. New York kam mir noch einmal in strömendem Regen entgegen. Die Grand Central Station mit ihrer monumentalen Architektur, die breite Madison Avenue, in der Mitte durch eine senkrechte Wand aus Wolkenkratzern durchtrennt, die vielfarbige Menge, die an mir vorbeieilte und in Bussen oder Taxen Schutz vor dem Regen suchte. Ich ging langsam durch die zunehmend menschenleere Straße, den Kopf nach oben gewandt. Kalte Rinnsale flossen über mein Gesicht, die nassen Haare klebten an den Wangen. Ich beschleunigte meinen Gang nicht, obwohl der Regen stärker wurde und der scharfe Aprilwind, der über die Kreuzungen raste, mich beinahe umgeworfen hätte. Ich wollte jedes der bekannten Gebäude noch einmal ansehen, wollte noch einmal das unnachgiebige Pflaster von Manhattan spüren.

Am letzten Abend fragte ich Caroline in ihrem roten Auto:

»Fahren wir nach Greenwich Village?«

»Natürlich.«

Caroline lächelt mit den Augenwinkeln; an ihrem langen, nicht hochgesteckten Haar, das sie locker am Hinterkopf zusammengebunden hat, zerrt der Wind, der durchs Fenster hereindrängt. Wir fahren über die Autobahn am Hudson entlang. Das schaukelnde Wasser spiegelt die roten und weißen Lichter, plätschernd zwängt es sich zwischen die Granitfelsen. In den Hafenbecken liegen riesige Schiffe, einige von ihnen blinken mit Rosenkränzen aus entzündeten Lämpchen. Caroline biegt nach links ab, und wir kommen in die schmalen, fast leeren Gassen von Greenwich Village. Es regnet ununterbrochen: Die Einwohner und die Gäste haben in den kleinen Cafés Unterschlupf gesucht, in den gemütlichen kleinen Theatersälen, in Kinos ... Carolines rotes Auto umkreist mühelos den ausgestorbenen Washington Square; über gewundene Straßen dringen wir bis ans unterste Ende der Stadt, um anschließend wieder langsam hochzufahren.

»Bist du nicht müde?« frage ich Caroline, und als sie sanft verneint, bitte ich sie: »Bring mich zur Columbia, ja?«

»Wir sind auf dem Weg dorthin«, antwortet sie mit dem gleichen leichten Lächeln, »ich wußte, du würdest nicht wegfahren wollen, ohne dich von diesem Teil der Stadt zu verabschieden.«

Das Neonlicht der Laternen holt die massiven Konturen der Universitätsgebäude mit ihren dunklen Fenstern und den fest verschlossenen Türen aus der Dämmerung hervor. Auch hier Leere; der Regen fällt monoton auf die breite weiße Treppe, die zur imposanten Bibliothek führt, auf die blaßgrünen Dachkuppeln. Aus dem Autofenster gelehnt versuche ich, durch die schimmernden Regentropfen hindurch den weit hinten stehenden Philosophiepavillon auszumachen.

»Willst du aussteigen?« fragt Caroline.

»Nein. Laß uns zurückfahren.«

»Und willst du die Brücke nicht sehen?«

»Du weißt genau, daß ich es will. Ich kann nie genug von ihrem Anblick bekommen.«

Caroline verläßt langsam das Gelände der Columbia. Wir überqueren den im Lichterglanz strahlenden Broadway – geduckte, hauptsächlich dunkelhäutige Gestalten schleichen durch den Regen –, über den breiten Riverside Drive fahren wir in den oberen Teil der Stadt. Wir fahren an einer monumentalen pseudogotischen Kirche vorbei, am Grant's Tomb, an dem Studentenhotel, in dem ich letztes Jahr gewohnt habe, und nach einigen Minuten erblicken wir die Lichterkette, die in sanften Bögen über dem Fluß hängt. Caroline verlangsamt, wir fahren noch etwa fünfzig Meter weiter und halten am Straßenrand.

Die leichte Silhouette der Brücke ist über dem dunklen Wasser kaum sichtbar, die Lichter zeichnen die gebogenen Brückenjoche nach.

»Ich habe schon viele Brücken gesehen«, sagt Caroline, »doch keine ist mir je so schön erschienen wie diese. Vielleicht denke ich so, weil es meine Stadt ist ...« Und als sie sieht, daß ich heimlich die aufsteigenden Tränen wegwische, fügt sie hinzu: »Bitte, weine nicht, du kehrst sicher einmal zurück, so ist New York nun einmal, ich weiß es.«

In der Eingangshalle des Internats stoße ich auf Yasuko, die auf einem Plüschsofa sitzt. Bei meinem Anblick springt sie auf, nimmt mir den Koffer aus der Hand und fragt:

»Du hast alles erledigt, nicht wahr?«

»Ich habe alles erledigt, ich habe schon meine Fahrkarte, und Ende Juni fahre ich nach Hause. Wir müssen noch darüber nachdenken, was ich machen werde, wenn ich wieder daheim bin«, sage ich und küsse sie auf die braungebrannte Wange, »ich glaube, wir schreiben mich an der Universität ein, was meinst du, wir werden uns darum bemühen müssen, daß man mir die am Smith abgeleisteten Jahre anrechnet.«

An einem warmen Frühlingsnachmittag setzen Yasuko und ich uns ans Teichufer. Yasuko mit einem Band griechischer Gedichte, ich mit einigen Blättern weißen Papiers. Ich soll eine Bewerbung für die Aufnahme an der Krakauer Universität schreiben, dem Antrag soll man einen handschriftlich geschriebenen Lebenslauf beifügen.

Ich sitze da und kaue auf dem Füller herum. Yasuko will mich nicht stören und tut, als würde die fremdsprachige Lektüre sie vollkommen in Anspruch nehmen, ab und zu jedoch wirft sie mir heimlich einen Blick zu. Ich lächele, blicke eine Weile auf das weiße Papier auf meinen Knien und fange schließlich zu schreiben an.

Ich bin geboren … das Bild der grauen Stadt, die von der einen Seite durch den spitzen Turm des Klosters begrenzt wird, von der anderen durch einen ebenso hohen, rußgeschwärzten Fabrikschornstein. In der Luft liegt der Geruch nach Benzin und faulenden Blättern. Die dreckigen, mit niedrigen Häusern bebauten Straßen werden bei Einbruch der Dunkelheit leer.

Meine Schulausbildung … ich konnte nicht zur Schule gehen. Meistens lag ich im Bett, und meine riesige Wißbegierde war mein Lehrer.

Abschluß … das Smith. In wenigen Wochen werden die Diplome feierlich überreicht. Jeden Samstag zieht man uns weite schwarze Talare und komische viereckige Hüte an. Sie bringen uns bei, wie wir gehen, uns bewegen, uns verbeugen sollen. Genau so wird es sein: Wir werden uns in die ersten Reihen im festlich geschmückten Saal setzen, hinter uns die geladenen Gäste. Auf der erhöhten Bühne wird der Professorenkreis in schweren, bunten Talaren Platz nehmen. Der Präsident wird die Absolventinnen namentlich aufrufen und jeder von ihnen das in Kalbsleder gefaßte Diplom überreichen. Jede von ihnen wird sich tief verneigen, die Hand des Präsidenten drükken und langsamen Schrittes an dem wild klatschenden Publikum vorbeischreiten. Die Eltern und Verwandten wischen Tränen der Rührung fort, die Wangen der jüngeren Geschwister beginnen zu glühen. Nach Beendigung des offiziellen Teils wird ein festlicher Umzug durch den Park stattfinden, und am Abend – der Ball. Die Mädchen werden in ihren schönsten Kleidern tanzen, die sie eigens für diesen Anlaß aus den exklusiven Boutiquen von der New Yorker 5th Avenue haben kommen lassen.

Nein, mein Freund, ich habe nicht an den freudigen Abschlußfeierlichkeiten teilgenommen, ich habe einfach gekniffen. Als die Gästemassen ins College zu strömen begannen, lief ich ins Arztzimmer und bat, mich auf der Krankenstation zu behalten. Die Ärztin nahm mein Handgelenk, um den Puls zu fühlen, sah mich einen Augenblick lang erstaunt an, um schließlich – wohl an gewiß nicht immer verständliche Beschwerden hier auftauchender Patientinnen gewöhnt – zustimmend zu nikken. Ich packte einige Bücher zusammen, und noch am selben Tag siedelte ich in mein Asyl um, das am Fluß, am äußersten Rand des Schulgeländes, gelegen war. Wie ich es erwartet hatte, herrschte hier tiefste Stille; um diese Jahreszeit waren die Mädchen nicht krank. Die Krankenschwester, die ich im Schwesternzimmer antraf, antwortete mir auf die Frage, wo ich wohnen sollte: »Wo du willst, alle Zimmer sind frei.« Ich trug die Bücher und die nötigsten Gegenstände – Zahnbürste, Kamm, Creme, Seife – in das erste, weiß und rosa gestrichene Einzelzimmer, und anschließend schlüpfte ich durch die Hintertür auf die Veranda. Von dem hohen Ufer aus, durch die Eisenbrüstung und die Äste der am Hang wachsenden Bäume sah ich, wie sich Kajaks voller festlich gekleideter

Mädchen über den Fluß schoben, Liedertexte und Lachsalven drangen zu mir. Ich setzte mich bequem in einen mit Leinen bezogenen Liegestuhl, einen zweiten schob ich mir unter die Füße – ich schloß meine Augen. Die Kajaks verharrten auf dem Wasser, die Stimmen der Mädchen verschwammen und wurden leiser.

Yasukos Stimme riß mich aus meiner Träumerei; sie stand in der Verandatür und fragte beunruhigt, ob ich sehr krank sei.

»Überhaupt nicht«, sagte ich, »ich bin ein Feigling, Yasuko. Ich bin vor dem schwarzen Talar, vor dem viereckigen Hut und der lärmenden Freude, die ich nicht teilen kann, hierher geflohen. Das ist wahrscheinlich der einzige Ort im ganzen College, wo relative Ruhe herrscht.«

»Und dir fehlt nichts?« forschte Yasuko wenig überzeugt.

»Wirklich nicht, ich bin einfach müde, und ich möchte schon zu Hause sein.«

»In einigen Tagen wirst du fahren ...« Die braunen Funken in Yasukos Augen erlöschen, ihre Lippen zittern.

»Yasuko, in einem Jahr wirst auch du in dein Land zurückkehren.«

»Ja ...«

»Und wenn du zurückfährst, mußt du mich besuchen, du kannst doch über Europa nach Japan fahren. Du mußt mich besuchen kommen, denn siehst du, ich werde schrecklich traurig, wenn ich daran denke, daß ich dich vielleicht nie wiedersehen könnte. Du wirst doch kommen, oder?«

»Ich werde kommen.« Yasuko senkt ihren Kopf tief, damit ich die Tränen, die ihre schmalen braunen Augen füllen, nicht sehe.

Auf dem Ozean, mein Freund, ist es windig, und es regnet. Am stärksten weht der Wind am Bug, er wirft die Haare nach hinten und zerrt an den lockeren Falten der Kleider. Braune Wellen, von der Schiffsspitze durchschnitten, bleiben schäumend, böse zurück. Ich komme jeden Tag hierher, ohne Rücksicht auf die Kälte, den Regen, ich bleibe unter dem höchsten Mast stehen und – schaue. Gelangweilte Emigranten bevölkern die Schiffsbars, leeren Gläser mit bunten Getränken, spielen Karten. Die von ihnen bezahlten Liegestühle stehen im Schutz des Oberdecks leer, die zu Quadraten gefalteten Decken saugen Feuchtigkeit und Salz auf. Jeden Tag sitze ich stundenlang hier und lausche den Schreien der Vögel. Sie folgen der Spur des Schiffes, ihre starken weißen Flügel nehmen das unruhige Schaukeln in sich auf. Die Vogelschwingen sind aus gehärtetem Stahl, die Schnäbel aus purem Gold. Treffsicher sind die Vogelschnäbel auf der Futtersuche für die unermüdlichen Flügel. Wofür schweben sie so durch die Luft, wofür durchschneiden sie die dunkelblaue Wasseroberfläche mit ihren Schnäbeln?

Ich habe sie gefragt, mein Freund, die Vögel, die auf den Spuren des Schiffes wandern, blind neuen Ufern zustreben. Sie haben geschrien – ihre Schreie waren voller Schmerz und voller Sehnsucht. Und als ich diesen Schreien zuhörte, habe ich begriffen, daß die Sehnsucht ein Element ist, so wie die Erde oder der Wind. Sie hat dem Menschen geboten, Baumstämme auszuhöhlen, sie zu Wasser zu lassen, sie hat den Schiffen Flügel beschert. Wofür ist der Mensch übers feindselige, schaukelnde Wasser von Land zu Land gewandert? Du wirst sagen, um Brot, Tuch, Gewürze und Duftöle zu holen. Und ich sage dir, daß das nicht stimmt, daß weder der allerschönste Stoff noch das hellste Metall das bewirkt haben, was ein

Funken Gefühl bewirkt, das die Vogelschwingen spannt. Die Möwen werden am Ende ihres Weges nur einen Felshang vorfinden, genau so einen wie der, den sie verlassen haben. Und dennoch durchmessen sie für diese Felsen den Ozean, für sie eilen sie unermüdlich auf der Spur des Schiffes, fangen mit den ausgebreiteten Flügeln Sonne und Wind ein.

Und, mein Freund, wenn du behauptest, es ginge den Möwen nur um die Abfälle, die täglich über Bord geworfen werden, daß ihr ausdauernder Flug zum einzigen Ziel hätte, den Hunger zu stillen, dann werde ich dir antworten, daß die Sehnsucht die schlimmste aller Arten von Hunger ist und daß sie all denen, die nicht genährt werden, unweigerlich den Tod bringt. Solltest du etwa schon vergessen haben, warum ich zweimal den Ozean überquert habe?

Ende Juli: Der rote Pfeil auf der Schiffskarte wurde in die Nähe Schottlands geschoben. Ich gehe an Deck. Der trübe Streif am Horizont wird schnell heller, wächst zu einem dunklen Felsmassiv an. Wir machen einen großen Bogen um die felsige Landspitze und fahren auf die Nordsee hinaus. Die Sonne begrüßt uns, in ihren Strahlen laufen die dunklen kleinen Wellen schneller, bestürmen das Schiff eindringlicher; unter den vielen Schlägen beginnt das Deck zu schaukeln. Die Emigranten schlucken Pillen gegen Seekrankheit und suchen in den Kajüten Schutz.

Die Ostsee ist ruhig, von der Julisonne glattgestreichelt. Durch ihre Wasser zieht die *Batory* majestätisch dahin und läßt einen breiten weißen Streifen Schaum hinter sich. Ein Tag noch …

Das in Nebel gehüllte flache Ufer. Ich stehe an Deck,

in einer Masse von Emigranten. Weinen sie etwa? Mit Taschentüchern aus dünnem Stoff wischen sie ihre Augen und reiben sich die Nase.

Das in Nebel gehüllte flache Ufer. Warum tanzt mein Herz so, und warum ist meine Kehle wie zugeschnürt?

Das ist der Schluß, mein Freund. Wieder sind die Blätter der Bäume zu Boden gefallen, und durch das offene Fenster hört man immer stärkeres, monotones Rauschen. Um diese Jahreszeit ist die Ostsee ein riesiges, ungezähmtes Meer, Reihen trüber bläulichweißer Wellen erstürmen das sandige Ufer. Morgen werde ich meinen kleinen Koffer packen und von hier fortgehen.

Diese Erzählung – ich weiß nicht, ob du sie jemals lesen wirst; argwöhnisch blicke ich auf den Stapel beschriebener Blätter. Können Worte mich besser verteidigen als Schweigen, kann man mit Worten noch irgend etwas sagen? Und wenn ja, mit welchen Worten? Ich habe mühsam nach ihnen gesucht, jedes davon habe ich viele Male betrachtet, habe meine Liebe, meinen Schmerz daran gemessen. Den Durst habe ich an dem Wort Durst gemessen, und für meine größte Liebe – für das Leben – suchte ich nach den schönsten Bezeichnungen. Ich liebe das Leben, mein Freund, und nicht einmal damals, als es mich so sehr verletzt hatte, daß ich mir einen kurzen Augenblick lang wünschte zu sterben, nicht einmal damals habe ich Verrat begangen. Vergiß nicht, daß der Tod stets in meiner Nähe war, zu nah, als daß ich mich nicht an seine kühle, besänftigende Berührung gewöhnt hätte, als daß ich mich nicht hätte daran gewöhnen müssen. Denk auch daran, daß ich geliebt habe und daß gerade die Liebe mich zum Tode verurteilt hat. Und doch bin ich da, trotz allem bin ich da, spreche mit dir. Meine einzige Liebe hat noch einmal gesiegt, sie lebt, ich kann die Bäume betrachten, wie sie sich im Wind wiegen, der ferne Schimmer einer Laterne dringt zu meinen Augen. Ich höre das Rauschen des schäumenden Wassers, und ich fühle, wie in meiner Brust der empfindlichste aller Zeitmesser vorsichtig schlägt – das Herz. Es ist immer noch schwach, doch es schlägt tapfer und pumpt sehr geduldig das warme Blut.

Lausche, mein Freund, all diese Blätter sind nichts als sein Rhythmus.

»Wird alles so bleiben, wenn ich nicht mehr da bin?«

Halina Poświatowska ist in die polnische Literaturgeschichte als Vorreiterin einer – nach der Phase des nüchternen Realismus – im Aufbruch befindlichen Dichtung eingegangen, als eine der ersten schreibenden Frauen, die Leidenschaft und Sinnlichkeit, Erotik und Lebensfreude in aller Offenheit thematisieren. Nachdem ihre Werke in Polen in den Zeiten des Sozialismus aus den Buchhandlungen verschwunden waren, erfahren sie in den letzten Jahren neue Aufmerksamkeit und Anerkennung – auch bei der jungen Generation. Immer neue Auflagen, eine englisch-polnische und eine französisch-polnische Gedichtauswahl und zuletzt 1998 eine vierbändige Gesamtausgabe – alle im Krakauer Verlag Wydawnictwo Literackie erschienen – zeugen von Poświatowskas Beliebtheit.

Leben und Werk Halina Poświatowskas ranken sich um ein Hauptmotiv: das Herz – in seiner konkreten wie in seiner übertragenen Bedeutung. Wie oft hat sie ihr krankes Herz, das ihr einen Großteil ihrer Kindheit und Jugend geraubt hat, bis zum äußersten strapaziert, um damit zugleich – in metaphorischem Sinn – seinem Ruf zu folgen. Dem Ruf nach Liebe – der Liebe zu Menschen, doch vor allem nach ihrer größten Liebe: dem

Leben. Weder die Krankheit, die sie bis auf kurze Ausnahmen daran hindert, die Schule zu besuchen, noch Schicksalsschläge wie der frühe Tod ihres Ehemannes vermögen ihren Lebenswillen zu brechen.

Aus Liebe zum Leben tritt sie die riskante Reise per Schiff nach Amerika an, um sich in Philadelphia der rettenden Herzoperation zu unterziehen. Aus Lebensdurst trotzt sie nach ihrer vermeintlichen Genesung allen Widrigkeiten und beschließt, in Amerika zu bleiben. Wiederum aus Liebe – diesmal heißt die Liebe Heimweh – entscheidet sich die junge Frau drei Jahre später trotz mehrerer Stipendienangebote gegen eine Fortsetzung ihres Studiums in den Vereinigten Staaten und kehrt nach Polen zurück – wohl wissend, daß die medizinischen Voraussetzungen in ihrer Heimat mit denen in Amerika nicht zu vergleichen sind.

Hier schreibt sie sich an der Krakauer Jagiellonen-Universität ein und erhält unter Anerkennung der Studienjahre in Amerika den Magistertitel. Sie beginnt mit den Recherchen für ihre geplante Dissertation zu Martin Luther King unter ethischen Gesichtspunkten, widmet sich weiter dem Schreiben und arbeitet zuletzt an dem vorliegenden Roman, der einige Monate vor ihrem Tod im Oktober 1967 erscheint.

Wie die meisten ihrer lyrischen Arbeiten, so bewegt sich auch *Erzählung für einen Freund* im Spannungsfeld zwischen Liebe und Hunger nach Leben auf der einen und Todesahnung und Vergänglichkeit auf der anderen Seite. Wenn sie schreibt: »Ich versuche immer wieder aufs neue, mir und dir zu erklären, daß das, was ich getan habe, kein Verrat war«, dann meint sie es ehrlich. Der Weg, den sie gewählt hat, war vielerorts steinig, und nicht selten stieß die junge Frau auf Unverständnis. Ihre Wahl als Egoismus zu verurteilen verbietet sich. Halina Poświatowska ist den Menschen, die ihr nahestanden, ihrer Heimat und vor allem sich selbst treu geblieben. Sie hatte den Mut, nach der Chance zu greifen, die sich ihr nach all den Jahren der Entbehrungen endlich bot.

Es war dieses bis zur letzten Konsequenz gelebte Carpe diem, das mich zutiefst beeindruckt hat, als ich vor einigen Jahren das Buch zum erstenmal in den Händen hielt. Die Willenskraft der Autorin und die Ausdrucksstärke ihrer durch schlichte Schönheit bestechenden Sprache haben den Wunsch in mir geweckt, meine Herzensdichterin – denn dazu ist sie in den letzten Jahren geworden – auch dem deutschen Leser näherzubringen. Dieser Wunsch ist nun in Erfüllung gegangen, und das Erscheinen der ersten Ausgabe außerhalb Polens ist eine Antwort auf die nachdenklichen Fragen an den Freund im Roman: »Wird alles so bleiben, wenn ich nicht mehr da bin? Werden die Bücher sich von der Berührung meiner Hände entwöhnen, werden die Kleider den Duft meines Körpers vergessen? Und die Menschen? Sie werden eine Weile von mir reden, sie werden sich über meinen Tod wundern – sie werden vergessen. Machen wir uns nichts vor, mein Freund, die Menschen werden uns in ihrer Erinnerung ebenso schnell begraben, wie sie unsere Körper in der Erde begraben. Unser Schmerz, unsere Liebe, all unsere Wünsche werden mit uns zusammen fortgehen und werden nicht einmal einen leeren Platz hinterlassen. Auf der Erde gibt es keine leeren Plätze.« Dieses Buch ist ein Beweis dafür, daß sie sich geirrt hat.

Monika Cagliesi-Zenkteler *April 2000*

Halina Poświatowska (1935-1967)

Halina Poświatowska wird am 9. Mai 1935 als Helena Myga in Tschenstochau geboren. Während des Zweiten Weltkriegs, als die Familie mehrere Tage Zuflucht in einem Keller suchen muß, erkrankt Halina an einer Angina, die verschleppt wird und einen lebensgefährlichen Herzfehler zurückläßt. Seitdem ist sie krank – so krank, daß sie zu Hause im Bett, mit Hilfe ihrer Mutter, das lernt, was andere Kinder in der Schule beigebracht bekommen. 1949 wird sie zum erstenmal in der Klinik für Innere Erkrankungen in Krakau behandelt; in den Jahren danach folgen immer wieder lange Hospitalaufenthalte.

Mit 18 Jahren lernt sie im Sanatorium den ebenfalls herzkranken Adolf Ryszard Poświatowski kennen, der an der Filmakademie studiert, und wenige Monate später heiraten die beiden. 1955 legt Halina Poświatowska das Abitur ab. 1956 stirbt Adolf Ryszard Poświatowski nach nur zweijähriger Ehe. Im Dezember desselben Jahres debütiert Halina Poświatowska mit zwei Gedichten in der *Gazeta Częstochowska*, 1957 folgen weitere Veröffentlichungen in Zeitschriften und der landesweite Durchbruch als Lyrikerin.

Dank der Unterstützung durch Freunde und Verwandte, Exilpolen und wohlhabende Amerikaner kann Halina Poświatowska im August 1958 per Schiff nach Montreal und weiter nach Philadelphia reisen, wo sie am offenen Herzen operiert wird – ein Eingriff, der in Polen noch nicht möglich ist. Während sie sich von der Operation erholt, erscheint in Krakau ihr erster Gedichtband. Nach ihrer vermeintlichen Genesung beschließt sie, in Amerika zu bleiben – trotz ihrer Geldnot und gegen den Widerstand der brüskierten Landsleute, die darin einen Verrat am Heimatland sehen.

Im Herbst 1959 nimmt sie ihr Studium am Smith College, Massachusetts, auf, während in Polen ihr erster Lyrikband beim »Festival Junger Dichtung« als bedeutendstes Debüt ausgezeichnet wird. 1960 besucht Halina Poświatowska Sommerkurse an der Columbia University in New York; im Jahr darauf beendet sie ihr Studium am College und kehrt nach Polen zurück, wo sie an der Universität von Krakau Philosophie zu studieren beginnt und mit Reisereportagen unter dem Titel *Amerikanisches Notizbuch* an die Öffentlichkeit tritt.

1962 wird Halina Poświatowska in den Verband Polnischer Schriftsteller aufgenommen, ein Jahr später kommt ihre zweite Gedichtsammlung heraus. Sie beendet das Studium mit dem Magistertitel und tritt eine Assistentenstelle an der Universität Krakau an. 1966 veröffentlicht sie die Erzählung *Der blaue Vogel* in einer Literaturzeitschrift sowie ihren dritten Gedichtband. Den Herbst verbringt sie als Stipendiatin in Paris.

Der einzige Roman *Opwieść dla przyjaciela (Erzählung für einen Freund)*, adressiert an ihren blinden polnischen Freund Ireneusz Morawski, erscheint 1967 in Krakau. Am 3. Oktober muß sich Halina Poświatowska in Warschau einer zweiten Herzoperation unterziehen, die jedoch erfolglos ist. Eine Woche später, am 11. Oktober 1967, stirbt die Dichterin im Alter von 32 Jahren und wird in Tschenstochau beerdigt. Postum wird sie für ihr Lebenswerk ausgezeichnet. Ihre letzte Gedichtsammlung sowie eine weitere Erzählung und ein Bühnenstück erscheinen 1968, ein Jahr nach ihrem Tod.